U0097245

中國語言文字研究輯刊

九 編

許 錟 輝 主編

第 15 冊

《大廣益會玉篇》直音字研究

郭 懿 儀 著

花木蘭文化出版社

國家圖書館出版品預行編目資料

《大廣益會玉篇》直音字研究／郭懿儀 著 -- 初版 -- 新北市：
花木蘭文化出版社，2015〔民 104〕
目 6+284 面；21×29.7 公分
（中國語言文字研究輯刊 九編：第 15 冊）
ISBN 978-986-404-396-5（精裝）
1. 玉篇 2. 研究考訂
802.08   104014812

ISBN- 978-986-404-396-5

9 789864 043965

中國語言文字研究輯刊

九 編   第十五冊   ISBN：978-986-404-396-5

《大廣益會玉篇》直音字研究

作　　者　郭懿儀
主　　編　許錟輝
總 編 輯　杜潔祥
副總編輯　楊嘉樂
編　　輯　許郁翎
出　　版　花木蘭文化出版社
社　　長　高小娟
聯絡地址　235 新北市中和區中安街七二號十三樓
　　　　　電話：02-2923-1455／傳眞：02-2923-1452
網　　址　http://www.huamulan.tw 信箱 hml 810518@gmail.com
印　　刷　普羅文化出版廣告事業
初　　版　2015 年 9 月
全書字數　166404 字
定　　價　九編 16 冊（精裝）　台幣 40,000 元
版權所有・請勿翻印

第一章　緒　論 ……………………………………………… 1
第一節　研究背景 ………………………………………… 1
一、研究動機 ………………………………………… 1
二、前人研究成果 …………………………………… 3
三、研究價值 ………………………………………… 4
四、研究方法 ………………………………………… 5
第二節　研究對象 ………………………………………… 6
一、原本《玉篇》 …………………………………… 7
（一）黎庶昌本 …………………………………… 8
（二）羅振玉本 …………………………………… 8
（三）日本東方文化學院 ………………………… 9
二、《篆隸萬象名義》 ……………………………… 10
三、今本《玉篇》 …………………………………… 12
（一）成書歷程 ………………………………… 12
（二）版本比較 ………………………………… 14
第三節　《大廣益會玉篇》直音字例 …………………… 16
一、直音字例概述 …………………………………… 16
二、今本《玉篇》與直音的關係 …………………… 19
（一）直音的形式與重要性 …………………… 19
（二）直音字例統計 …………………………… 20
第二章　直音字例的體例及其特色分析 ………………… 23
第一節　體例之分類與說明 ……………………………… 23
一、標注現象及特色 ………………………………… 23
（一）標注現象 ………………………………… 23
（二）形聲字 …………………………………… 24
（三）名詞 ……………………………………… 26
二、直音字例標注之體例 …………………………… 26
（一）正讀與直音 ……………………………… 29
（二）又讀與亦、今直音 ……………………… 30
（三）反切與直音相配 ………………………… 37
（四）例外現象 ………………………………… 38
三、直音字例與統計 ………………………………… 43
（一）標注形式 ………………………………… 43
（二）統計說明 ………………………………… 44
第二節　歧音現象之分類與說明 ………………………… 47
一、語言符號的特色 ………………………………… 47
二、一字一音 ………………………………………… 49
三、一字多音 ………………………………………… 50

目

次

　　　　（一）選用正讀 ………………………………… 51
　　　　（二）選用又讀 ………………………………… 52
　　四、歧音字與被注字之語音對應分析 ……………… 52
　第三節　聲符類化歸納與分析 ……………………… 57
　　一、聲符相同 ………………………………………… 59
　　二、聲符類近 ………………………………………… 66
　　　　（一）聲符減省 ………………………………… 69
　　　　（二）聲符與直音 ……………………………… 69
第三章　直音字例層累現象探析 ……………………… 71
　第一節　層累來源與體例編排 ……………………… 71
　　一、層累來源 ………………………………………… 72
　　二、層累關係 ………………………………………… 72
　　三、體例編排 ………………………………………… 72
　　　　（一）延續不變的體例 ………………………… 73
　　　　（二）原本《玉篇》 …………………………… 73
　　　　（三）《篆隸萬象名義》 ……………………… 74
　　四、例外現象 ………………………………………… 76
　第二節　歸納與說明 ………………………………… 81
　　一、共有字例 ………………………………………… 82
　　　　（一）原本《玉篇》、《名義》、今本《玉篇》
　　　　　　　共有字例 …………………………………… 82
　　　　（二）《名義》、今本《玉篇》共有字例 …… 83
　　二、音讀比較 ………………………………………… 92
　　　　（一）共有字例的音讀比較 ………………… 92
　　　　（二）《名義》、今本《玉篇》的音讀比較 … 95
　第三節　共有字例及其語音現象 …………………… 108
　　一、聲母 ……………………………………………… 110
　　　　（一）發音部位 ……………………………… 110
　　二、韻調 ……………………………………………… 118
　　　　（一）止攝 …………………………………… 119
　　　　（二）臻攝 …………………………………… 119
　　　　（三）咸攝 …………………………………… 120
　　　　（四）聲調 …………………………………… 120
　　　　（五）語音密合度 …………………………… 121
第四章　直音語音現象探析 …………………………… 125
　第一節　語音體系之歸納與分析 …………………… 125
　　一、聲母 ……………………………………………… 125
　　　　（一）唇音 …………………………………… 127

（二）舌音 …………………………………………… 129

（三）牙音 …………………………………………… 129

（四）齒音 …………………………………………… 131

（五）喉音 …………………………………………… 132

（六）半舌音、半齒音 ……………………………… 133

二、韻調 ……………………………………………… 134

（一）通攝 …………………………………………… 140

（二）江攝 …………………………………………… 141

（三）止攝 …………………………………………… 141

（四）遇攝 …………………………………………… 142

（五）蟹攝 …………………………………………… 143

（六）臻攝 …………………………………………… 144

（七）山攝 …………………………………………… 145

（八）效攝 …………………………………………… 145

（九）果攝 …………………………………………… 146

（十）假攝 …………………………………………… 146

（十一）宕攝 ………………………………………… 146

（十二）梗攝 ………………………………………… 146

（十三）曾攝 ………………………………………… 147

（十四）流攝 ………………………………………… 147

（十五）深攝 ………………………………………… 148

（十六）咸攝 ………………………………………… 148

三、直音字例與音節呈現 …………………………… 149

（一）通攝 …………………………………………… 150

（二）江攝 …………………………………………… 153

（三）止攝 …………………………………………… 153

（四）遇攝 …………………………………………… 157

（五）蟹攝 …………………………………………… 161

（六）臻攝 …………………………………………… 163

（七）山攝 …………………………………………… 166

（八）效攝 …………………………………………… 173

（九）果攝 …………………………………………… 176

（十）假攝 …………………………………………… 178

（十一）宕攝 ………………………………………… 179

（十二）梗攝 ………………………………………… 181

（十三）曾攝 ………………………………………… 185

（十四）流攝 ………………………………………… 186

（十五）深攝 ………………………………………… 188

（十六）咸攝 ························· 189
第二節 音讀內容對立及分析 ············· 193
一、音讀內容呈現 ················· 193
（一）「音某」型 ··············· 194
（二）「正讀＋又讀」型 ··········· 203
二、與《廣韻》語音對應 ············· 210
（一）音讀對應部分相同 ··········· 211
（二）音讀對應完全不同 ··········· 218
（三）音讀數量對應 ············· 222
三、類化分析 ··················· 225
第三節 新出字例現象歸納及分析 ··········· 226
一、歸納與說明 ·················· 226
（一）「音某」型 ··············· 227
（二）「正讀＋又讀」型 ··········· 241
二、類化分析 ··················· 246
第四節 直音與反切相配 ··············· 248
一、聲母 ····················· 248
（一）唇音 ·················· 249
（二）舌音 ·················· 249
（三）牙音 ·················· 250
（四）齒音 ·················· 251
（五）喉音 ·················· 252
二、韻調 ····················· 255
（一）通攝 ·················· 256
（二）止攝 ·················· 256
（三）流攝 ·················· 258
（四）山攝 ·················· 258
（五）果攝、假攝 ·············· 259
三、例外現象 ··················· 259
（一）音讀數不同 ·············· 259
（二）矛盾條例 ··············· 260

第五章 結 論 ·················· 261
第一節 直音字例價值與特色 ············· 262
一、價 值 ···················· 262
（一）層累特色 ··············· 262
（二）條例配置與數目 ············ 262
（三）字形訛誤 ··············· 263
二、語音特色 ··················· 264

　　　（一）保守存古 ……………………………………… 264

　　　（二）創新變化 ……………………………………… 265

　　第二節　論文的延續與開展 …………………………… 267

參考引用資料 …………………………………………… 269

附表目錄

〈表一〉直音正讀、又讀統計表 ………………………… 21

〈表二〉又音字例正切與又音字的語音關係表 ………… 25

〈表三〉直音字例表現形式一覽表 ……………………… 27

〈表四〉今本《玉篇》直音字例統計表 ………………… 45

〈表五〉直音字例之聲符比較統計表 …………………… 48

〈表六〉今本《玉篇》歧音現象統計一覽表 …………… 54

〈表七〉直音字與其聲符語音對照表 …………………… 60

〈表八〉直音字與其聲符類近之語音對照表 …………… 67

〈表九〉《玉篇》系字書共有字例一覽表 ……………… 82

〈表十〉《名義》與今本《玉篇》共有字例（上卷）… 83

〈表十一〉《名義》與今本《玉篇》共有字例（中卷）

　　　　　…………………………………………………… 86

〈表十二〉《名義》與今本《玉篇》共有字例（下卷）

　　　　　…………………………………………………… 89

〈表十三〉《玉篇》系字書音讀相同對照表 …………… 93

〈表十四〉《玉篇》系字書新出音讀對照表 …………… 93

〈表十五〉《玉篇》系字書音讀差異對照表 …………… 94

〈表十六〉《名義》與今本《玉篇》音讀相同對照表 … 96

〈表十七〉《名義》與今本《玉篇》聲母相異對照表 … 97

〈表十八〉《名義》與今本《玉篇》韻調相異對照表 … 98

〈表十九〉《名義》與今本《玉篇》音讀全異對照表 … 99

〈表　廿〉《名義》與今本《玉篇》音讀比較表（正讀

　　　　　相同多一音）…………………………………… 100

〈表廿一〉《名義》與今本《玉篇》音讀比較表（正讀

　　　　　不同多一音）…………………………………… 106

〈表廿二〉《名義》與今本《玉篇》音值相近對照表 · 121

〈表廿三〉《名義》與今本《玉篇》音值相異對照表 · 122

〈表廿四〉今本《玉篇》直音用字切語上字表 ………… 126

〈表廿五〉今本《玉篇》直音用字切語上字表（牙音）

　　　　　…………………………………………………… 129

〈表廿六〉今本《玉篇》直音用字切語上字表（喉音）

　　　　　…………………………………………………… 132

〈表廿七〉今本《玉篇》直音用字切語下字表 ………… 134

〈表廿八〉今本《玉篇》直音字例音節表 ⋯⋯⋯⋯⋯ 150

〈表廿九〉今本《玉篇》與《廣韻》共有直音字例標
音形式統計表 ⋯⋯⋯⋯⋯⋯⋯⋯⋯⋯ 194

〈表 卅〉今本《玉篇》與《廣韻》共有字例:「音某」
型（上卷）⋯⋯⋯⋯⋯⋯⋯⋯⋯⋯⋯ 194

〈表卅一〉今本《玉篇》與《廣韻》共有字例:「音某」
型（中卷）⋯⋯⋯⋯⋯⋯⋯⋯⋯⋯⋯ 196

〈表卅二〉今本《玉篇》與《廣韻》共有字例:「音某」
型（下卷）⋯⋯⋯⋯⋯⋯⋯⋯⋯⋯⋯ 198

〈表卅三〉今本《玉篇》與《廣韻》共有字例:「正讀
＋又讀」型（上卷）⋯⋯⋯⋯⋯⋯⋯ 203

〈表卅四〉今本《玉篇》與《廣韻》共有字例:「正讀
＋又讀」型（中卷）⋯⋯⋯⋯⋯⋯⋯ 205

〈表卅五〉今本《玉篇》與《廣韻》共有字例:「正讀
＋又讀」型（下卷）⋯⋯⋯⋯⋯⋯⋯ 208

〈表卅六〉今本《玉篇》與《廣韻》音讀對應統計表
⋯⋯⋯⋯⋯⋯⋯⋯⋯⋯⋯⋯⋯⋯⋯⋯ 211

〈表卅七〉今本《玉篇》與《廣韻》共有字例音讀對
應表 ⋯⋯⋯⋯⋯⋯⋯⋯⋯⋯⋯⋯⋯⋯ 222

〈表卅八〉今本《玉篇》與《廣韻》共有字例聲符相
異統計表 ⋯⋯⋯⋯⋯⋯⋯⋯⋯⋯⋯⋯ 225

〈表卅九〉新出字例類型分布統計表 ⋯⋯⋯⋯⋯⋯ 227

〈表四十〉新出字例「音某」型（上卷）⋯⋯⋯⋯ 227

〈表四十一〉新出字例「音某」型（中卷）⋯⋯⋯ 228

〈表四十二〉新出字例「音某」型（下卷）⋯⋯⋯ 230

〈表四十三〉新出字例「正讀＋又讀」型 ⋯⋯⋯⋯ 241

〈表四十四〉今本《玉篇》與《廣韻》共有字例聲符
相異對照表 ⋯⋯⋯⋯⋯⋯⋯⋯⋯⋯⋯ 248

〈表四十五〉今本《玉篇》與《廣韻》共有字例韻調
相異對照表 ⋯⋯⋯⋯⋯⋯⋯⋯⋯⋯⋯ 255

第一章　緒　論

第一節　研究背景

一、研究動機

　　古往今來的許多韻書、字書中人們對於音讀在字面上的表現方式，創造出了許多種方法，即使創造了國際音標之後，現存通用的標音方法，仍有許多的方式與面貌，但這些方法一直難以全面地顧及到漢語的所有語音現象，如此便造成同時存在多種注音方式，人們隨時選用最適合的標音方法來表示音讀。

　　越新越進步的標音方式不斷出現，無法精準標音的標音方式自然被淘汰。到了東漢末期之後，佛教的傳入對整個中國產生了相當大的影響，在這方面，小學家也著實吸收了梵語的優點，進而有反切的發明。至此，標音方式大致底定，因為反切以漢字作為音標，以上字標聲母、下字標韻母及聲調為方式，以兩字來標注出該字的音讀，這樣的方式可以適應大部分的語音現象，是一種相當優越的方法，但其他原有的標音方式亦並未就此消失，仍然常常可以在各種古籍裡發現非反切的標音方式存在，其中最歷久不衰的是「直音」，最早的資料是《說文》直音的例子可以追溯到漢代。如：《說文》：「㞷，廦良也，从宀良聲，音良，久。〔註1〕」《漢書・地理志・第八上》：「櫟陽如淳

〔註 1〕見於〔漢〕許慎撰、〔清〕段玉裁注《新添古音說文解字注》（台北：洪葉文化事

· 1 ·

曰，櫟音藥，銅陽孟康曰，銅音紂，月氏道應劭曰，氏音支。〔註2〕」由此可知漢代已可以見到直音法的使用了。

唐代也很盛行直音法，《漢書‧地理志‧第八上》：「雍師古曰，械音域。〔註3〕」，顏師古注：「挏，音動」。又如《新加九經字樣》更是全以直音標音的書籍。遼代釋行均所編《龍龕手鑑》也收錄相當數量的直音字例。另外，宋代，《廣韻》、《集韻》等以反切為主的韻書，也有接近百例的直音字例出現，如清代的《康熙字典》，亦可見到直音標注的方式，然而現代的國語辭典裡，除了標注注音符號外，也會使用直音的方式標音，可見以「直音」這種方式標音的便利性及實用性，至今都還繼續發揮著功用，雖不如國際音標來得精確，但卻是慣用漢語的人們最能適應的方式。

「直音」之所以可以發揮如此的功用，也和漢字本身的構造有關。漢字中形聲字佔了相當高的比例，加上新出字的構造方式，也多半採取形聲字的構造方式來造新字，利用形符與聲符互相搭配，進而表現該字的字義與字音。

本文主要透過在《大廣益會玉篇》的直音字例，先處理《大廣益會玉篇》的前身梁代顧野王《玉篇》〔註4〕及《篆隸萬象名義》與今本《玉篇》〔註5〕共有的字例，瞭解其中的語音變化情形，再來以今本《玉篇》內部的直音字例作一歸納分析，並以同時代的韻書〔註6〕《廣韻》交相對照，最後整理出今本《玉篇》獨有的新字條例，除了分析新字條例外，同時觀察其中聲符類化的現象。

業有限公司，1998），頁342。

〔註2〕見於四庫本《漢書‧卷二十八地理志‧第八上》（台北：台灣商務印書館，1973），頁27。

〔註3〕同註1。

〔註4〕由〔梁〕顧野王所編《玉篇》，目前僅殘存少部分，對於目前殘存的顧野王《玉篇》，本文稱之為原本《玉篇》。

〔註5〕由於原本《玉篇》與宋代陳彭年重修之《大廣益會玉篇》，在體例、內容等各方面都有所承繼，宋代刊行的《大廣益會玉篇》則稱之為今本《玉篇》，以下行文皆以此稱之。同樣以「今本《玉篇》」稱呼《大廣益會玉篇》的文章有：楊素姿博士學位論文《大廣益會玉篇音系研究》、朱葆華《原本玉篇文字研究》等。

〔註6〕同時代的韻書，係指時代接近所刊行的韻書，主要指北宋由陳彭年根據《切韻》重新編修的《廣韻》（A.D.1008），距離今本《玉篇》（A.D.1013）刊行的時間只相差五年。

希望可以達到確立今本《玉篇》的語音時代性及所具備之時代意義。

二、前人研究成果

　　關於《大廣益會玉篇》的相關研究，根據目前的研究狀況可以分為三個部分。一是以原本《玉篇》為對象，進而向外開拓的相關研究。二被視為是原本《玉篇》的改寫本《篆隸萬象名義》的相關研究，這是由日本釋空海大師來到唐朝當學問僧時，據原本《玉篇》而作。三是以今本《玉篇》為對象，依此作語音系統的分析，並與同時代的韻書作比較。

　　以原本《玉篇》為對象的研究，主要是由黎庶昌由日本帶回的《玉篇零卷》五卷的相關問題研究，這五卷《玉篇零卷》被學術界視為是顧野王原本，所保留的語音系統是切韻系的語音系統，這類的著作在台灣及大陸地區有專書、單篇論文、學位論文等多種著作，專書部分如：曾忠華《玉篇零卷引說文考》、朱葆華《原本玉篇文字研究》。單篇論文，如：周祖庠〈從原本《玉篇》音看吳音、雅音——《玉篇》音論之一、之二〉、陳建裕、高其良〈《玉篇零卷》與《說文》的校勘〉、曾昭聰〈原本《玉篇》中的語源研究〉、楊秀恩〈《玉篇殘卷》等五種材料引《說文》研究〉、馮方〈《原本玉篇殘卷》引《說文》與二徐所異考〉。學位論文，如：王紫瑩的碩士論文《原本《玉篇》引《說文》研究》、翁文宏的碩士論文《梁顧野王玉篇聲類考》、沈壹農的碩士論文《原本玉篇引述唐以前舊本說文考異》。

　　《篆隸萬象名義》目前完整無缺，在日本已有許多研究，在兩岸也有不少學者投入研究，以下是目前的研究成果，目前尚無專書討論，單篇論文，日本部分有白藤禮幸〈『篆隸万象名義』声母考〉、〈声母字より見たる「篆隸万象名義」の内部差〉、高田時雄〈《篆隸萬象名義》解說〉、工藤祐嗣〈『篆隸万象名義』字体注記の問題点〉、池田証寿〈篆隸万象名義データベースについて〉。中國部分：周祖謨〈萬象名義中之原本玉篇音系〉、〈論篆隸萬象名義〉、呂浩〈《篆隸萬象名義》義項釋例〉、〈《篆隸萬象名義》重出字初探〉、周祖庠〈《名義》音與現代音韻學——《篆隸萬象名義》音論之一〉陳建裕、房秋鳳〈《篆隸萬象名義》中的俗字及其類型〉、商豔濤〈《篆隸萬象名義》釋義上存在的幾個問題〉、商豔濤、楊寶忠〈《篆隸萬象名義》詞義訓釋中的幾種失誤〉、劉尚慈〈《篆隸萬象名義》考辨〉、劉亮〈《篆隸萬象名義》對原本《玉篇》反切釋義的取捨標準〉、

潘玉坤〈《篆隸萬象名義》篆文例釋〉。

　　三是以宋代刊刻的《大廣益會玉篇》和比較從日本傳回的《玉篇零卷》五卷，兩者的不同在於，《大廣益會玉篇》是經過唐代孫強、宋代陳彭年、丘雍等人的增補，加入了許多的新字，也訂正了不合當時語音現象的反切條例，因此《大廣益會玉篇》已非梁‧顧野王的原本《玉篇》的原貌了。台灣及大陸地區《大廣益會玉篇》的相關問題討論，專書部分有：孔仲溫《玉篇俗字研究》、胡吉宣《玉篇校釋》、周祖庠《新著音韻學》。單篇論文，如：陳燕〈從《玉篇》反切比較論中古時期的標準音〉、工藤祐嗣〈『大広益会玉篇』‧『大宋重修広韻』の字体注記について〉、陳建裕〈《玉篇校釋》簡評〉、〈《玉篇》版本研究〉、〈《玉篇》部首說略〉、〈《玉篇》研究綜述〉。學位論文，如：柯金虎撰碩士論文《大廣益會玉篇引說文考》、吳憶蘭撰碩士論文《說文解字與玉篇部首比較研究》、楊素姿撰博士論文《大廣益會玉篇音系研究》工藤祐嗣撰碩士論文《『干祿字書』‧『大広益会玉篇』‧『大宋重修広韻』の字形注記について》。

　　不論是原本《玉篇》、《篆隸萬象名義》或是《大廣益會玉篇》，這三類的研究方向，可以歸類有單一面向的研究，也有語音系統的討論，除此之外也有綜合三者的討論，如：劉友朋、高薇薇、頓嵩元〈顧野王《玉篇》及《玉篇》對《說文》的匡正〉、工藤祐嗣〈原本系『玉篇』字体注記の『篆隸万象名義』‧『大広益会玉篇』への受容の状況について——「重文」を中心とした考察〉。

　　以上所列的研究成果，對於本文欲討論的直音部分相關問題，目前為止並無學者有任何的研究論作出現，一來，直音以一字標一音的形式出現，在音讀表現上並無任何的疑義。二來，在反切出現後，直音在書籍標音中已經失去的大部分的位置。基於這些原因，直音這個部分尚無學者為此作深入研究。然而本文基於對直音的標音方式，以及今本《玉篇》前有所承的情況，想藉由《玉篇》字書系統，以及直音來發掘其中時代語音變化的軌跡。

三、研究價值

　　歷來傳統聲韻學研究，主要集中在古音學、以《廣韻》為中心的中古音研究及近代音研究這三大部分，這三部分所依憑的多半是以韻書為主的體系。相對於韻書，字書的語音研究則較乏人耕耘，從許慎《說文解字》之後，

歷代也出現許多字書，如晉・呂忱《字林》、梁・顧野王《玉篇》、唐・顏元孫《干祿字書》、唐・張參《五經文字》、唐・唐玄度《新加九經字樣》、宋・郭忠恕《佩觿》、宋・張有《復古編》、宋・李從周《字通》、遼・釋行均《龍龕手鑑》、元・李文仲《字鑑》等，目前以許慎《說文解字》、遼・釋行均《龍龕手鑑》的研究較多，但整體而言，字書的研究與韻書相同，皆主要趨向於該書所承現的音系分析，並配合該時代之韻書交相對照，以此為材料，進而釐清該時代之語音系統及語音現象。

　　而本文則選擇以《大廣益會玉篇》為材料，將上溯原本《玉篇》與《篆隸萬象名義》的語音材料，焦點定在直音現象研究，先從直音字例著手，瞭解所代表的時代語音面貌，再串聯原本《玉篇》與《篆隸萬象名義》的語音資料，進而推求出直音字例的來源。

　　利用直音字例中直音字與被注字之關係全等的特色，以此作為語音連結的線索，藉由單字與單字之間的語音全等關係〔註7〕，配合上同時代的韻書，如《廣韻》等相關韻書或韻圖，以期可以達到釐清語音的變化過程，並可以提供語音變化的實際例證。

　　再者，利用今本《玉篇》中直音字例多為新字的特色，來證明新字創造的原則與建構語音方法的實現，這是在韻書中所無法呈現的部分，經過歸納字書中的直音字例，方能對這些問題提出合理的答案。

四、研究方法

　　任何一個學科，除研究對象外，針對不同的研究對象及目的，所使用的方法也必須互相配合，漢語音韻學也是如此，方法的正確與否，對研究成果是否可以完全呈現，影響甚大。因此，方法論是整個研究中相當重要的一環，諸多學者對漢語研究亦提出相當多的研究方法。以下就三種撰寫本文所需的研究方法說明如下：

（一）歷史串聯法

　　是指結合歷史上不同時期的材料來考察漢語音系，由中古的韻圖、韻書等

〔註7〕關於「語音全等關係」，今本《玉篇》僅有一例是例外現象，但仍是先標直音字，而於後附註聲調，以確保字音標示的準確。

音韻材料來連接上古，向下則與中古後期和近代的語音相關的音韻資料互相對照比較。徐通鏘曾說：「語言中的差異是語言史研究的基礎，沒有差異也就不會有比較，沒有比較，也就看不出來語言的發展。〔註8〕」因此，透過比較語音的不同，來分辨《大廣益會玉篇》中直音字例間直音字與被注字之間的關連性，再以同時代其他韻書進行語音比較，並進而發現直音字例所呈現的語音變化。

（二）音理分析法

音理分析法就是傳統所說的「審音法」，根據語音學的一般原理及語音演變的普遍規則來分析音系。這個方法多使用在音類的區分與音值的擬值，運用一定的音理知識，如此便可深入文獻材料，推求符合漢語結構的語音系統。在本文中，以這種方法分析今本《玉篇》與《廣韻》之間的語音的差異與變化。

（三）統計法

統計法是種數學方法，馮蒸認為音韻學研究者使用的統計方法，大致上有三種：算術統計、概率統計、數理統計。其中以算術統計在音韻研究中運用的最為普遍，這種統計法主要是運用初等數學中的一些簡單算法，計算各種情形下出現的次數、頻率、並進而計算其百分比，利用統計次數和百分比的高低觀察出某些現象〔註9〕。本文中將以此種方法做出統計，例如：用來統計直音字例中被注字與直音字同形與異形的比例，將應用於本文第三章第二節。

藉由上述的各種方法來進行本文的研究，探討直音字例在《大廣益會玉篇》所扮演的語音角色及其所賦予的時代語音意義。

第二節　研究對象

本文的研究對象主要以今本《玉篇》為主，輔以原本《玉篇》、《篆隸萬象名義》，這三者之間有著先後承繼的關係，故想要研究今本《玉篇》的直音字，必定將原本《玉篇》與《篆隸萬象名義》納入討論。楊素姿《《大廣益會玉篇音系》研究》〔註10〕、〈澤存堂本今本《玉篇》與孫強本《玉篇》之關係

〔註8〕見於徐通鏘《歷史語言學》（北京：商務印書館，2001），頁81。
〔註9〕見於馮蒸《漢語音韻學論文集》（北京：首都師範大學出版社，1997），頁25～26。
〔註10〕見於楊素姿《大廣益會玉篇音系研究》（高雄：國立中山大學中國文學研究所博士研究論文，2001），頁1～28。

考辦〉〔註11〕中已經整理出歷來各家學者對於這三本書相承關係的討論，並有相當詳細的分析與描述，因此，本文便不再次詳細敘述，以下便依時代順序，將這三本書依序介紹，並簡述其相承關係。

一、原本《玉篇》

　　原本《玉篇》一書由梁・顧野王所撰，顧野王（A.D.519～581）字希馮，顧烜之子，吳郡吳人，入陳為國學博士，黃門侍郎。顧氏所撰的字書是中國最早的楷書字典，原本《玉篇》成書於梁大同九年（A.D.543），《玉篇》卷首有「野王自序」和「進《玉篇》啓」，這部書是奉命而作，用來呈給梁武帝之子蕭繹。書分 30 卷，但《隋書經籍誌》著錄作 31 卷，《日本見在書目》同作 31 卷，可能是序文跟表啓曾為一卷。

　　該書不久經過蕭愷的刪減之後，以此面貌流傳於世，《梁書・卷三十五・蕭太子列傳》〔註12〕：「先是時，太學博士顧野王奉令撰《玉篇》，太宗嫌其書詳略未當，以愷博學，于文字尤善，使更與刪改。」由於目前所見之原本《玉篇》，其序文已不存，由古籍中仍可找到關於原本《玉篇》著者的記載：

　　　　《隋書・卷三十二・經籍志，第二十七》：「《玉篇》三十一卷，
　　　　陳左將軍顧野王撰。」

　　　　唐封演《封氏聞見記・卷二》：「梁朝顧野王撰《玉篇》三十卷，
　　　　凡一万六千九百一十七字。〔註13〕」

　　　　《舊唐書・卷二十六・經籍志・第二十六上・甲部經錄・小學
　　　　類》：「《玉篇》三十卷顧野王撰。」

　　　　《崇文總目・郡齋讀書志・卷一下・小學類》：「《玉篇》三十卷，
　　　　右顧野王撰，唐孫彊又嘗增字，僧神珙反扭圖附於後。」

　　南宋初年的《郡齋讀書志》和《直齋書錄解題》所著錄的《玉篇》已均寫

〔註11〕見於楊素姿〈澤存堂本《大廣益會玉篇》與孫強本《玉篇》之關係考辦〉收於《聲韻論叢》第十二輯（台北：台灣學生書局，2003），頁 147～174。

〔註12〕請參見《梁書・卷三十五・蕭太子列傳》。本文所引用之所有古典文獻均採自香港中文大學【漢達文庫】。網址：http://www.chant.org/

〔註13〕見於（唐）封演《封氏聞見記》（臺北：新文豐出版社，1984），頁 6。

爲「孫氏增本」，而陳彭年等重修《玉篇》亦據孫本，故可以推想唐末宋初時，顧野王《玉篇》在中土已亡佚。

以上是在各種典籍中可見關於《玉篇》的記載，同時可以想見《玉篇》在當時已廣爲流傳，也因此乃至唐高宗時，經處士孫強修訂並增補，顧野王的《玉篇》便被取代而消失，孫強增補的《玉篇》則成爲主要流傳的本子，至宋眞宗大中祥符六年（A.D.1013），陳彭年等人奉命重修，成爲目前流傳於世的今本《玉篇》，也是目前所見最普遍流傳的本子。

雖然原本《玉篇》在中土已亡佚，卻有殘卷流存於日本。黎庶昌出使日本，發現原本《玉篇》殘卷，並加以抄錄並攜回中國，繼由羅振玉認爲抄錄過程恐有失眞，故繼以珂玀版〔註14〕印刷。除了這兩種版本外，目前另有日本東方文化學院珍藏的版本，以下分別介紹。

（一）黎庶昌本

在清光緒初年黎庶昌出使日本，發現了唐寫原本《玉篇》，判斷是「顧氏原帙」，便摹寫刻印，並收入《古逸叢書》中。共有下列各卷：

卷九言部（首缺）到幸部（首缺）

卷十八之後分：放部至方部

卷十九：水部（首尾均缺）

卷二十二：山部至厶部

卷二十七：糸部至索部

（二）羅振玉本

由於黎本多半是根據傳寫副本刊刻，加上多據今本《玉篇》及二徐本《說

〔註14〕 珂玀版印刷，是 1868 年德國慕尼黑攝影師阿爾貝特（Joseph Albert）發明的印刷技術。他在厚磨沙玻璃上，塗布明膠和重鉻酸鹽溶液，製成感光膜，用陰圖底片敷在膠膜上曝光，製成印版。由於版面使用明膠，故而在這個技術的名稱中加上有希臘語 Glue（膠）意的 Collo，珂玀是譯音。印刷特點是逼眞傳神，而且能夠保留產生筆墨的神韻。1875 年以後，珂玀版技術傳入我國。1876 年，上海有正書局首先採用此項技術印製印刷品，隨後，文明書局也試驗成功。由於當時我國印刷物的載體一般還使用宣紙，而宣紙在印刷過程中受水變形，影響了套色印刷的質量。1907 年，商務印書館開始試用珂玀版技術，1919 年更試驗成功上等宣紙 15 色套印工藝。以後，珂玀版技術在印製手稿和書法繪畫方面，顯示出了特殊的魅力。

文》加以校改，雖然其中有較多精到之處，但也有出現竄改的部分，加上亦未說明校改之處，故使用時必須加以愼重。由於羅振玉認爲梁氏的摹刻失眞，故以珂瓏版影印有以下幾卷：

卷九言部（首缺）到幸部（首缺）

卷二十四：魚部殘卷 20 字

卷二十七：糸部至索部

羅本卷二十四是黎本所沒有的部分，羅本缺黎本卷十八之後分放部至方部、卷十九水部及卷二十二山部至厶部。由於羅本都用原卷影印，所以在字形與內容自然優於黎本。但除了字形與內容的差異外，黎本與羅本最大的差別仍在於字數的多寡，收字則以黎本爲多，因此而後的文章討論，將兩者收字內容加以綜合。

（三）日本東方文化學院

日本東方文化學院於昭和七年至十年（A.D.1931～1934），將《玉篇》殘卷作爲《東方文化叢書》第六輯，收有下列幾卷：

卷八：昭和十年距東京藤田氏古梓堂藏抄本影印。

卷九：昭和七年早稻田大學藏抄本影印

卷十八之後：昭和十年用大阪藤田氏藏抄本影印

卷十九：昭和十年巨大版藤田氏藏抄本影印。

卷二十七：昭和八年據山城高山寺、近江石山寺藏抄本影印。

其中卷八心部所存 6 字是黎本、羅本所無，而水部較黎本多脫 25 字，這次的刊行，全以原寫本影印，印刷相當精良。

在字數上，三種版本所存部目不全相同，負有缺損，黎本所存字數爲二千餘字，僅有原書的八分之一；羅本較黎本多卷二十四魚部殘卷的 20 字，缺卷十八支後分放部至方部 161 字，及卷十九水部 144 字；《東方文化叢書》本多卷八心部 6 字，而水部前部又比黎本少 25 字，此本多以珂瓏版精印，卷子形制及墨色深淺最近似原卷，可說是最善本。

到了西元 1985 年，中華書局影印出版《原本玉篇殘卷》，匯集了黎本、羅本之外，又收入了日本東方文化學院影印卷八心部所存六字，而其中羅本與黎本重複之處，則可以互相參校，這個版本也是目前原本《玉篇》最通行的版本。

然而，對於原本《玉篇》殘卷傳抄年代，學界的看法尚未一致，最早有學者認爲隋唐，亦有學者認爲是唐宋時期，多數學者如柏木探古、羅振玉、楊守敬、胡旭民等，都認爲是在初唐時代，由原本《玉篇》中均用「某某反」的用法，可以確定至少應是最晚不超過唐代的抄本，因爲唐代以前反切均作「某某反」，唐末才避諱改爲「某某切」。

唐代《聞見記》中記原本《玉篇》收有 16,917 字，但綜合來論，目前原本《玉篇》殘卷只存七卷、六十三部、2,049 字，僅有顧氏原本的八分之一，除卷二十二、卷二十七是完整之外，其餘均有殘缺。若從字體風格與卷子年月的記載上判斷，應非一人一時所抄，文字錯訛亦多，雖數量少，但已經可以大致瞭解原本《玉篇》的內容及體例。

二、《篆隸萬象名義》

日本是中國古代典籍流入最多的國家，自唐貞觀四年（A.D.630）日本第一次派遣唐使到中國開始，到唐大曆十年（A.D.775）已經派出有十五次之多，這些遣唐使回到日本，帶回的中國典籍甚多，原本《玉篇》亦是在這個時代被攜回日本並成廣爲流傳，也對日本字書產生莫大的影響。

日本弘法大師空海在唐德宗貞元二十年（A.D.804）來到中國，根據《舊唐書·列傳·卷一百九十九·東夷·日本國》：「貞元二十年，遣使來朝，留學生橘逸勢、學問僧空海。元和元年，日本國使判官高階眞人上言：『前件學生，藝業稍成，願歸本國，便請與臣同歸。』從之，開成四年，又遣使朝貢。」空海大師在中國受學於高僧惠果，直至唐憲宗元和元年（A.D.806）回國，回國後著手編撰《篆隸萬象名義》〔註15〕（以下簡稱爲《名義》），而卒於（A.D.835）。

然而《名義》著作的時間，周祖謨先生〈論篆隸萬象名義〉〔註16〕一文中認爲，該書應完成於西元 827 至 835 年間；日本學者高田時雄先〈篆隸萬象名義解說〉提出，該書應成於空海大師圓寂前的七、八年間，兩位學者所提出的時間有重疊之處推論也皆相同，本文暫以此推知《名義》的成書時間大致處於

〔註15〕 《篆隸萬象名義》，以下將簡稱爲《名義》，於後的篇章提及亦同。

〔註16〕 參見周祖謨《問學集》下冊〈論篆隸萬象名義〉（北京：中華書局，2004），頁894
～918。

西元 827 至 835 年間。目前日本山城國高山寺所藏鳥羽永久二年（A.D.1114）的一部古抄本《名義》，也是日本唯一的《名義》傳本（現存於日本京都國立博物館）。

　　該書「蝴蝶裝，豎長形本，共六帖。沒有封皮題名，卷首有『篆隸萬象名義第一』的字樣，故得知書名。」卷尾有「永久二年六月以敦文王之本寫之了」的字樣，各可以此書抄寫的年代爲鳥羽二年（A.D.1114）。根據高田時雄〈篆隸萬象名義解說〉一文中指出：「這個距今已有 880 年的寫本體裁，長 26.8 公分、寬 146 公分，使用黏葉裝，每半頁六行、各行上下各有一字相配，一般的情況是每半頁有十二行字於上。全部共有六帖、各帖的頁數分別是，一百頁、九十二頁、八十九頁、一百五十一頁、一百八十八頁。一共是七百零四頁，共有收有一萬五千六百五十七字。第五、六帖的頁數是其他帖的兩倍，這是因爲第五、第六帖是最後抄寫的緣故，和先前已經抄好的前四帖的體制不同，這是後來才又補上去的，爲何第五、六帖的頁數特別多呢？如果將第五、六帖各分兩帖、那麼就是全八帖的寫本了。〔註 17〕」在日本《名義》有六帖與八帖兩種寫本，且內容完全相同，高田時雄認爲八帖的寫本只是將最後兩帖拆成四帖，好讓各帖看起來都平均一些。後來於昭和二年（A.D.1927）由日本崇文院影印收入日本《崇文叢書》第一輯。

　　在 1936 年由唐蘭、周祖謨、張政烺等人集資，由北京琉璃廠來薰閣據《崇文叢書》本影印。在台灣則於 1975 年由中華書局據《崇文叢書》本縮印出版，後附劉尚慈所作之《字表》及《校字記》。

　　《名義》成書比上元本《玉篇》晚了近 150 年，因此《名義》所根據的是上元本《玉篇》還是顧野王《玉篇》，實難以確定。楊守敬認爲《名義》應本於顧野王《玉篇》，周祖謨亦同意這項說法。陳建裕將《名義》與原本《玉篇》相比，得出下列結果：「發現原本《玉篇》殘卷將《說文》重文均立爲字頭，而《名義》許多卷中又盡去之。僅以殘卷所存 2,049 字與《名義》相較，《名義》少收原本《玉篇》所立《說文》字頭共 128 字，以此推知，原本《玉篇》收字及字數與《名義》有一定的出入，故說《名義》盡本於原本《玉篇》

〔註17〕翻譯自〔日〕高田時雄《篆隸萬象名義解說》收於《定本弘法大師全集》第九卷，
　　　　日本和歌山縣：密教文化研究所弘法大師著作研究會，1995，頁 1～9。
　　　　http://www.zinbun.kyoto-u.ac.jp/~takata/bunroku.html

似不可信。〔註18〕」劉尚慈在〈《篆隸萬象名義》考辨〉云：「空海之《名義》應該是以原本《玉篇》為基礎，補入了《象文玉篇》之篆書，又借鑑了孫強《玉篇》及趙利正《玉篇解疑》而編纂的。〔註19〕」陳建裕亦贊同劉尚慈的說法。

比較《名義》與原本《玉篇》，其中兩者部目、次第幾乎相同，但在注釋方面，《名義》雖據原本《玉篇》寫成，但未將原書用例、野王案語加以保留，只僅列出訓釋，不引經傳的特色反而和宋代的今本《玉篇》相似。

《名義》與今本《玉篇》的區別，主要在於內部的部次有所不同。《名義》收字根據劉尚慈統計有 16,938 字，其中近千字是保留了篆書形體在楷書字頭之上，今本《玉篇》收有 22,873 字，比《名義》多了 5,935 字。再則《名義》多保留原本《玉篇》的多種義項，今本《玉篇》則僅保留一至二種。再來是《名義》由於手抄的緣故，俗字較多，傳抄時的錯誤也不少，今本《玉篇》由於是雕版印刷，錯誤較少。

三、今本《玉篇》

目前所見的今本《玉篇》已經可以確定是南宋時所刊行的版本，是經過多次的增刪而成，以下透過分析卷首所載附雕印頒行的牒文與「題記」來說明今本《玉篇》。

（一）成書歷程

顧野王《玉篇》雖然經過蕭愷的刪減，但數量依然龐大，尚有 16,917 字之多，在唐高宗上元年間（A.D.674～676），南國處士富春孫強對顧野王《玉篇》進行修訂，減少注文，增加字例。在宋代陳彭年今本《玉篇》大中祥符六年牒文後所附「題記」上有載：「唐上元元年甲戌歲四月十三日南國處士富春孫強增加字」的這段文字，由此推知唐代「上元」年間曾出現孫強的增字減注本《玉篇》。

但「上元元年」究竟是指何時？在唐代曾有兩次的「上元元年」，一為唐

〔註18〕見於陳建裕〈《玉篇》版本研究〉，西藏大學學報第十四卷第二、三期，1999.08，頁 97～100。

〔註19〕見於劉尚慈〈《篆隸萬象名義》考辨〉，中國語言學報第八期，北京語言文化大學出版社，1997.03，頁 153～160。

高宗上元元年（A.D.674），一爲唐肅宗上元元年（A.D.760）。對照歲次來看的話，唐高宗上元元年的歲次爲「甲戌」；唐肅宗上元元年的歲次爲「庚子」。這時所刊刻通行的《玉篇》，稱之爲「上元本」《玉篇》或是「孫強增本」。然而目前上元本《玉篇》目前已經亡佚，只能在歷代書目中仍可見到蹤跡：

> 南宋初年晁公武《郡齋讀書志》云：「《玉篇》三十卷，右顧野
> 王撰，唐孫彊又嘗增字，僧神珙反扭圖附於後。〔註20〕」

> 南宋末《直齋書錄解題》云：「《玉篇》三十卷，梁黃門侍郎吳
> 興郡顧野王希馮撰，唐處士富春孫彊增加。」

元代的馬端臨《文獻通考》著錄《玉篇》是重錄晁氏之舊，可見此時上元本已經亡佚。除了上元本外，唐代還有一些刪節《玉篇》的本子。《文獻通考》：「《玉篇》三十卷、《像文玉篇》二十卷。《崇文總目》：『唐釋慧力撰，據顧野王枝書衰益叢説，皆標文示像。』」又云：「《玉篇解疑》三十卷。《崇文總目》：『道士趙利正撰，刪略顧野王之説以解文字。』」還有，樓鑰《攻媿集》卷七十八《跋宇文廷臣所藏吳彩鸞玉篇抄》云：「兹見樞密宇文公所藏《玉篇抄》則又過之，是尤可寶也。」現在日本藤田佐世《日本國見在書目錄》尚著錄有《玉篇抄》十三卷，但此類《玉篇》皆已不可考見，僅存書目。

宋眞宗大中祥符六年（A.D.1013）陳彭年、吳銳、丘雍等奉旨重修《玉篇》，天禧四年（A.D.1020）始雕版印行，共有三十卷，五百四十二部，22,873 字，名之爲今本《玉篇》，今本《玉篇》最早著錄於《崇文總目》：「皇朝詔翰林學士陳彭年與史館校勘吳銳、直賢院丘雍等重加刊定。」但今本《玉篇》見於書目者不多。

清代于敏中等人編纂《天祿琳琅書目》錄宋刻今本《玉篇》有四種，分別是卷一：宋版經部：「今本《玉篇》一函六冊。」《後編》卷三：宋版經部「今本《玉篇》一函八部。」又「今本《玉篇》一函六冊。」這些都未註明是「大中祥符牒」，可見今本《玉篇》是在孫強增本的基礎上，進一步地增字並減注而成，和原本《玉篇》相比，今本《玉篇》多了 5,956 個字例，刪去原本部分義項，去除顧野王案語，書證亦保留甚少，原本《玉篇》所標明的異部重文，也

〔註20〕同註6。

全數刪除。如以「典」爲例：

> 今本《玉篇》：「典，丁殄切。經籍也。」

> 原本《玉篇》：「典，都殄反。《尚書》：「有點有則。」孔安國曰：「謂經籍也。」《周禮》：「太宰之職掌建邦之六典。」鄭玄曰：「典，主也。」野王案：「舜受命伯倛典振三禮，命夔典樂，並是也。」《毛詩》：「文王之典。」傳曰：「典，法也。」《爾雅》：「典，經也。」《說天》：「典，武帝之書，从冊在上，尊閣之也。」一曰：「典，大冊也。」野王案：「《尚書》有堯典。」孔安國曰：「可爲百代常行之道也。」古文篇字爲在竹部；以主職之典爲敟字在攴部。〔註21〕

　　兩相比較之下，經過孫強、陳彭年等人修訂後的今本《玉篇》已經喪失了原本《玉篇》的特色，且原本《玉篇》中所記載的那些典籍，目前也多半亡佚，而今本《玉篇》獨獨流傳於世，其增刪者的功勞不可埋沒。

（二）版本比較

　　然而今本《玉篇》歷經元明清三代，也有多種刻本流傳於世。宋本有清代張士俊澤存堂刻本和曹寅揚州詩局刻本，卷首在「野王序」和「進書啓」之後有「神珙反紐圖」及「分毫字樣」，特色是註文繁富。

　　元刻本《玉篇》，元延祐二年（A.D.1315），元沙書院刻本、建安鄭氏本、建安蔡氏本、詹氏進德書堂本、鐵琴銅劍樓藏本、開封府本、建德周氏藏元本等。元本多收《新編正誤足註玉篇廣韻指南》一卷、神珙〈四聲五音九弄反紐圖序〉。元本內容較宋本減略，文字排比整齊，各部目中字的排列次第與宋本不相同。

　　明刻本有明初刻本、永樂中朱氏本、宣德辛亥清江書室本、弘治五年詹氏進德書堂刻本、萬曆元年益王府刊本、內府本、南京國子監本、開封府翻本、劉氏明德書堂刻本、福建書房本等。

　　清刻本有張氏澤存堂覆宋本、曹寅棟亭本、小學匯函本、新化鄧氏刻本、新安汪氏明善堂本等。

　　雖然今本《玉篇》看起來刻本眾多，但目前通行的版本僅有兩種：一是元

〔註21〕見於〔隋〕顧野王《玉篇》（北京：中華書局，2004.05），頁311。

建安鄭氏本，元明刻本多據此本翻刻。二是清康熙年間，朱彝尊借于毛氏汲古閣的所謂「宋槧上元本」，此本由張士俊翻刻，朱氏爲之作序，世稱「朱序本」。

元刊本與澤存堂本的不同在於卷首添增〈字有六書〉、〈字有八體〉、〈切字要法〉、〈辨字五音法〉、〈辨十四聲〉、〈三十六字母五音行清濁傍通撮要圖〉、〈三十六字母切韻法〉、〈切韻內字釋音〉、〈辨四聲輕清重濁總例〉、〈雙聲疊韻法〉、〈羅文反樣〉、〈奇字指迷〉、〈字當避俗〉、〈字當從正〉、〈字之所從〉、〈字之所非〉、〈上平證疑〉、〈下平證疑〉、〈上聲證疑〉、〈去聲證疑〉、〈入聲證疑〉等；澤存堂本則僅有〈四聲五音九弄反扭圖・並序〉、〈分毫字樣〉、〈五音聲論〉

部首方面，元刊本將三十卷五百四十二部首的目錄編爲〈《大廣益會玉篇》總目〉。各部字的編排方面，元刊本以重視字例排列的整齊度，非若澤存堂本以字義系聯爲原則。在音注與釋義方面，元刊本較澤存堂本簡略。

澤存堂本，又有不同的版本問世，大致上內容是同於汲古閣所藏。但此朱序本首題「大廣益會」之名，內容卻無大中祥符牒文，故此「朱序本」既非朱氏所云「宋槧上元本」，因爲無大中祥符牒文，也不是今本《玉篇》原刊本，因爲並無題「大廣益會」之名。然而「朱序本」在當時被認爲是稀世珍寶，清刻本多宗此本，另外，中華書局《四部備要》內容同於此本。

而鄭氏本與朱序本的差異，主要表現以下幾點：

1. 鄭氏本卷首有大中祥符六年牒文，而朱序本無。

2. 鄭氏本有部首總目，但各卷首則不再標明部目；朱序本有部首總目，亦將《玉篇》分爲上、中、下三卷，每十卷首有該十卷首的部首總目，每一卷又列該卷部目。

3. 鄭氏本排列較整齊，但字序任意，朱序本較類似原本《玉篇》。

4. 各部字數少部分有所出入。如土部、黃部，鄭氏本分別爲：356 字、22字；朱序本爲 355 字、23 字。

5. 注文方面，亦有小部分差異。一是訛字。如「嶄」，鄭氏本：「山石高俊，或作漸。」；朱序本：「山石高俊貌，或作礸。」再來是釋義有別。如「峘」鄭氏本注：「大也。」朱序本注：「大山也。」最後是引例詳略不同，如「庶」鄭氏本注：「眾也、幸也、冀也、侈也、庶几也、尙也。」朱序本注：「眾也、幸也、冀也、侈也、庶也、尙也。」

綜合來看，鄭氏本與朱序本的差異不大，應屬同一源流，但都有一些小改

動，所以都已不是今本《玉篇》的原刊本了，所以研究時，可以兩本交互參看研究。

　　除了上述的原本《玉篇》、《名義》、今本《玉篇》之外，尚有唐代節本《玉篇抄》，亦曾流入日本，在藤田佐世《見在書目》中著錄有《玉篇抄》十三卷。另外宋、元、明、清刻本《玉篇》流入日本也頗多，也多被翻刻，根據楊守敬的統計共有十種：1. 北宋槧本。2. 日本宮內廳圖書寮藏圓沙書院延祐本。3. 日本尊經閣藏圓沙書院泰定本。4. 元建安蔡氏本。5. 元建安鄭氏本。6. 至正丙申新刻元刊本。7. 靜嘉堂藏至正二十六年本。8. 明劉氏明德書堂本。9. 日本內閣文庫十一行本和十二行本。10. 內藤博士藏十二行本。其實日本主要也分爲兩種，一是以元建安鄭氏本爲主的刻本，此種最多。二是北宋槧本。楊守敬《日本訪書志》認爲此本：「款式與澤存堂本同，首亦無大中祥符牒，而野王《序》前亦有新舊字數。此書並宋槧《玉篇》。」其實就是朱彝尊所謂「宋槧上元本」。

第三節　《大廣益會玉篇》直音字例

　　本節將說明今本《玉篇》與直音字例的關連性，以期明白剖析直音字例在今本《玉篇》中的價值和語音意義。

一、直音字例概述

　　本文的所使用「直音」的定義，以多位學者整理標音方式，而所得「直音」的定義。如：竺家寧認爲「直音是找個通音字來注音。〔註22〕」濮之珍認爲「用一個字來住另一個同音字的音。〔註23〕」顧名思義，便是以一字標注一音的方式，標示字例語音的稱爲「直音字」，被標示的稱爲「被注字」。

　　直音字代表被注字所有的音讀內容，包括了聲母、韻母、聲調等，所有的語音現象都含括在一個字來表現，這不像反切利用兩字，上字代表聲母，下字代表韻調，直音是完整地呈現被注字的音讀。

　　人類從進入文明以後，進而發展文字以記錄，記載於書面的文字，必定會

〔註22〕見於竺家寧《聲韻學》（台北：五南圖書出版公司，1999，二版），頁 20。

〔註23〕見於濮之珍《中國語言學史》（台北：書林出版有限公司，1994，初版三刷），頁 190。

面臨到字音標示的問題，在未有反切的情況下，古人也思考出相當多的方法來解決，如：直音、讀若、讀如、譬況。

　　直音以外的注音方法來說，其應用的原理很簡單，以讀爲、讀曰、讀若、讀如、譬況來說。漢代學者取音近似的字互相注音，這種方法叫做「讀若」，如《說文》：「埜讀若潭」、「坴讀若逐」，段玉裁〈周禮漢讀考序〔註24〕〉云：「漢人作注，於字發疑正讀，其例有三，一曰讀如讀若，二曰讀爲讀曰，三曰當爲。讀如讀若者，擬其音也，古無反語，故爲比方之詞；讀爲讀曰者，易其字也，易之以音相近之字，故爲變化之詞。比方主乎同，音同而義可推也；變化主乎義，字異而義憭然也。」，讀若、讀如這二術語，主要以「甲讀若乙」與「甲讀如乙」的形式出現。「讀若」的例子：《儀禮‧聘禮》：「車秉有五籔籔讀若不數之數。」鄭玄注「籔」爲讀若「不數」的數。《說文解字》：「屮，艸木初生也。象丨出行，有枝莖也。古文或以爲艸字。讀若徹。〔註25〕」

　　又「讀如」之例：《詩經‧鄭風‧大叔于田》：「叔善射忌，又良御忌。」鄭箋：「忌，讀如『彼己之子』之己。」《禮記‧少儀》：「祭祀之美，齊齊皇皇皇讀如『歸往之往。』」「皇」鄭玄注爲讀如「歸往」的往。除了讀爲、讀曰、讀如、讀若外，段玉裁亦提到：「凡言『讀與某同』者，亦即『讀若某』也。」如：《說文》：「範，範軷也。从車笵省聲。讀與犯同。〔註26〕」《漢書‧高帝紀》：「陛下嫚而侮人。」顏師古注：「嫚，易也，讀與慢同。」。

　　「譬況」則是出現於「讀若」、「直音」之後，原理是以一些比喻或形容的詞語對於難字的讀音信息描寫，使用這種注音法的學者有：何休、高誘、劉熙。如：《十三經注疏‧春秋公羊傳注疏‧莊公‧卷九‧莊公二十八年》：「春秋伐者爲客伐人者爲客，讀伐長言之，齊人語也。伐者爲客，何云：讀伐，長言之，伐人者也。伐者爲主見伐者爲主，讀伐，端言之，齊人語也。伐者爲主，何云：讀伐短，之見伐者也。」，又《顏氏家訓‧音辭》：「又莊二十八年公羊傳『春秋伐者爲主，伐者爲客。』

〔註24〕見於趙爾巽等《清史稿‧志‧卷一百四十五‧志一百二十‧藝文一‧經部‧禮類》（北京：中華出版社，1977），頁87。

〔註25〕見於〔漢〕許慎著、〔清〕段玉裁注《新添古音說文解字注》（台北：洪葉文化事業有限公司，1998），頁21。

〔註26〕見於〔漢〕許慎著、〔清〕段玉裁注《新添古音說文解字注》（台北：洪葉文化事業有限公司，1998），頁727。

何休於上句注云：『伐人者爲客，讀伐長言之。』於下句注云：『見伐者爲主，讀伐短言之，皆齊人語也』」，可見何休認爲，聲調的不同表示著不同的語法意義，「長言」與「短言」之間的分際是明顯且需辨別的。綜合上述這些方式，皆是標以一個語音相近的字來標音的注音方法。

　　而「直音」，是用一個語音完全相同的字來標音的注音方法，在《說文》中就可以見到使用「直音」的情形。「直音」的出現，標誌著人類對於音讀認知的進步，若要追溯其最早出現於書面的時代，恐怕還是以《說文》爲最早，但依照順著人類學習語言的歷程來說，使用「直音」法應該早於《說文》時代才是，只是未留下書面記錄。「直音」在典籍中的表現方式，如：宋代《九經直音》「朝，音昭」、「絺，音蚩」，這種注音法簡明易懂，所以運用的歷史最久也最普遍，截至目前的辭書編輯還會使用此種注音法。但「直音」這種注音方法也會出現無法解決的時候。如：「品」，該字並無其他的同音字，那麼「直音」法在這裡便毫無用武之地。顧炎武云：「漢時人未有反切，故于字之難知者多注云讀若。」又趙宧光《說文長箋‧凡例》：「古無音切之法，音聲之道無邊，而同音者甚少，故許氏但有讀若，若者猶言相似而已，可口授而不可筆傳也。〔註27〕」、清朝學者陳澧：「無同音之字則其法窮，或有同音之字而隱僻難識，則其法又窮。」，直音法經過長時間之後，可能由於各地方言的不同變化，那麼直音字便逐漸失去了標音的作用，歷代的學者也都意識到這些標音法有其侷限性，因此，在直音的使用是需要不斷地修正。

　　然而「直音」還是經歷了兩千年而不衰，主要是人們在使用直音充分地發揮了直音的長處，而所不足的地方則由尋求他法以補不全之處，以其他的標音方式代替時，當遇到一個字並沒有同音字，或是該字的同音字相當地艱澀難懂時，則採用該字的同聲韻，但不同聲調之字爲直音字，並於後面標注被注字的正確聲調。這種作法起於唐代，唐‧玄度稱之爲「但扭四聲，定其音旨」。或是改由反切來注音。反切，根據文獻資料，最晚在漢代末期便出現了「反切」的注音方法。「反切」的出現，除了顯示出人們對於語音的分析度變高之外，也突顯出對於字音的聲韻調觀念的建立。字音不再只是純粹聲音而已，它成爲可以被分析、拆解的語音成分。

〔註27〕見於〔明〕趙宧光《說文長箋》（合肥：安徽教育出版社，2002）

吳承仕於《經籍舊音序錄》：「以一字比況作音謂之直音，以二字比況作音謂之反切。直音與反切統謂之音。反切所用之字謂之反語，亦謂之切語。切語上字謂之聲，謂之聲類，亦謂之紐。切語下字謂之韻。〔註28〕」吳承仕將「直音」和「反切」以「一字」及「兩字」標音作爲區隔兩者的標準，「一字」則概括了整個字音；「二字」則分別代表聲母、韻母的概念，這便是前人對於分析語音成果的證明。

雖然「反切」的出現讓標音方法的演進告一段落，但「反切」的出現並未使得其他原有的標音方法消失，在漢代或是隋唐時期以降，有相當多的書籍採用了多種標音方法，並非只使用「反切」。如：《漢書·本紀·卷一上·高帝第一上》：「服虔曰：『儋音負擔之擔』，師古注：『音丁肝反』」、唐代的唐玄度《新加九經字樣》一卷、宋代《大宋重修廣韻》、《九經直音》、遼釋行均《龍龕手鑑》等等……，都可以見到反切以外的注音方法。

雖然「直音」在歷代的韻書、字書中所佔的比例，遠比反切來得少很多，但由於其全等的標音條件，以及容易使用的優點，各種標音法的應用，「直音」法仍可佔有一席之地。

二、今本《玉篇》與直音的關係

（一）直音的形式與重要性

在今本《玉篇》中，當該字例僅有單種音讀時，注音方式仍以反切爲主，直音出現的比例僅佔 5.37%；當字例出現多音的情況時，正讀仍以反切爲主，又讀〔註29〕則多以直音方式表現的情形居多，然而出現在又讀中的直音，其形式則有「又音某」、「亦音某」、「今音某」三種形式。

今本《玉篇》中的直音字例總共有 1,188 條，只佔今本《玉篇》反切條例

〔註28〕見於吳承仕《經籍舊音序錄》（北京：中華書局，1986），頁 213。

〔註29〕在此所謂的「正讀」及「又讀」，即是指在今本《玉篇》中，字例當出現兩種音讀時，會以「反切（正讀）+釋義+又音某＼又某某切（又讀）」或「音某（正讀）+釋義+又音某＼又某某切（又讀）」這兩類的形式出現，分別將先出現的音讀稱爲「正讀」，將第二種音讀，稱爲「又讀」。由於一般亦以「正音」、「又音」形式爲名稱，但爲避免又音，實可含有反切與直音內容的混淆，故通一以「正讀」、「又讀」爲名稱。

總數的一小部分，然而直音字例所具備的特殊性，讓直音字例在今本《玉篇》中仍有存在的意義與價值。

儘管正讀選用直音的比例並不高，多以反切為主。若就字書中廣列一字多音的情況來說，今本《玉篇》中直音仍是反切之外較常被使用的標音法，因此，以直音來表現又讀表現的例子多於正讀。

總結直音出現的標音情況約有下列兩種情形：

		正　讀	又　　　讀
1.	字例	反切	又音某、亦音某、今音某
2.		音某	又音某、亦音某、今音某

如上所列，字例中的正讀，以反切或直音表現；又讀多以直音表現，以「又音某」、「亦音某」、「今音某」等形式出現。

直音字例數量雖少，這些字例依然可以自成一套語音系統，就像由反切系聯出來的音韻系統一樣，如此以單字注音的特色，讓直音字可以完全地展現字音所具備的各種語音特質與要素。

（二）直音字例統計

直音字例共有 1,188 條，就一字多音的音注形式，其中可以分為兩大部分：一為正讀：音某。二為又讀：又音某，依三卷的順序，整理成表格如下：

〈表一〉直音正讀、又讀統計表

	上卷	中卷	下卷	合計
正讀：音某	68	226	544	838
又讀：又音某	117	116	117	350
總計	185	342	661	1,188

由上表可以發現，直音出現在正讀，三卷中的比例相差較為懸殊。出現在又讀的比例，較為平均。其中又以下卷的正讀為直音的數量為三卷中最多，應該是受到部首歸部的影響。

直音字例總數的分佈，也由上卷逐漸增加，到下卷時，數量則是最多的。一方面是由於今本《玉篇》本身部首排列分佈的緣故，一方面是今本《玉篇》在下卷的部分部首，將這些部首的直音字例對照《廣韻》之後，僅出現於今本

《玉篇》的字例較多，本文將未見於《廣韻》，僅見於今本《玉篇》的字例稱之爲「新字」。

　　由於上卷的部首以人、田、女、土、父、我、身、兄、弟、言、手、口等部居多，這些部首中的字群多半沿襲著早期字書或韻書而來，鮮少有新字出現。中卷則木、老、華、米、香、喜、勿、金、方、左、車、舟等部，這些部首的字群，可以成爲創造新字的材料，故中卷的直音字例又比上卷多了一些。下卷的部首，幾乎全部都是鳥獸蟲魚、物品器皿爲名稱的部首，因此，下卷所含的直音字例是最多的，也佔了全部直音字例的一半之多。

第二章　直音字例的體例及其特色分析

第一節　體例之分類與說明

　　本章先由今本《玉篇》的體例說明，直音字例在今本《玉篇》中所呈現的表現方式，還有各種不同的例外現象，有些是屬於編排上的例外，有些是屬於音讀上的例外，都將在此節一一呈現並說明。

一、標注現象及特色

　　今本《玉篇》的直音字例，在書中呈現的標注現象具有一定的規則。另外，以直音標音的字例中，根據觀察被注字與直音字兩者，可以歸納出兩種特色：一是多屬形聲字，這是屬於文字構造的部分。一是多爲名詞，則是詞性的部分。以下將依序說明。

（一）標注現象

　　首先由今本《玉篇》直音字例的標注現象談起，上一節已經提到，直音字例出現的情況有兩種，一是正讀，一是又讀，特色就是以一個單字標注音讀的方式，只是出現在直音字例中的地位高低不同。

　　直音表現的形式，首先是當直音爲正讀時：「祿，音鹿」，這是最基礎的類型，另有「直音＋反切」的情況，如：「鐙，音登又多鄧切」，也同樣是直音字

例的情形，但是僅有 8 例。

再來是又音部份，即以「正讀＋又讀」方式呈現，其中正讀形式包括了反切及直音兩種，如：「培，薄回切又音部」、如：「餶，音冒又音目」，由於又音部分也是以「一個單字標注音讀」的方式，故本文亦視之爲直音字例的一種。

（二）形聲字

《玉篇》的直音字例中，不論是被注字或是直音字，以構造而言，多屬形聲字居多。

其中被注字屬於形聲字的比例頗高。一方面是形聲字本來就是在漢字，所佔的比例較大外，另一方面則是直音字，藉由形聲字的聲符標音作用，直接讓讀者瞭解其音讀。對於後世而言，則可以有穩固語音的作用，讓因時空而產生的差異降到最低。如：許愼在《說文解字·序》中提到出形聲字的基本定義：「形聲者，以事爲名，取譬相成，江河是也。〔註1〕」取「江、「河」爲例，說明了表現在形聲字上的特色，即表明聲符標音的作用。

1. 多爲形聲字

多爲形聲字，同時是指被注字及直音字，此處的直音字，可能出現在鄭讀及又讀中。

今本《玉篇》中絕大部分的情形是直音字和被注字有相同的聲符，但亦有兩者的聲符截然不同的情形出現，甚或直音字以象形字、指事字或會意字的型態出現。以下將各舉數例以說明之。

如：「珣，音狗，石似玉也。」〈玉部 7〉〔註2〕

如：「詳，似良切，審也，論也，誤也。又音羊，詐也。」〈言部 90〉

如：「莀，音表，草名。」〈艸部 162〉

前兩例的情況相同。被注字「珣」與直音字「狗」，聲符相同。直音「羊」，則是象形字，同時成爲「詳」字的聲符。被注字「莀」與直音字「表」，前者爲形

〔註 1〕 見於〔漢〕許愼著、〔清〕段玉裁注《新添古音說文解字注》（台北：洪葉文化事業有限公司，1998），頁 755。

〔註 2〕 本文所引用到今本《玉篇》中的字例，由於各種版本的編頁不同，，故僅標示部首次序。故此處〈玉部 7〉，即指在今本《玉篇》中玉部屬第 7 部。

聲字，後者爲指事字，兩者間並無相同聲符出現。

如：「牞，音譬，牛具。」〈牛部358〉

被注字「牞」與直音字「譬」，兩者都爲形聲字，但兩者的聲符不同。

被注字是非形聲字時，據統計今本《玉篇》1648例直音字例中僅有「晶」、「冊」、「另」、「傘」、「扁」、「弔」、「予」、「夫」、「召」、「台」、「正」、「臽」、「柴」、「柴」、「血」、「臯」、「广」、「兇」、「粲」、「料」、「雋」、「隼」、「刱」、「齎」、「羴」、「卣」、「夾」、「皕」、「孛」共29例非形聲字的直音字例，也就是形聲字佔全部直音字例的比例高達 98.2%，充分顯示了直音字例對於形聲字的需求程度比一般漢語更高。

綜合上述，今本《玉篇》的直音字例中，由於形聲字的造字方式，最能符合經濟、方便的原則，分別以其屬性作爲形符，配上作爲聲符而結合，且由聲符來決定語音現象，所以在直音字例中以形聲字爲最多。

2、雙聲與疊韻

此處的雙聲與疊韻，主要是指今本《玉篇》又音字例，反切之音讀與又音字之間，存在著語音上的關連，一般來說以雙聲、疊韻的情況最多，當然也有毫無關係的例子存在，也有語音僅有聲調的差別的例子，以下就189例來作一簡單的分類。

一般來說，雙聲及疊韻以清代李汝珍於《音鑑》中所云：「雙聲者，兩字同歸一母。疊韻者，兩字同歸一韻也。」因此，必須屬同一聲紐，方視爲雙聲；而四聲相承的韻部，則視爲疊韻。

〈表二〉又音字例正切與又音字的語音關係表

又音字例	雙聲兼疊韻	雙聲	疊韻	相異兩音	例外現象	總計
數量	34	34	57	61	4	189

雙聲兼疊韻、僅有雙聲及僅有疊韻，共有124例，佔了又音形式的65%，這超過一半以上的數量，但爲何反切所切出之音讀與直音字的同質性如此之高？其中有一部份是受到了聲符類化的影響，具有同樣聲符的被注字和直音字，自然雙聲、疊韻的機率比聲符不同的被注字和直音字來得高。

（三）名　詞

由於社會的進步與發達，到了一定程度之後，人類的生活不再是只求溫飽，因此對於事物器具之名，或是蟲魚鳥獸之名的需求量也大幅增加。另外，人類知識思想的進步，對於需要表達較爲抽象的概念的機會也增多，面對這樣的需求，都需要創造新字來因應，可是要如何將所欲表達的概念，集中在單一字形來表現，成爲重要的命題。

面對這類的需求，今本《玉篇》直音字例的編者以形聲字的原則來造字，表現出來的便是在今本《玉篇》中蟲魚鳥獸之名的部首，其字數增衍的情況特別明顯，而這些新創造的字，根據觀察編者也多半傾向使用直音法來標音，顧本文歸結出被注字多爲名詞，而非形容詞或副詞。

若以比例來看，今本《玉篇》共有 1,188 例，分爲 541 部，這些字例全都屬名詞嗎？如：今本《玉篇》中的馬部，以直音標示的字例共有 44 例，其中屬於名詞有 42 例，無解釋有 2 例；牛部有 29 例，皆爲名詞。以上僅舉兩例，便可以看出直音字例多屬名詞的特性。

今本《玉篇》中的被注字與直音字之間，標注現象其形式極爲穩固，可見以建立固定模式。被注字與直音字的語音文字方面，則可依構造與詞性兩種關係來說，多屬形聲字，且多爲名詞。

直音字的選用，看似編者信手拈來的靈感所致，但若仔細考察亦可以發現，被注字與直音字在字形上仍有一定程度的關連，其中特別表現在被注字爲形聲字的情況，當被注字爲形聲字時，被選擇成爲直音字的形聲字，自然而然是挑選具有相同聲符的形聲字，這一方面是因爲同樣的聲符較能突顯兩者聲音上的雷同，另一方面也是告訴使用者，這兩者的語音必定有所關連性。

二、直音字例標注之體例

歷來的經籍中除了使用反切標音外，亦有其他多種標音法爲輔助，而其中以一個字作爲另一字的音讀的標音方法稱爲「直音」，在今本《玉篇》中，除了以反切爲主要的注音方式外，亦使用「直音」作爲輔助。但今本《玉篇》對於每個字並不是只有標出其音讀而已，也有簡短的文字解釋，或是引用古籍經典做爲佐證之用，根據前輩學者的相關研究，認爲今本《玉篇》中已將原本《玉篇》中大部分的單字解釋加以刪除，只保留簡短的解釋及音讀，這即是目前所

見宋代刊行的今本《玉篇》〔註3〕。基本上，今本《玉篇》的單字字例基本形式如下：

（單字）下以兩行小字先列正讀，後接解釋，最後再接又讀

如：瑰古回切，《說文》云玫瑰一曰珠寰好。〈子虛賦〉云：赤玉玫瑰。倉頡曰：火齊珠也。又音回。〈玉部7〉

其中，檢索今本《玉篇》中使用直音的字例，分類整理出了幾種情形，在今本《玉篇》中，其單字的表現形式可以整理如下表：

〈表三〉直音字例表現形式一覽表

字例	正　讀	第一層：解釋＋異體字〔註4〕	第二層：又讀＋又義〔註5〕
單字	反切／音某〔註6〕	直接解釋／引用古籍經典／古代學者之解釋／相關連之地方特色或地名＋異體字	又切／又音某／亦（／今）音某＋又義

在今本《玉篇》中，單字之下的內容可以分為兩大類：讀音＋解釋，其中解釋可以分為兩個層級來說明，以下依序說明之。

讀音部分，正讀主要標示在整個說解最前面的部分，在今本《玉篇》中不是反切就是音某，沒有其它的例外現象出現；其中直音形式包括音某、又音某、亦音某等形式。又讀雖亦以反切、音某為主，還包括亦音某、今音某等形式，這樣組合使直音字例的表現形式更為多元。

第一層解釋部分，最簡單的模式為簡短的釋義，再者會加上「直接解釋／引用古籍經典／古代學者之解釋／相關連之地方特色或地名」這五個項目，這

〔註3〕根據周祖謨、周祖庠、朱聲琦、楊素姿等學者的研究，一致指出，原本《玉篇》保存了較多的字義解釋，而今本《玉篇》僅以收字多為其特色。

〔註4〕此處所指的異體字，在今本《玉篇》中共有八種情形，分別為：與某同、或作某、亦作某（本亦作、亦某字）、今作某、俗某字、正作某、古某字。在後文全以「異體字」代替以上這八種現象。

〔註5〕「又音＋又義」則表語音排在字義之前，這是今本《玉篇》中普遍的現象。

〔註6〕該表格中，「／」表示，兩者只會出現一種，如音讀的部分「反切／音某」，即指在《大廣益會玉篇》中單字音讀的表現形式，不是使用「反切」，便是「直音」，同理，在「又音」的部分，只會出現「又切」、「又音」、「亦音」的其中一種，而非同時出現兩種形式。

五個項目並非都會同時出現在同一字例中，而是隨著字例本身的需要而出現。

第二層解釋部分，在今本《玉篇》中同時具有兩層解釋的字例比例並不高，這樣的情況其實就是該字例有兩種不同的解釋，經過整理分析後，還是可以發現有某些可循的順序。在今本《玉篇》中出現第二層解釋的情況是以「又讀＋又義」的形式出現，這裡「又讀」的標音形式，以「又切」或「又音某」的形式出現。經過觀察、檢索，可將今本《玉篇》中的訓解，分為有「異體字」、「又切／又音某／亦音某」、「又義」這三組變數，而第一組「異體字」，代表著該字除了本字外尚有其他的字形，可能是該字的俗字、異體字或是互為古今字等情況。而第二組變數「又切」則是該字除了本音外尚有其他的音讀。第三組「又義」，在今本《玉篇》中出現在「又切」後的訓解，本文稱之為「又義」，是相對於前面所注音讀的訓解而言。

雖然分為兩層解釋，但是在今本《玉篇》中仍可以看到此兩層解釋的項目交錯出現的情況，這也一個值得注意的地方。

第一組變數「異體字」〔註7〕，在今本《玉篇》中共檢索出七種，雖然可以將此七種皆視為異體字，但其中還是有些微的差別，可以分為狹義異體字及廣義異體字兩類，如：只有「亦作某」，則屬狹義異體字；如：又配合上「又音某」、「又義」，則屬廣義異體字。

第一組「異體字」這七個變數之間的差異，大致尚可分為兩類，一為同時通行的字形，即「與某同」、「或作某」、「亦作某〈本亦作、亦某字〉」、「俗某字」、「正作某」；二是古今之別的字形，即「今作某」、「古某字」。其中第二類應是屬於古籍在傳抄過程中出現的訛誤現象，這類的用語，陳新雄認為：「或為、或作、一作、一本作、本作、本又作、本亦作、某本作、各本作、某書作，此類術語皆用來說明各種版本在文字方面之異文，古人注釋，注前往往採各種版本加以校對，擇其善者而從之，而於其異文亦不埋沒，於注釋

〔註 7〕對於異體字的定義，裘錫圭先生認為：「異體字就是彼此音義相同，而外型不同的字。嚴格地說，只有用法完全相同的字，也就是一字的異體，才能稱為異體字。但是一般所說的異體字往往包括只有部分用法相同的字。嚴格意義的異體字可以稱為狹義異體字，部分用法相同的字可以稱為部分異體字，二者合在一起就是廣義的異體字。」見於裘錫圭《文字學概要》〈台北，萬卷樓圖書有限公司，1994，初版〉，頁 233。

中保存。〔註8〕」在今本《玉篇》中保存了不少的異體字及古今字，也提供了不少可研究之資料。

　　雖然分為兩層解釋，但是在今本《玉篇》中，仍可以看到此兩層解釋的項目交錯出現的情況，這也是一個值得注意的地方。

　　根據上表的項目加以排列組合後，今本《玉篇》中出現的形式依「反切」、「直音」區分為兩大類，其中詳細的組合情形，舉例說明，分列如下：

（一）正讀與直音

　　這個部分將呈現在今本《玉篇》中當正讀以直音形式出現的狀況，共有四種情形，分別舉例說明如下：

1. 音某＋（直接解釋／引用古籍經典／古代學者之解釋／相關連之地方特色或地名）

　　例：「䵒，音證，黃色。」〈黃部 15〉

　　例：「姻，音因，《說文》云：婿家也，女之所因，故曰姻。」〈女部 35〉

　　例：「瑄，音宣，《爾雅》云：璧大六吋謂之瑄，郭璞曰：《漢書》云：瑄玉是也。」〈玉部 7〉

第一例，是今本《玉篇》中，以「直音」為標音方式中訓解最簡單的形式，即「直音＋直接解釋」的形式。第二例則以「引用古籍經典」的形式，這個例子中，引用了《說文》對於「姻」的解釋作為訓解。第三例的訓解，除了在直音的注音形式之外，使用「古代學者對經典古籍之注疏」的方式加以深入說明，這個例子中，先引用《爾雅》對「瑄」的解釋，再舉出郭璞對於《漢書》的注疏中關於「瑄」的解釋。

2. 音某＋（直接解釋／引用古籍經典／古代學者之解釋／相關連之地方特色或地名）＋〈異體字〉

　　例：「𪐺，音巨，黑黍也，今作秬。」〈鬯部 199〉

此例的訓解，使用以「直音」為標音方式中最簡單的形式，在解釋的最後再加

〔註8〕見於陳新雄《訓詁學——上冊》〈台北，學生書局，1994.09 初版、1996，增訂版〉。頁351。

上「今作某」，用以標示出「異體字」。

  3. 音某＋（直接解釋／引用古籍經典／古代學者之解釋／相關連之地
   方特色或地名）＋又切／又音某＋（又義）

   例：「筒，音洞，簫無底也，又音同。」〈竹部 166〉

   例：「籣，音躝，箱也，又音捻。」〈竹部 166〉

   例：「馹，音凡，行皃，又音梵。」〈馬部 357〉

   例：「鶬，音遵，又音逡，西方雉名。」〈鳥部 390〉

前三例的訓解，都是相同形式，和第四例相比，則稍有不同。前三例先標正讀
後加字義，最末加上又讀，而第四例「鶬」則是先標出正讀，接著標又讀，最
末才標明字義，正讀與又讀標示位置的差異，顯示出今本《玉篇》編者對於字
音上必定有地位輕重的判斷。

  4. 音某＋（直接解釋／引用古籍經典／古代學者之解釋／相關連之地
   方特色或地名）＋（異體字）＋又切／又音某＋（又義）

   例：「倗，音朋，又音倍。《漢書》南山群盜倗宗等數百人，亦作
    萠。」〈人部 23〉

此例的訓解使用「音某＋又音某＋引用古籍經典＋亦作某」，可見在今本《玉
篇》，在訓解裡的項目，其順序並非是全然固定不變的。

  以上的歸納分析是將今本《玉篇》直音字例中各種項目加以略分並分析
其順序排列，而總結出這四種方式也代表今本《玉篇》大部分直音字例的形
式。

（二）又讀與亦、今直音

  使用「亦音」的字例，乍看之下和「又讀」的字例十分地相似，只是「又」
音某，換成「亦」音某而已，而今本《玉篇》的編者，卻用了「亦音」來標
示而非「又音」，可見編者有意識地改動了用語，而非僅只是用字上的區別而
已。

  那麼，「亦音」跟「又音」是有何差異？在今本《玉篇》中，又顯現出有別
於「又音」的其他意義嗎？從編排的體例上來看，「亦音」跟「又音」兩者，在
標示音讀的地位上，幾乎毫無差別，然而就「亦」的字義來看，「亦音」的地位

與「又音」相當，只是在用語上有所不同。

而今本《玉篇》中，共檢索出有五例亦音字，分別為：「堛」、「姝」、「潤」、「鴑」、「鷺」。以下將分別討論在今本《玉篇》中內部音讀情形，以及當時的時代音讀狀況，並說明其內容。

1. 亦音某：

（1）「堛」

　　「堛，扶福切，地窟也，亦音覆，又作覆。」〈土部 9〉

　　「覆，符六切，反覆。又敷救切，蓋也。又扶富切，伏兵也。」

〈西部 217〉

「堛」除了扶福切外，尚有讀為「覆」音，共有兩種音讀，再查今本《玉篇》中「覆」的音讀，有符六切及敷救切兩種。依據今本《玉篇》對於語音選讀的主從標準來說，「亦音覆」當讀為符六切，但若讀為符六切，便和正讀的扶福切同音了，即同為奉母屋韻入聲，所以在此則必須選擇「覆」字的又音：敷救切，作為「堛」字的又音，這是在今本《玉篇》中內部所決定的音讀情形。

今本《玉篇》所處的時代中，「堛」字在其他韻書中的情況又是如何？由《廣韻》來查閱可得：「堛」《廣韻》注云：「堛，芳福切，地室也。」、「覆」《廣韻》注云：「覆，芳福切，反覆。又敗也、倒也、審也。又敷救切。」

「堛」字僅有一音，芳福切，和今本《玉篇》中的正讀相比，是聲母中敷母與奉母的不同，是次清與全濁之別。然查「覆」字，《廣韻》中則有芳福切、敷救切兩音，其中芳福切與「堛」字音讀相同；敷救切則與今本《玉篇》中「覆」字又音相同。

將今本《玉篇》與《廣韻》兩相比較，可以歸納出兩點特色，一是《廣韻》與今本《玉篇》皆標「堛」、「覆」有同音之處。二是今本《玉篇》「堛」字有又音，且必須取「覆」字的又讀，這卻和一般當又讀為歧音現象時，所採取的原則不同，在此必須採用「覆」字的又讀才行。以下是今本《玉篇》與《廣韻》「堛」、「覆」兩字的音讀對照情形。

字 例	今本《玉篇》	《廣韻》
堛	扶福切：奉屋入 亦音覆	芳福切：敷屋入

覆	符六切：奉屋入 又敷救切：敷宥去	芳福切：敷屋入 又敷救切：敷宥去

由上表可以看出，今本《玉篇》「堛」字有兩音，讀爲和「覆」字的又讀相同，但《廣韻》「堛」字僅收一音，可見在今本《玉篇》時，對於「堛」字的語音有的增加的趨勢。

（2）「姪」

「姪，弋質切，淫姪也，亦音帙，與姪同。」〈女部 35〉

「帙，除乙切，小橐也，書衣也，或作袠。」〈巾部 432〉

「姪」字今本《玉篇》的正讀爲弋質切，又音爲除乙切。對照同時代的《廣韻》，「姪」、「帙」兩字的情況爲：「姪」，《廣韻》注云：「直一切，同上。〔註9〕」而「帙」，《廣韻》注云：「直一切，書帙，意味之書衣，又姓出纂文。」，可以發現「姪」、「帙」兩字同音，皆爲直一切。

將今本《玉篇》與《廣韻》所呈現「姪」、「帙」兩字的音讀內容加以歸納，可以發現，今本《玉篇》中「姪」、「帙」兩字應爲不同的音讀，可見今本《玉篇》相較於《廣韻》而言，已有音讀上的改變。就今本《玉篇》與《廣韻》的音讀加以比較，列表如下：

字 例	今本《玉篇》	《廣韻》
姪	弋質切：喻質入 亦音帙	直一切：澄質入
帙	除乙切：澄質入	直一切：澄質入

「姪」字在今本《玉篇》中的音讀：弋質切、亦音帙：除乙切。然而《廣韻》中的「姪」、「帙」兩字卻同音爲直一切，可見今本《玉篇》認爲「姪」、「帙」兩字在聲母上有別，是喻母與澄母的差異。

（3）「潣」

「潣，莫殞切，說文曰：水流潣潣皃，亦音浼。」〈水部 285〉

「浼，亡旦切，汙也，又亡罪切，水流皃。」〈水部 285〉

歸納可得，「潣」字今本《玉篇》的正讀爲莫殞切，又音爲亡旦切。對照

〔註 9〕即同「姪」《廣韻》：兄弟之子。

同時代的《廣韻》「濶」、「浼」兩字的情況分別是,「濶」,《廣韻》注云:「武罪切,同上。」,此處「同上」即同「浼」。而「浼」,《廣韻》注云:「武罪切,水流平皃。」在《廣韻》中「濶」、「浼」兩字是同音也同義。

綜合今本《玉篇》與《廣韻》可以歸納出,今本《玉篇》將「濶」、「浼」兩字視爲各有不同音讀;《廣韻》則認爲兩字不僅同音且同義。可見在今本《玉篇》時「濶」、「浼」兩字的音讀已有變化,就今本《玉篇》與《廣韻》的音讀加以比較,列表如下:

字 例	今本《玉篇》	《廣韻》
濶	莫殞切:明軫上 亦音浼	武罪切:明賄上
浼	亡旦切:明翰去 亡罪切:明賄上	武罪切:明賄上

「濶」字的音讀有莫殞切與亦音浼:亡旦切。然而「濶」、「浼」在《廣韻》是同音:武罪切,這和「姝」字的例子相同,今本《玉篇》中「浼」多了亡旦切。而「濶」字則由武罪切改爲莫殞切,韻母由賄韻變爲軫韻。

（4）「鴦」

「鴦,烏郎切,鴛鴦,亦音央。」〈鳥部390〉

「央,於良切,中央也。一曰:久也。詩傳云:央,旦也,亦位內爲四方之主也。」〈冂部18〉

也就是「鴦」的正讀爲烏郎切,又音爲於良切。以同時代的韻書《廣韻》來看,「鴦」,《廣韻》注云:「於良切,鴛鴦,批鳥,又烏郎切。」而「央」,《廣韻》注云:「中央。一曰:久也。於良切。」其「鴦」、「央」的聲符皆爲「央」,在《廣韻》中「鴦」、「央」有相同音讀。

歸納,「鴦」、「央」在今本《玉篇》與《廣韻》兩者中所標示的音讀都是相同的。就今本《玉篇》與《廣韻》的音讀加以比較,列表如下:

字 例	今本《玉篇》	《廣韻》
鴦	烏郎切:影唐平 亦音央	於良切:影陽平 烏郎切:影唐平
央	於良切:影陽平	於良切:影陽平

「鴦」與「央」在今本《玉篇》與《廣韻》中的音讀都非常地固定，只有陽韻與唐韻的差異，爾後的韻圖也將陽韻與唐韻合併為宕攝，可見陽、唐兩韻本來就很接近。

（5）「鷜」

「鷺，來故切，白鷺也，頭有長毛。」〈鳥部 390〉

「鷜，亦音鷺。」〈鳥部 390〉

「鷜」未標正讀，但排列於「鷜」字之前為「鷺」。其「鷜」、「鷺」的聲符並不同，由於今本《玉篇》的排字規則是，傾向於將相關或是相同的古今字、正俗字、異體字排列在一起，而鳥部中先排上了「鷺」，後接「鷜」，而「鷜」標亦音鷺，亦無釋文，依其他類似字例推測，可能是由於「鷺」、「鷜」兩字的字義是相同的，只是文字形體不同。

推就字音，同時代的韻書《廣韻》中，經過查閱發現並無「鷜」字，而「鷺」則注云：「洛故切，爾雅曰：鷺春鉏。郭璞云：白鷺也，頭翅背上皆有常翰毛，東人取以為睫攡，名之曰白鷺縗。」以今本《玉篇》直音字與被注字的同聲符關係來看，「鷜」字的讀音應與「慮」相近，「慮，力據切，謀也，思也。」〈思部 88〉《廣韻》：「慮，思也，又姓。良倨切。」

歸納三字在今本《玉篇》與《廣韻》中的情況，「鷜」字是今本《玉篇》新收入的字，其字意與「鷺」相同，就今本《玉篇》與《廣韻》的音讀加以比較，列表如下：

字 例	今本《玉篇》	《廣韻》
鷺	來故切：來暮去	洛故切：來暮去
鷜	亦音鷺：來故切：來暮去	無此字
慮	力據切：來御去	良倨切：來御去

「鷜」在《廣韻》未見，可見是今本《玉篇》特別收錄的字，其實在字義上與「鷺」相同，僅是寫法不同，故「鷜」字並無反切，直接以「亦音鷺」來標音。對照「慮」的音讀，與「亦音鷺」的讀音相比，「鷜」字以「亦音鷺」來訂其音讀，不用同於「慮」的音讀，兩者的區別僅有暮韻與御韻之別，可見當時對於魚韻與模韻的分別，還是相當清楚。

2. 今音某

在今本《玉篇》中，尚有兩例「今音字」的例子都出現在酉部，其編排的體例都和「又音字」相仿，唯在反切後標「今音某」，可見是編者認為其被注字之字音已有變化，不同於以往，才特地標示「今音」以別於和韻書中的音讀。

（2）「醋」

　　「醋，才各切，報也。進酒於客曰：獻，客荅主人曰：醋。今

　音措。」〈酉部 539〉

　　「措，且故切，頓也、置也。」〈手部 66〉

也就是「醋」的正讀為才各切，然而當時多念為且故切。同時代的韻書《廣韻》，「醋」注云：「倉故切，醬醋，說文作酢。」「措」，《廣韻》注云：「倉故切，舉也、投也，說文：置也。」由此可知，「醋」、「措」兩者同音。

歸納今本《玉篇》與《廣韻》中「醋」、「措」兩字的音讀，「醋」字已由從母變為清母，是全濁變為次清，是濁音清化的情形。「措」字則是維持不變，且故切與倉故切，都是清母暮韻去聲。就今本《玉篇》與《廣韻》的音讀加以比較，列表如下：

字　例	今本《玉篇》	《廣韻》
醋	才各切：從鐸入 今音措	倉故切：清暮去
措	且故切：清暮去	倉故切：清暮去

「醋」字的「今音措」與《廣韻》相同，那麼可見在今本《玉篇》中「才各切」是有別於《廣韻》的音讀，且編者將「措」視為是今音，可見「才各切」是較為存古的音讀，檢索今本《玉篇》同樣以「昔」為聲符的字，可以發現其語音現象，大概分佈在幾個韻部中，有鐸韻：「錯」、「剒」、「遣」；暮韻：「錯」、「厝」、「潜」；昔韻：「借」、「措」、「猎」、「腊」、「焟」、「惜」、「碏」；禡韻：「借」、「唶」、「褯」；藥韻：「斮」、「碏」。若同時兩部都有相同的字，則表示該字有兩音，從中可以發現以讀為昔韻的字為最多，鐸韻與暮韻、禡韻次之，最少的是藥韻。

其中與「醋」字的情況相同，同時有暮韻與鐸韻的音讀得是「錯」字，再檢索《廣韻》，「錯」標倉故切（清暮去）又倉各切（清鐸入），與今本《玉

篇》的音讀相同。將「錯」與「醋」兩者相對照，可知「醋」字所標「今音措」的語音，已經有別於才各切的音讀，對於才各切與今音「措」兩個音讀，編者決定了代表宋代當時的音讀。

（2）「酢」

「酢，且故切，酸也，鹼也，今音昨，為酬酢字也。」〈酉部539〉

「昨，才各切，一宵也。」〈日部304〉

可見「酢」的正讀為且故切，但當時又出現了才各切的音讀，這是前面的韻書中所未記載的音讀。對照《廣韻》則是，「酢」：「在各切，酬酢。倉頡篇云：主答客曰，酬客。客報主人曰，酢。」而「昨」：「在各切，昨日隔一宵。又羌複姓，有昨和氏。」在《廣韻》中「酢」與「昨」同音。

歸納今本《玉篇》與《廣韻》中「酢」與「昨」兩字的音讀，並加以比較，列表如下：

字 例	今本《玉篇》	《廣韻》
酢	且故切：清暮去 今音昨	在各切：從鐸入
昨	才各切：從鐸入	在各切：從鐸入

從「酢」字來看，其音讀應與同樣聲符為「乍」的字音讀相同，檢索今本《玉篇》中聲符為「乍」的字，可以發現以屬鐸韻與暮韻居多，鐸韻有：「作」、「咋」、「昨」、「柞」、「怍」、「秨」、「舴」、「笮」、「痄」、「絆」、「趉」。暮韻有：「祚」、「秨」。若同時兩部都有相同的字，則表示該字有兩音。

對於「酢」與「醋」兩字的音讀情況是相同的，各有一個正切，另一則標「今音」，且兩者的音讀相同，僅是正切與今音的位置相反。檢索《類篇》則是將兩者疊放在一起，表示這兩字的字義字音相同，僅字形有時代的差異，且音讀為倉故切（清暮去）又並疾切（並質入），可見在《類篇》中選擇了暮韻的「倉故切」為其音讀，可見今本《玉篇》在第一步已經將鐸韻的音讀去除，接著在《類篇》中將「醋」與「酢」兩字合併，這些都是對於「今音」的加強，以凸顯了語音的選擇，與依據來源音切意見相左之處。

今本《玉篇》中「亦音某」的五例「塪」、「妷」、「潤」、「鳶」、「鷥」，以

同時代韻書《廣韻》來對照，所得的結果呈現兩種不同的情形。一爲「塴」、「姝」、「潤」三例，「亦音某」所代表的是今本《玉篇》所收錄的新音讀，具有時代性。二是「鴌」字，今本《玉篇》與《廣韻》相同的音讀，故此處的「亦音某」和「又音某」的作用及地位相同。

　　從語音現象的解讀來說，除了「鸍」字爲今本《玉篇》新收之字，但音讀與其聲符有相近之特色。「塴」、「姝」、「潤」三字，《廣韻》皆只列一個音讀，且二書在語音的聲韻分析上，有所差異，或爲聲母清濁，或爲發音部位，或爲韻母，而「鴌」字，《廣韻》則有兩個音讀，「亦音」形式正與其中一音相符。就二書編者相同，語音注音形式又前有所承，時間又有先後之別的情況來考量，「亦音某」正有溝通字、韻書不同體系的作用，也凸顯今本《玉篇》音切存古的現象。

　　另外，今本《玉篇》中「今音某」則和「亦音某」相反，「醋」、「酢」兩例中的「今音某」，依據語音變化的規律來看，字、韻書之間的語音協調考量，反映今本《玉篇》一些特殊的音讀現象。

　　由於「亦音某」與「今音某」總共僅有七例，故在此一併討論，爾後的文章中，這兩種類型將不納入「又音某」的範圍來討論。

（三）反切與直音相配

　　今本《玉篇》以使用反切及直音爲兩大標音方式，且相互配合使用。在楊素姿的博士論文《大廣益會玉篇音系研究》中，對於今本《玉篇》注音的形式提出了兩種的情形，其一是一字一讀的情形，又可以分爲切語「某某切」及直音「音某」；再者是將一字數讀的情形，加以整理，列出了三項字例：1. 某某切，釋義，又某某切。如：「載，子代切，年也，乘也，又才代切。」2. 某某切又某某切，釋義。如：「軑，徒蓋切又徒計切，轄也。」3. 某某、某某二切，釋義，又音某。如：「輠，胡罪胡瓦二切，車脂轂，又音禍。」〔註10〕在《大廣益會玉篇音系研究》一書中，楊素姿初步整理了今本《玉篇》的標音方式，但仔細觀察今本《玉篇》，尚可以發現反切、直音出現於同一字例中的情況亦隨處可見，主要形式爲：

〔註10〕引自楊素姿《大廣益會玉篇音系研究》（高雄：國立中山大學中國文學研究所博士研究論文，2001），頁37。

反切＋（直接解釋／引用古籍經典／古代學者之解釋／相關連之地方特
色或地名）＋（異體字）＋（又切／又音／亦音）＋（又義）

例：「髈，浦朗切，股也，又音旁，脅也。」〈骨部 79〉

例：「疸，多但切，黃病也。《左氏傳》云：荀偃疸疸生瘍於頭，
疸疸惡創也。亦作癉，又音旦。」〈疒部 148〉

例：「龐，步工、步江二切，高屋也，又力容切，縣名。」〈疒部
347〉

例：「阯，之市、時止二切，基也，或作址。」〈阜部 354〉

例：「耑，丁丸切《說文》云：初生之題也，上象生形，下象生根
也。《廣雅》云：耑，末也，小也。今爲端。」〈耑部 464〉

上述的五例可以觀察到編者配合字例的需要，自行調整所需的項目，其中值得
注意的是，編者依據音讀、第一層解釋、第二層解釋的順序在編纂，將最重要
的釋義放在第一層解釋中，若有其他的釋義時，才會出現於第二層解釋中。一
層一層地有規律地編纂，亦可見到編者的科學精神。

（四）例外現象

以上所列舉的字例都是在今本《玉篇》中常見的字例，但也有不合於以
上的字例的情形出現，這類的字例本文稱之爲今本《玉篇》字例的「例外現
象」，觀察這些「例外現象」可以發現這些情形，可以分爲兩類：一類是表現
在音讀標示方面；一類則是由於字形的變化之故。

第一類是字例上，主要因爲有古今字、正俗字以及後起形聲字的字形差異，
這類的比例居多，其中「古今字」依據《中國大百科全書・語言文字編》中的
解釋：「古今字，指同表某一字義而古今用字有異的漢字。〔註11〕」正俗字，在
《中國大百科全書・語言文字編》中以「正體」、「俗體」區分，

正體，指合乎字書規範的漢字字體。〔註12〕

〔註11〕見於中國大百科全書編輯委員會《中國大百科全書・語言文字》，（北京，中國大
百科全書出版社，1992），頁 97。

〔註12〕見於中國大百科全書編輯委員會《中國大百科全書・語言文字》（北京，中國大百
科全書出版社，1992），頁 516。

俗體，指民間手寫的跟字書寫法不合的漢字字體。〔註13〕

如：「菴」、「莪」兩字的關係，在今本《玉篇》的訓解爲「古今字」，〈艸部162〉「菴，倚廉切，菴，藺蒿也，又音諳。」〈艸部 162〉「莪，古文。」正俗字，在今本《玉篇》中以「效」、「効」兩字爲例，這兩字分屬於不同部首，〈攴部270〉「效，胡教切，法效也。」〈力部 83〉「効，胡孝切，俗效字。」兩者呈現正俗字的關係，以上這兩種都是在字形上有所區別的而造成的例外現象，以直音的標注來說，在今本《玉篇》中，有一例只標出音讀，未有訓解。

第二類是主要是發生在音讀上的例外現象。這類例子共有五例，「酥」是僅標語音，而無釋義。「倗」字標音朋又音倍，但今本《玉篇》中並無「朋」字，故無法直接得知「朋」字的音讀。另外「杍」、「淥」、「蜂」三例，則是僅有又音，而無正切或正讀，故將此四例列爲例外現象，由於從今本《玉篇》中無法取得直接的切語來比較，故本文將檢索今本《玉篇》的前身：《名義》及同時代的韻書《廣韻》之外，也檢索較晚期的《集韻》及《類篇》兩本宋代的韻書、字書。由於時代不同，故也分成兩個部分來進行討論。

1. 只有直音說明：酥

「酥，音妹。」〈面部 41〉

「酥」字於《王仁昫刊謬補缺切韻》、《裴務齊正字本刊謬補缺切韻》、《廣韻》、《集韻》、《類篇》中皆未見，但比今本《玉篇》時間較早一些的《龍龕手鑑》，可見其〈面部〉「酥，音昧〔註14〕」除此之外，僅於今本《玉篇》中可見。《龍龕手鑑》和今本《玉篇》相同的是，都選擇用直音爲標注方式，也沒有任何的解釋，那麼，也許可以推測今本《玉篇》的編者，可能在這個字上的解釋，曾經參考過《龍龕手鑑》的資料。

〔註13〕見於中國大百科全書編輯委員會《中國大百科全書·語言文字》（北京，中國大百科全書出版社，1992），頁 375。

〔註14〕見於〔遼〕釋行均《龍龕手鑑》（北京，中華書局，1991），頁 403。《龍龕手鑑》是一部按部首和四聲兩相結合排列漢字的字書，由遼代釋行均所作。行均字廣濟，俗姓於氏，卷首有遼聖宗統和十五年（A.D.997）七月一日燕台憫忠寺沙門智光字法炬序。憫忠寺即現在北京的法源寺。此書原名《龍龕手鏡》，宋刻本因避諱而改爲《龍龕手鑑》。

以語音關係來說，「妹」、「眛」同音，以《廣韻》檢索可得，莫佩切（明隊去）。因此，以訓解方式、內容來說，選擇用直音的方式以及並無標示任何訓解，可見對於當時的讀者來說，對於該字有一定程度的共識，南宋的字書，如《類篇》對於該字便已有解釋，推知北宋時，該字極可能屬於當時的俗字，而非正字，才會僅有字形，不加釋義，其形式可能承自《說文解字》中「闕如」之意，即不知其音、義者，皆以「闕如」表示。

2. 未收錄直音字：倗

「倗，音朋，又音倍，漢書南山群盜倗宗等數百人。亦作葍。」

〈人部 23〉

今本《玉篇》中並無「朋」、「葍」二字，可能是漏編，因此「倗」的字音在今本《玉篇》中僅檢索得「倍」。另外，檢索《名義》亦未見「倗」、「朋」兩字，僅有「倍」字。另一方面，《廣韻》亦無「倗」字，但可檢索得「朋」、「倍」兩字。而《集韻》、《類篇》雖有「倗」字，但卻無「葍」字，可見「葍」字可能是今本《玉篇》收錄某個地區特有的方言字，整理列如下表：

	《名義》	《廣韻》	今本《玉篇》
「倗」	無此字	無此字	音朋，又音倍
（音）朋	無此字	步崩切（並登平）	無此字
（又音）倍	薄乃反（並海上）	薄亥切（並海上）	步乃切（並海上）

又向下檢索《類篇》及《集韻》，兩書均可見「倗」字，均標悲朋切（幫登平）。由上表可知，「倗」字在《廣韻》之前尚未出現該字，今本《玉篇》是首次收錄此字的官修字書，後來的《集韻》、《類篇》則可見到「倗」字，並且《集韻》、《類篇》已經統合了今本《玉篇》的三種語音現象，僅保留了悲朋切（幫登平）的音讀。

3. 古文、說文與直音：秄、潫、蛼

這三例「秄」、「潫」、「蛼」都是以《說文解字》中的同義字來標示，因此可以視為是另一種間接標音的方式，由於《說文》時代的字數較少，於今本《玉篇》出現的新字，與《說文》的字義有所重疊，故在釋文亦能以《說文》的字來例標音，是種前承字書的方式。

（1）杍

「杍，古文李，又音子，木工也。」〈木部 157〉

「子」，今本《玉篇》標：咨似切。《名義》無「杍」字，而《廣韻》杍：即里切，整理音讀表格如下：

	「杍」
《名義》	無此字
《廣韻》	即里切（精止上）
今本《玉篇》	又音子：咨似切（精止上）

今本《玉篇》「杍」標爲「古文李」，解釋爲「木工」之意；《廣韻》：「杍，木工匠，或做梓。」，兩者的「杍」皆爲木工之意。而「李」在今本《玉篇》與《廣韻》中其字義爲：果名或是行李之「李」或是姓氏之意。

今本《玉篇》：「李，力子切，果名，又左氏傳云：行李。」〈木部 157〉、《廣韻》：「李，果名，亦行李。又姓，風俗通云：李伯陽之後，出隴西、趙郡、頓丘、渤海、中山、襄城、江夏、梓潼、范陽、廣漢、梁國、南陽十二望。」可見，「李」與「杍」是字形不同，承繼古文的「李」的字義，在今本《玉篇》時期，已由「杍」字所替代，因此，今本《玉篇》的「李」與「杍」是不同的字義。

（2）淥

「淥，說文與漉同，又音綠，水也。」〈水部 285〉

今本《玉篇》「漉」標力木切、「綠」標力足切。《名義》中無「淥」字。整理音讀表格如下：

	「淥」
《名義》	無此字
《廣韻》	盧谷切（來屋入）、力玉切（來燭入）
今本《玉篇》	漉：力木切（來屋入）、又音綠：力足切（來燭入）

「淥」字標示在今本《玉篇》與《廣韻》中的音讀皆相同。由字義來看，今本《玉篇》中記「說文與漉同」，可見「淥」字有和說文的「漉」相同的部分；「又音綠，水也。」則是指當讀和「綠」同音時，是指「水」的意思。

和《廣韻》中「淥」的解釋來看，當標「盧谷切」時，「淥，說文同上。」

即同「漉」，不僅是音讀，連字義都相同。當標「力玉切」時，「淥，淥水名，在湘東。」今本《玉篇》與《廣韻》對於「淥」的兩種解釋皆相同。

（3）蛑

「蛑，説文云，古文螯，又音牟，蟲蛑也。」〈虫部 401〉

今本《玉篇》在「蛑」之前，排的便是「螯」字。「螯，莫交切，蟊螯也，又莫侯切，食禾根蟲，又蚰蛛也。」；「牟」標亡侯切。《名義》中無「蛑」字。《廣韻》「蛑」、「牟」、「螯」同音，標莫浮切。整理音讀表格如下：

	「蛑」
《名義》	無此字
《廣韻》	莫浮切（明尤平）
今本《玉篇》	螯：莫交切（明肴平）、莫侯切（明侯平）
	牟：亡侯切（微侯平）

以「蛑」字來說，今本《玉篇》必須在「螯」字的兩音中擇其一，觀察《廣韻》「螯」，共有四種音讀。分別為「螯，武夫切（微虞平），爾雅云：蟊蟲，蟲螯，又音牟。」、「螯，莫交切（明肴平），蟊螯，蟲名。」、「螯，莫浮切（明尤平），食穀蟲，説文本又作螯蟲，食艸根者，吏抵冒取民財則生。」、「螯，亡遇切（微遇去），蟓名，亦作蟓。」雖然有四種音讀，但都是蟲名之意，和今本《玉篇》「螯」字的字義及字音相比，應是選擇「莫侯切」的音讀，除了都是指食禾根蟲或食艸根者的意義外，尤韻與侯韻同屬流攝，僅有洪細之別，其音值是相近的。

再檢索「螯」字，會發現今本《玉篇》在「蛑」之後又出現「螯」字，「螯，音務，蟲名，又音牟。」那麼，今本《玉篇》中便出現了兩次「螯」字，對照《廣韻》來看，當「螯」作亡遇切時，「螯」亦作「蟓」，因此，今本《玉篇》出現的第二個「螯」字，應相當於《廣韻》的「蟓」，除了聲符相同外，字義也有相同之處，可能是刊刻時造成的錯物，誤將「螯」、「蟓」兩字都寫為「螯」。

今本《玉篇》中直音字例標注之體例的各種變化情形，有成為定例的體例，即正讀與又音的排列關係，以及音讀與釋義的排列順序；也有例外的體例，如：亦音、今音和以古文、《説文》配合的綜合字例。對於例外體例，從同時代的《廣

韻》來交互對照，並配合字例的形音義三方面，都可以找到合理解釋與答案，從對於各種型態字例的分析與說明，亦可看出編者對於字例的系統性的理解方式與想法。

三、直音字例與統計

（一）標注形式

前文已說明了今本《玉篇》中「反切」、「直音」的形式，於此將詳細說明「直音」的標示字例。在今本《玉篇》中的三種直音字例的標注方式：音某、音某＋又音某／又切、反切＋又音某，以下逐一舉例說明。

1. 音　某

例：「榤，音桀，杙也。」〈木部 157〉

例：「錭，音帚。」〈缶部 243〉

例：「轂，音轂，車轂也。」〈車部 282〉

今本《玉篇》中，此種字例共有 838 例，字例下標正讀：音某，後解釋，但也有只標音而無解釋之例，這可能是宋代當時所通用之文字，但未見於書面文字中，或是該字之解釋也尚未固定，甚或是方言字，故只標音讀而無解釋。

2. 音某＋又音某／又切

例：「艒，音冒，又音目，艒䑨，船名。」〈舟部 283〉

例：「鰒，音額，又音頡，魚。」〈魚部 397〉

例：「鯃，音呼，又音無。」〈魚部 397〉

例：「翧，音童，又達貢切，飛皃。」〈羽部 409〉

今本《玉篇》中，此種字例共有 26 例，字例下接標正讀：音某，接又音：又音某／又切，後加解釋。該字有兩種音讀，但皆爲相同的字義，至於音讀不同的原因，詳待後文討論之。

3. 反切＋又音某

例：「朾，徒丁切，橦也，又音汀。」〈木部 157〉

例：「瀧，力公切《方言》：瀧涿謂之沾漬，又音雙。」〈水部 285〉

例：「鰒，步角切，海魚也，又音伏。」〈魚部 397〉

今本《玉篇》中，此種字例共有 324 例，字例下接正讀：反切，接解釋，再接又音／亦音，再解釋，這類方式，多半是該字具有兩種字義。也配著兩種音讀，兩兩成對，各自標注。

以上三種形式，是扣除七例「今音某」、「亦音某」的特殊體例，以及上述的五例例外現象後，依據今本《玉篇》共 1,188 條直音字例的內容，來加以分析出的音讀標注形式，這三種形式也是在今本《玉篇》中最爲普遍的音讀標注方式。以下就這三種形式，依據今本《玉篇》上、中、下三卷直音字例的分佈情形，加以說明之。

（二）統計說明

從直音字例觀察可以發現，和反切字例相比，直音字例的解釋大部分簡單得多，也有部分是引經典加以解釋，但大部分的情形是由編者直接解釋。

由於今本《玉篇》主要的結構，依然是以顧野王《玉篇》爲主，陳彭年再編之時，刪除了大部分的解釋，僅留下主要的部分，但另一方面，他也增補了不少的新字，而這些新字的解釋必然出自陳彭年之手，但由於顧野王《玉篇》已非全本，加上陳彭年在處理需要沿用顧野王《玉篇》時也加以更動了內容。因此，原本《玉篇》與今本《玉篇》之間將難以比較出何爲新字。

一般說來，能夠以經典加以解釋的字，必非新字，也就是說，在今本《玉篇》中新字應該是無法引用經典來作解釋，只能以當時的語意直接解釋，所以，標注該字時是否使用直音，對於編者而言，也是一種辨別字音時代的過程；相反的，選擇反切，其切語可以前有所承，如：可承《切韻》、《廣韻》的切語，同樣爲《廣韻》編者的陳彭年，極有可能參考了《切韻》中的切語。再則若是新定切語，可能是因爲沒有可以全等的字可當「直音字」。另一方面，前文也說明選擇直音，這種方法多半用在名詞居多，同時也多半是形聲字，如此其所使用之直音字才有音可循。

今本《玉篇》中直音所代表的意義可顯示出編者在編纂時以十分確定之字音來表示這些字例，而觀察其對應之字義，也多半是簡單的名詞解釋，這樣的對應關係並非偶然，否則，當反切如此盛行的宋代，爲何又使用了千餘例的直音來標示？因此，直音不僅只是看似表面簡單的形式，背後應有穩定的文字形音義系統所支撐才是。

　　首先，本文將今本《玉篇》中，所出現的三種模式列為本文所討論的直音字例範圍，音某、音某＋又音某／又切、反切＋又音某〔註15〕。其中「音某」的形式，是直音字例最基礎的形式，若有又音的話，則以又音某／又切出現；如果該字例正讀為反切，那麼又音將以又音某／又切，但本文將反切＋又音某，方視為直音字例的一種，若是反切＋又切的，則不列入討論範圍。

　　在今本《玉篇》中所檢索而得的直音字例數量共有 1,188 例，如下表所示：

〈表四〉今本《玉篇》直音字例統計表

卷次 ＼ 字例類型		一 音某	二 音某＋又音某／又切	三 反切＋又音某	總計 數量	總計 ／卷次（%）
上卷	數量	68	1	116	185	15.57
	／卷次（%）〔註16〕	8.14	3.84	35.8		
	／類型（%）〔註17〕	36.75	5.4	57.85		
中卷	數量	226	5	111	342	28.78
	／卷次（%）	26.96	19.23	34.25		
	／類型（%）	66.08	1.46	32.46		
下卷	數量	544	20	97	661	55.65
	／卷次（%）	64.9	76.93	29.95		
	／類型（%）	82.99	3.02	13.99		
總計	數量	838	26	324	1,188	
	／類型（%）	70.53	2.18	27.29		100

　　由上表統計可得，今本《玉篇》中三個類型的直音字例，上卷有 185 例；中卷有 342 例；下卷有 661 例，共有 1,188 例，其中下卷就佔了 55.65%，超過一半的數量，這樣的懸殊比例，實與今本《玉篇》的部首排列順序有關，雖然今本《玉篇》中的部首，已和《說文解字》之部首順序不同，但三卷之

〔註15〕另外有一種形式為：音某亦標亦音某，但於《大廣益會玉篇》並未出現此種形式，故不列出討論之中。

〔註16〕「／卷次〈%〉」是指今本《玉篇》某一字例類型的總數除以該卷中某一字例類型數量。以上卷的「音某」來說，8.14%＝68÷838。

〔註17〕「／類型〈%〉」是指該卷字例的總數除以該卷中某一字例類型數量。以上卷的「音某」來說，36.75%＝68÷185。

間，部首的分佈，大致上仍有所分類，上卷以人為中心，多收關於人類活動這類之部首字，如：人部、女部、邑部、言部等。中卷則多是自然現象、器具物品、抽象概念之類的部首字，如：東部、宮部、勿部、日部、雨部。下卷則多收動植物、天干地支之類的部首字，如：魚部、龍部、犬部、羊部、甲部、子部等。由於社會、文化的進步，所以這些名稱的指稱範圍愈來愈小，相對的所需之名稱則愈來愈多，這些新起的名稱，字義多半單一，不易有衍生分化的現象，所以編者採用的「直音」來標示，可以方便讀者更快速地辨識出音讀，也增加字書的便利度。

再者，以三種字例類型來說，「音某」在今本《玉篇》中是最普遍現象，佔了直音字例 70.53%；再來是「反切＋又音某」則佔了 27.29%；而「音某＋又音某／又切」佔了 2.18%，前兩者加起來共佔 97.82%，幾乎是包括了今本《玉篇》中所有的直音字例。

以上卷來說，「只標音某」佔了 36.75%，約有三分之一的份量；而「標反切＋標又音某」佔了 57.85%，是超過一半的比例；再來是「標音某＋標又音某／又切」則佔了 5.4%，以整體來說，上卷是以「反切＋又音某」為主要的形式，而「音某」與「反切＋又音某」便佔了 94.6%，是相當高的比例。

以中卷來說，「音某」佔了 66.08%，超過一半的比例；再來是「音某＋又音某／又切」則佔了 1.46%；而「反切＋又音某」佔了 32.46%，佔了約有三分之一，以中卷來說，「音某」與「反切＋又音某」佔了 98.54%，和上卷是屬於相同的情形。

以下卷來說，「音某」佔了 82.99%；再來是「音某＋又音某／又切」則佔了 3.02%；而「反切＋又音某」佔了 13.99%，下卷比較特殊的地方是，「音某」便佔了 82.99%，和其他三種字例類型相比，可說是比例懸殊，可能與部首的配置有關。

綜合上述，可以發現，今本《玉篇》直音字例中，以「音某」為最主要的標注方式，有 70.53%，幾乎佔了近三分之二強的比例，第二種是以「反切＋又音某」為標注方式，有 27.29%，也有超過四分之一的份量，如此一來，這兩種方式就是今本《玉篇》中直音字例的標注方式。

第二節　歧音現象之分類與說明

「歧音現象」，本文係指在今本《玉篇》直音字例中，當該字例具有兩個以上音讀時，使用者必須藉由該字的字義來決定使用何種音讀，稱之為「歧音現象」。這樣的現象，這正也是《廣韻》常見的又音，但《廣韻》將所有音讀視為同等地位，然而今本《玉篇》字例解釋上，已有意識地將音讀作了次序的排列，瑞士語言學家索緒爾（Frediand de Saussure）曾嘗試解釋這類的問題，故以下先由索緒爾的理論入手，再詳述今本《玉篇》所觀察而得的實際現象。

一、語言符號的特色

根據瑞士語言學家索緒爾，在《普通語言學教程》中提出的觀點：「語言符號連結的不是事物和名稱，而是概念和音響現象。後者不是物質的聲音，純粹物理的東西，而是這聲音的心理印跡，我們的感覺給我們證明的聲音表象。它是屬於感覺的，有時我們把它叫做『物質的』，那只是在這個意義上說的，而且是跟聯想的另一個要素，一般更抽象的概念相對立而言的。〔註18〕」也就是說，語言符號所連結的，不是事物的表象而已，而是所對應的概念及音響現象，關於「音響現象」的說明，在註解中索緒爾也提到：「音響現象作為在一切言語實現之外的潛在語言事實，就是詞的最好不過的自然表象。〔註19〕」這意味著音響現象，只具備著發音的表象，而非承載著所對應的概念。另外，索緒爾也提到：「語言符號是一種兩面的心理實體，這兩要素（概念、音響現象）是緊密相連而且彼此呼應的。……保留用『符號』這詞表示整體，用『所指』和『能指』分別代替概念和音響形象。〔註20〕」在索緒爾的觀念裡，語言整體便是「符號」，而概念則代表著「所指」，音響現象便是「能指」，而符號本身是具任意性的，也代表著所指與能指之間的聯繫也是任意性的。

以這個理論正可用來討論今本《玉篇》的直音現象，被注字的音讀全由直

〔註18〕見於費爾迪南・德・索緒爾（Ferdinand de Saussure）《普通語言學教程》（台北，弘文館出版社，1985，初版），頁91。

〔註19〕見於費爾迪南・德・索緒爾（Ferdinand de Saussure）《普通語言學教程》（台北，弘文館出版社，1985，初版），頁91。

〔註20〕見於費爾迪南・德・索緒爾（Ferdinand de Saussure）《普通語言學教程》（台北，弘文館出版社，1985，初版），頁91～92。

音字來承載。如:「畀,音碑,田也。」〈田部13〉。「畀」字的音響現象以「碑」來表現,那麼,「碑」所代表的是僅只有音響現象,而非概念,即前文所稱的「能指」。「田也」,指的是「畀」字的概念,即前文所稱的「所指」;但是,由於語言符號中的「能指」本身的特殊性,如可能包含歧音性質,致使符號的音讀,產生相當程度的歧異,而呈現一音或多音現象。也就是表現在今本《玉篇》中的歧音現象,便是指直音字所對應的音讀將有兩種以上的選擇。

觀察今本《玉篇》,正可以發現「能指」(音響現象)與「符號」之間,所產生對應上的歧異現象,主要為被注字與直音字所代表的音讀之間,有對應上的不確定性,本文將此類的情形大致上分為「一字一音」及「一字多音」的兩種現象。

「一字一音」及「一字多音」,是指被注字經由直音字的注音方式,進一步呈顯出音讀的單音或歧音現象。當直音字只有一種音讀時,被注字和直音字的音讀現象必為全等;但若是直音字本身具有兩種以上的音讀時,被注字則面臨需要選擇其中之一作為本身的音讀,而非照單全收直音字的所有音讀。就整理今本《玉篇》之後的情況,將直音數量加以統計並列出下表,其中以「一字一音」的例子最普遍,高達94%,可見今本《玉篇》的編者在決定被注字是否要使用直音,對於直音字的語音現象,有著一定程度的掌握與瞭解,如此便可以避免造成音讀混淆的情形出現。

〈表五〉直音字例之聲符比較統計表

〔註22〕＼〔註21〕		一字一音		一字多音		合　計	
		數量	百分比%	數量	百分比%	數量	百分比%
形聲字	聲符相同	699	58.83	347	29.2	1046	88.04
	聲符不同	102	8.58	2	0.19	104	8.75
	小計	801	67.41	349	29.39	1150	96.8
會意字		37	3.11	1	0.09	38	3.2
	合計	838	70.52	350	29.48	1188	100

那麼,以下就「一字一音」及「一字多音」在今本《玉篇》中所出現的現

〔註21〕係指被注字及直音字的聲符關係。

〔註22〕係指直音字音讀數量之類型:分為一字一音及一字多音,後列出其百分比。

象，加以說明之。

二、一字一音

　　由〈直音字字音數量統計表〉的統計數量來說，屬於形聲字且爲一字一音的直音字例，其中聲符相同有 699 例，聲符不同則有 102 例，已占今本《玉篇》中直音字例的 67.41%，另外，直音字屬於會意字有 38 例，統計可得，一字一音的數量，佔今本《玉篇》中直音字例的 70.52%，可以說絕大部分的直音字例是屬於一字一音的現象。

　　若觀察這些直音字例可以發現，這些直音字例中，大部分的被注字、直音字皆多爲形聲字，顯然是受到以聲符標音的影響，其比例高達 88.04%，可見直音法比較適用在形聲字的標音上。

　　由於直音字作爲被注字的音讀標示，因此，今本《玉篇》的編者群，無意識地使用了和被注字有相同聲符的直音字，主要原因是形聲字的聲符，同時兼納了直音字與被注字之間的音讀，也就是說透過直音字的聲符，已經顯現出被注字的音讀。以下就三例加以說明：

　　　　「裀，音因，成就也。」〈示部 3〉「因，於人切，就也，緣也。」
　　〈口部 468〉

「裀」讀爲「因」，「裀」、「因」同音，「因」字切語爲於人切，屬影母眞韻平聲；「因」是「裀」的聲符，也同時是直音字。

　　　　「葓，音洪，水草也。」〈艸部 162〉

　　　　「洪，胡工切，大也，説文曰：洚也。」〈水部 285〉

由「葓」字來看，其聲符爲「洪」，所以聲符觀點來看，透過「葓」字就已經暗示我們，「葓」字的讀音應該和「洪」字相同或相近，在今本《玉篇》中葓，音洪，更反映「葓」、「洪」同音的結果，再查「洪」的切語爲胡工切，屬匣母東韻平聲。

　　　　「庳，音婢，短也，卑下屋也。」〈广部 347〉

　　　　「婢，步弭切，説文云：女之卑者。」〈女部 35〉

「庳」應讀爲「婢」，切語是步弭切，並母紙韻上聲，兩者同音。從聲符觀察，兩者的聲符皆爲「卑」，切語爲補支切，幫母支韻平聲，聲母僅有清濁不同、韻

調則是相承的，在音讀上有相近的關係。

以上三例，僅今本《玉篇》中直音字例的一小部分，可以發現聲符是被注字與直音字之間一個重要的聯繫，也負責確定兩者的音讀關係，而就聲符來觀察，被注字和直音字一定會有共同的聲符，而聲符不一定是形聲字，也會有象形、指事、會意字的情形出現，如上述的「淇，音洪。」，「淇」、「洪」都是形聲字，而其共同的聲符是「洪」（胡工切／東匣平），但「洪」的聲符為「共」（巨用切／群用去），以直音字再層層推進，可以發現這些「聲符字」在今本《玉篇》中其音讀絕大部分是相同或相近的情況。

形聲字外，今本《玉篇》中也出現被注字為會意字的情形，即被注字本身並無聲符存在，此時，如果使用反切為標音法，應該比直音要來得恰當些，但今本《玉篇》仍有以直音方式出現，以「一字一音」的情況來說，有三十八例屬於會意字以直音的方式來標音，不過這些例子共同的特色便是，其直音字傾向使用簡單通俗的字，非艱深少用的字，也因此方能使用直音而不感到困擾的緣故。以下試舉一例以說明之。

「席，音夕，安也。說文：極也。」〈广部 347〉

「夕，辭積切，暮也，邪也，亦作夗。」〈夕部 314〉

雖然「席」並非形聲字，無法從字形上來判斷音讀，今本《玉篇》標「音夕」，不使用反切，使用了直音的方式，但其「夕」字是個相當簡單通俗，並不會有使用者無法理解的情況產生。可見，編者在編輯《玉篇》之時，已有考慮到直音字的選擇必須要符合兩樣條件，一是直音字必須簡單通俗，一是聲母必須相同或相似。因為直音法是直接又全面的方式，但卻可能礙於直音字的使用而受限，因此如果使用過於冷僻的字來當直音字，則失去了直音的功效，因此，若被注字無相對應之簡明的直音字時，則使用反切，反之，若有相對應之直音字，則使用直音。不過其標準為何，在今本《玉篇》中並無說明，本文僅就觀察而得知現象，略觀其可能性。

三、一字多音

「一字多音」相對於「一字一音」而言，本文所指之「一字多音」即指標注被注字之直音字，於今本《玉篇》中有兩種以上的音讀，但在選擇該字的音讀時，還是只有挑選其中的一種音讀來作為被注字之音讀。今本《玉篇》「一字

多音」只出現 349 例，其中聲符相同的有 347 例，聲符不同的有 2 例，被注字爲會意字的則有 1 例，以全部共有 1,188 例的比例來看，「一字多音」的字例只佔了約 29.48%，雖然「一字一音」的方式佔了極大多數，但亦不可小覷「一字多音」所代表近三分之一的音讀意義。

在使用上到底採使用何種音讀才是正確的？，對於出現此種以「音某＋又音某」形式出現的字例，由於字書與韻書不同，字書強調以「字形」來編排，對於語音部分，不似韻書對於同一字卻含有多種音讀時，保持著平等的概念，字書在面對此種情形時，採取的是「主從」概念的區分，也就是說，對於當檢索直音字，卻出現了兩種音讀時，直接地選擇第一個正讀的音讀才是正確的作法。

但若檢索「又音某」型條例時，將會發現當被注字與直音字聲符相同時，兩者的正讀將會相當地接近甚或相同，此時又讀的音讀選擇，將傾向於又音字條例中的又讀，而非正讀。

以下就歧音現象的直音字例，分爲選用又音字之正讀與選用又讀兩種類型，分別舉例說明之。

（一）選用正讀

如「夫」字：

> 「夫，甫俱切，說文云：丈夫一大，一以象簪，周制八寸爲尺，十尺爲丈，人長八尺，故曰丈夫。又夫三爲屋，一田家爲一夫也。又音扶，語助也。」〈夫部 29〉

而「扶」字：

> 「扶，防無切，扶持也。又府俞切，公羊傳曰：扶寸而合側手曰扶。」〈手部 66〉

今本《玉篇》「夫」的正讀爲甫俱切（非虞平）；又讀爲又音扶，但「扶」有兩音 1. 防無切（奉虞平）2. 府俞切（非虞平）。兩相對照發現，其中「扶」的切語「府俞切」和「夫」的切語「甫俱切」音讀相同，故「又音扶」則取「防無切」之音讀。

選用正讀的例子，可以經由今本《玉篇》內部語料的互證，有些被注字的音讀選擇，即可迎刃而解，如「夫」字便是，被注字在「又音某」的情況下又

遇到歧音現象，使用今本《玉篇》時，對於歧音現象自然而然可以分辨出正讀與又讀的音讀各爲何。

（二）選用又讀

如：「妁」字

　　「妁，之若切，說文云，酌也。斟酌二姓。又音杓。」〈女部

　35〉

而「杓」字

　　「杓，甫遙、都歷二切，斗柄也，又市若切。」〈木部 157〉

在今本《玉篇》中「妁」有之若切（照藥入）外，尚有「又音杓」的音讀，「杓」在今本《玉篇》中的語音現象，則發現有甫遙切、都歷切、市若切三種音讀，那麼表示「妁」除了有本音「之若切」外，同時還具有甫邊切、都歷切、市若切三種音讀嗎？事實上只能選擇一種音讀來讀「妁」字的又讀，但要選取那個音讀爲宜？

單就今本《玉篇》的切語，是無法有判斷的標準，而和今本《玉篇》時代相近的《廣韻》，經過檢索發現，「妁」的音讀有兩個，分別是之若切（照藥入）及市若切（禪藥入），其中市若切和今本《玉篇》中「杓」（市若切）完全吻合，因此，可以判定在今本《玉篇》中「妁」字的又讀可選擇「市若切」作爲音讀。

另外，查閱《類篇》「妁」有兩音，職略切（照藥入）又實若切（神藥入）。對照今本《玉篇》及《廣韻》的音讀，《類篇》所記之音讀，韻部皆屬藥韻，聲母則有照母與神母之別。可見在今本《玉篇》屬於禪母的市若切，在《類篇》已經從禪母演變成神母，可見當時的神母與禪母已有合併的情況。

選用正讀與選用又讀的情況，必須視又音字的聲韻結構與被注字之間的關係遠近而定，選用正讀或是又讀必須視當時的使用者對於該字的語感觀念而定，後人只憑藉字、韻書來對此下一定論是有難以突破的地方。

四、歧音字與被注字之語音對應分析

對於使用直音方式的被注字而言，若由直音字音讀數量之類型來觀察「一字一音」的情形，表示被注字之音讀與直音字相同，這種情形較無疑惑；若

是「一字多音」的情形，直音字提供了兩種以上的音讀供被注字選擇，此時的情況則或許得依使用者的使用情境來作取捨，比較兩者在今本《玉篇》中的聲韻關係可以有所解答，若無，可以再次推求《廣韻》以茲對照，但真正能夠左右音讀的因素，應該是該字於文章中所處的地位，或是該字於上下文所代表的文意。

今本《玉篇》整理出的被注字，其中形聲字佔了約有 1,150 例，約是 96.8%〔註23〕，可見在今本《玉篇》中，直音字例以形聲字為主，主要原因是形聲字本身具有聲符，而聲符便具有表音功能，可以讓使用者即使不透過直音字，也可以掌握住該字的語音大致上的面貌。但在今本《玉篇》中的直音字例，並非所有的被注字和直音字的聲符皆相同，由〈表五〉可知，聲符相同的例子約有 1046 例（88.04%），聲符不同的例子約有 104 例（8.75%），雖然聲符相同的例子高達八成多，但不可忽略的是，聲符不同的也佔了約有近有十分之一，可見在今本《玉篇》中，被注字傾向於使用相同聲符的直音字來標音，可見編者在編纂時雖有意識地朝著以使用相同聲符的規則，但那近十分之一的例子卻告訴我們，這些字例的音讀與其聲符已有了語音上的改變的。

雖然直音字的聲符不全等於直音字的音讀現象，但至少提供了一個音讀輪廓，例如有同樣聲符的字群，該字的發音可能會分為數種，但之間字音的差異，可能是聲母、韻母、聲調上的差異，只要其中一個要素有了不同，便代表有三分之一的不同，聲符與被注字及直音字之間的關係，雖然音讀稍有不同，但總是相近的，即使三者分屬不同韻部，也能查究到有其聲韻的相關連。

如以「亥」為聲符之字，有「翃」，音亥、「硋」，音該。「亥」，何改切，匣母海韻上聲；「該」，古來切，見母咍韻平聲。其中咍韻、海韻便是相承的韻部，唯有聲調的不同之別。

被注字及直音字都是利用形聲字的聲符來作標音，這是最基本的條例，但並非所有的被注字的聲符和直音字完全相符，當然也非所有的被注字都是形聲字，除了兩者皆為形聲字的情形以外，直音字也會出現有象形字或是指事字的情況，如：「荳，音豆。」〈竹部166〉「荳」為被注字，「豆」則是直音

〔註23〕形聲字佔了約有 1,150 例，《大廣益會玉篇》中的直音字例有 1,188 例。1,150÷1,188
　　　　＝0.9684210≒96.8%。

字，而豆部「豆，徒鬭切」，故「竝」的切語為「徒鬭切」。同樣地，被注字的部分也有出現會意字的情形，如，目部「朏，音拘。」〈目部 48〉「朏」並無聲符是一個會意字，今本《玉篇》將其音讀定為「拘，矩娛切」〈手部 66〉。根據觀察，今本《玉篇》中，在直音字部分如果使用到非形聲字來標音，其直音字必為大眾所廣泛應用之字。如：蚆，音巴；靽，音半；布，音布；捌，音八；沘，音比；辨，音片。這也是編者顧慮到直音字必須要通俗及相同或相似聲符的條件使然。

同時，在今本《玉篇》也有相同聲符的字群，卻使用著不同直音字來標音，而其音值不全然都會相同，今本《玉篇》中共有八十九組字是有相同聲符，卻分別以不同的直音字出現。用聲韻調三種構成音讀的主要元素加以區分，分別是以聲、韻、調的相同、相近、相異互相配合。

聲母部分，聲母相近，是指發音部位相同，發音方法不同；聲母相異，是指發音部位不同，發音方法相同或不同。

韻調部分，韻調相同即指韻母、聲調全同；韻調相承，是指韻目不同，但屬四聲相承的特色；韻近調同，其中韻近以十六攝中同攝的情況為準，而聲調相同；韻近調異，是指其中韻近以十六攝中同攝的情況為準，而聲調不同；韻異調同，是指分屬不同攝的韻母，但聲調相同；韻調皆異，是指分屬不同韻攝也不同聲調的情況。

觀察今本《玉篇》，則可以見到的十八種情形，以下列表並舉例說明之：

〈表六〉今本《玉篇》歧音現象統計一覽表

		類　型	聲符	字　例	直音字之反切	聲韻調比較
1.	聲母相同	韻調皆同	句	珣，音狗 狗，音苟	狗，古后切：見厚上 〔註24〕 苟，公后切：見厚上	音值完全相同，只是使用切語用字不同。
2.		韻調相承	與	礜，音余 舉，音預	余，弋諸切：喻魚平 預，餘據切：喻御去	韻母一為魚韻平聲，一為御韻去聲，聲調不同。
3.		韻近、調同	平	平，音病 評、鮃，音平	病，皮命切：並映去 平，皮幷切：並勁去	聲調相同，韻母為映韻與勁韻，同為梗攝。

〔註24〕「見厚上」，分別代表見母厚韻上聲，聲母依據黃侃的四十一聲類，《廣韻》所分之兩百零六韻，再分聲調平上去入四聲，以下依此類推。

4.		韻近、調異	氾	舨，音凡 范，音犯	凡，扶嚴切：奉嚴平 犯，扶錟切：奉范上	韻母爲嚴韻平聲、范韻上聲，聲調不同，但嚴韻、范韻同爲咸攝，故韻近
5.		韻異、調同	叉	扠，音叉 砐，音釵	叉，測加切：初麻平 釵，楚佳切：初佳平	聲母相同，韻母不同，一爲麻韻平聲；一爲佳韻平聲。
6.		韻調皆異	工	虹，音絳 紅，音工	絳，古巷切：見絳去 工，古紅切：見東平	韻母：絳、多韻母不同，韻調不同。
7.	聲母相近	韻調皆同	父	駁、鳲、嶼，音父 釜，音甫	父，扶府切：奉麌上 甫，方禹切：非麌上	聲母皆爲輕唇音，但分別爲全濁、全清，而聲調相同。
8.		韻調相承	比	畀，音譬 狴，音婢	譬，匹臂切：滂寘去 婢，步弭切：並紙上	聲母同爲重唇音，次清與全濁之別。韻母爲去聲寘、上聲紙爲相承韻部。
9.		韻近、調同	此	疵，音疵 酏，音雌	疵，疾資切：從脂平 雌，七移切：清支平	聲母同爲齒頭音，全濁、次清之別。韻母皆爲止攝，聲調相同。
10.		韻近、調異	前	萠、湔，音前 俏，音翦	前，在先切：從先平 翦，子踐切：精獮上	聲母爲齒頭音，一爲全濁，一爲全清。韻母先韻及獮韻，皆爲山攝，聲調不同。
11.		韻異、調同	北	苝，音佩 桒，音秘	佩，蒲對切：並隊去 秘，悲冀切：幫至去	聲母同爲重唇音，一爲全清，一爲全濁。韻母一爲隊韻，一爲止攝。但聲調相同。
12.		韻調皆異	本	沐，音奔 駢，音步	奔，布昆切：幫魂平 步，蒲故切：並暮去	聲母同爲重唇音，一爲全清，一爲全濁。韻母一爲魂韻，一爲暮韻。
13.	聲母相異	韻調皆同	樂	濼，音粕 鵡，音落	粕，普各切：滂鐸入 落，郎閣切：來鐸入	聲母，一爲唇音次清、一爲半舌音次濁。韻母、聲調相同。
14.		韻調相承	斤	斳，音釁 蘄，音芹	釁，許靳切：曉焮去 芹，渠斤切：群欣平	聲母，一爲喉音次清，一爲牙音全濁。韻母爲去聲焮、平聲欣爲相承韻部
15.		韻近、調同	堯	隢，音澆 犙，音鐃	澆，公堯切：見蕭平 鐃，女交切：娘肴平	聲母一爲舌根音全清，一爲舌面舌上音次濁。韻母同爲效攝。聲調相同。

16.	韻近、調異	奇	庈，音倚 鶀，音騎	倚，於擬切：影止上 騎，巨義切：群寘去	聲母：一爲喉音全 清、一爲牙音全濁。 韻母同爲止攝，但聲 調不同。
17.	韻異、調同	牙	邪，音斜 罞，音牙	斜，徐呂切：邪虞平 牙，牛加切：疑麻平	聲母，一爲齒頭音全 濁，一爲牙音次濁。 韻母一爲虞韻，一爲 麻韻，聲調相同。
18.	韻調皆異	己	改，音紀 妃，音配	紀，居擬切：見尾上 配，普對切：滂隊去	聲母一爲喉音、一爲 唇音。韻母一爲尾 韻，一爲隊韻。

　　綜合以上所述注字的音讀，可以發現被注字的音讀，直接取決於直音字本身，然則直音字本身的聲符也會影響一部份音讀的效用，這往往也同時與被注字的聲符相同。

　　使用直音標音之方式，最完美的情況是被注字及直音字兩者的聲符相同，而且也能同時承載著字義，但在今本《玉篇》中的直音字例裡該種情況有 725 條，佔全部 56.79%，僅只有一半的比例而已，這也表示使用直音的標示上，所存在的不穩定性，對於漢字裡一字多音的普遍情形，卻無法在直音的標示中明確地指出該用何音，如本節之前所提「夫」字的音讀就有造成歧音現象。

　　固然「一字一音」的情況較無疑惑，然「一字多音」的情形也確實存在，其被注字與直音字之間所對應之條件，大致上可以取決於幾個部分：一爲被注字的，但若爲名詞，則多爲一字一音的情況；若爲動詞或其他詞性，爲了配合不同的用途，一字多音的機率則大爲增高。

　　二爲疑似受到聲符影響產生類化的情形，這是一種語音類推的現象。雖然被注字的音讀交由直音字決定，若是兩者的聲符相同，其音讀必然差距不遠，這樣的規律似乎也成爲後起形聲字與其音讀相對應的規律之一，在今本《玉篇》中所收錄的新出字，多半爲器物名、動植物名等等……，這些字共同的特點便是皆爲形聲字居多，所以其所指涉之對象歸類交由形符負責，音讀部分則由聲符來擔當，如植物名，其形符多爲竹、艸、木等；動物名則馬、羊、豕等，再配合上聲符變成完整的字，而聲符的取捨，便受到了其他較早的形聲字所影響。就魚部來說：鯜音奈；鮄音佛；鱝音尉；鮥音洛；鮉音化等等……，類似這樣的情形在其他的部首中亦可見到。

　　今本《玉篇》本身界定爲字書，主要供使用者查考該字的形、音，對於字

義，今本《玉篇》其實著墨並不多，從原本《玉篇》開始，以官方爲主導的字、韻書不斷地增補，就如宋代的今本《玉篇》，其歷來的增補者，孫強、陳彭年等人，將許多本來未收的字增加，還修訂了其內容，就足見今本《玉篇》並非是只是擱在書架上的書，應該是被當時代的讀書人廣爲使用的工具書。

如果就其內容來看，今本《玉篇》收字浩繁，不僅是只有一般用字，還可以見到有古字、俗字等。但對於字形、字音的嚴謹度顯然不足，在今本《玉篇》中，可以看到有一字分屬兩部，如：「魯」分別歸入魚部及日部；或是有字形前後不一致的情形，如：「卑」可以見到有「𤰞」、「卑」兩種字形，彼此的訓解中也未對字形的不同提出說解，這些情形都顯示出今本《玉篇》在編排抄寫上的小疏失〔註25〕。因此，今本《玉篇》中的直音字例裡，是處處可見到不知該用何音的情況，此時就要配合其他的韻書，交互參照方能確定。宋代韻書、字書相配合的情形，雖未能從字書、韻書的資料中見到明確的文獻記載，但已有多位學者提出類似的觀點，一般認爲《廣韻》、今本《玉篇》爲一組，所記載的對象相同，但以不同的編排方式而有區別，《廣韻》以兩百零六韻來編排。今本《玉篇》則是沿襲《說文解字》傳統，以五百四十部首來編排；一以字音、一以字形，以求達到互補的現象。但兩者也非全然是全等的情形，細加比較可發現，《廣韻》所記載的語音數量比今本《玉篇》來得多，而兩者的字數，今本《玉篇》也比《廣韻》來得多，主要是今本《玉篇》收錄了古文、籀文及當時所流行的俗字，而《廣韻》係以音讀爲主，非以字形爲主，故有此差異。

第三節　聲符類化歸納與分析

「類化」一詞，根據竺家寧的說法：「是指在語音中，某一語言要素的典型，而創造出同一類型的語言要素，或使不同類型的語言要素改變樣子，來和這一典型相一致的現象，稱爲『類化作用』（analogical change）。〔註26〕」可見是語

〔註25〕由於今本《玉篇》是經過長期的編修以及繁複傳鈔的過程，因此要想在體例上求得一致是相當不容易的事，這類的相關討論在楊素姿《大廣益會玉篇音系研究》（高雄：國立中山大學中國語文學系研究所博士研究論文，2001）中很詳細的討論，於此故不贅述。

〔註26〕見於竺家寧《聲韻學》（台北：五南圖書出版公司，1999，二版），頁61。

音要素受到某一要素的影響產生了變化,而和某一要素相雷同,這是指在語音
方面,且這樣的情形在各種語言中都會出現,然而,漢語還有一種不同於其他
語族的特有類化方式,就是語音會受到字形影響而改變了音讀,竺家寧提出:
「受到字形的影響而改變了音讀,即一般所謂的『有邊讀邊』,這也是類推的結
果。〔註27〕」這裡所指的「類推」,主要是指具有同樣聲符的字群,其後所衍生
的新出字,其語音可能會出現類推的現象,但字群中的每一字,並不會同音,
可能會出現兩種以上的音讀,但這些音讀間因為聲符相同,必有聲韻上關係,
造成這種結果即為「類化」作用,就是本文所要討論的「類化」情形。

　　本文所指的「類化」,主要表現在形聲字上。由於受到類化作用,產生了一
批擁有相同聲符的字群,而以形聲字聲符標音的特色來說,這批字群應有相同
或近似的語音才是。然而,聲符雖能標示該字的讀音,但依聲符的音讀來決定
被注字的音讀,有時不一定準確,有時只是近似而已。這是由於形構系統中的
部件都是成字的,而其中又有許多是由發展較早的文字轉化成為聲符的,這同
時具有示源意義,亦能表現出該字的音義來源,於是這不僅只是形構上的問題
而已。

　　任何字形都有可能用來標音,但並非所有成字的構件都能使用在聲符部
分,這是由於漢語的音節有限,任何音節都是明確的,無須歸納即可用來擬用。
又漢語的意義是無限的,所以在創造新字時,選擇聲符、意符,都是選用歸納
的義類或比較抽象,或是比較常見的意義,故聲符往往種類多,但構字頻度低,
而意符則相反,往往件位少而構字頻度高〔註28〕。

　　在今本《玉篇》中擁有相同聲符的字群,其字例的數量並非僅有一、兩例
而已,然而使用直音的字例,卻僅有一至三例之多,大部分的字例仍是使用反
切,其中不乏反切與直音的聲韻調皆同的情況,那麼,為何這些字例採用直音
呢?和不直接使用相同的切語即可?想必,編者是基於某種要素而選擇使用直
音的,並非只是隨意之舉。

　　因此,探討使用直音的字例變得具有特殊意義,對於其他相同聲符而使用

〔註27〕見於竺家寧《聲韻學》(台北:五南圖書出版公司,1999,二版),頁61。
〔註28〕參考李運富《戰國簡帛文字構形系統研究》(湖南:岳麓書社,1997,第一版),
　　　　頁47～58。

反切的字例來說必定有其不同之處。

今本《玉篇》中可以反映類化的部分，便是在字例中被注字與直音字之間的聲符關係，直音字由於直接代表著被注字的音讀現象，因此，選擇直音字時，字音的全等是最重要的課題，然而確定字音之後，可以發現，這些直音字的字形，有些會和被注字的字型相仿，相仿的重點主要還是在聲符的部分，以下就聲符的比較，將今本《玉篇》中被注字與直音字的聲符的異同作一整理，並說明表現在今本《玉篇》中的情況。

對於字例「聲符」的認定，主要指該被注字的形符所屬部首以外的部件，意即：被注字由部首（形符）及聲符組合而成。就今本《玉篇》而言，例如：獅是犬（部首）與師（聲符）相結合。以聲符現象來說，可分聲符相同，及聲符類近兩種類型，其中聲符類近，意指聲符成字時聲符與聲符間又有共同的聲符出現。以下將分別歸納說明。

在今本《玉篇》中有 104 個聲符，這分別表現在不同的直音字例上，雖然聲符不一定會等於直音字本身，但被注字與直音字之間的關連，卻由聲符而來是可以肯定的。這些字例的特色便是他們的被注字與直音字同音，以下以表格來表示，並就其聲符所形成的類化情形逐一說明之：

一、聲符相同

聲符相同，是指有被注字與直音字的聲符相同之情形，而此處討論的直音字例，必須有兩個以上的被注字形成字組，方進行討論，對於僅有一例的情況，則不予討論。

以字形來說，從中也可以發現如「鷙、螫」的直音字「支」，是聲符「枝」的初文，同時「枝」的語音承繼「支」而來。這一類的字例仍屬於「聲符相同」的範圍。

經過統計，聲符相同的情形於今本《玉篇》中共有 67 種聲符，其所對應的條例有 146 組，以下則直音字、共有聲符的反切及被注字以表格加以排列，並就類化情形說明。

〈表七〉直音字與其聲符語音對照表

編號	聲符	聲符反切	字　例	直音字	備　註　說　明
1.	力	呂職切	勏、鬲、犱	力	聲符與直音字同音
2.	口	苦苟切	釦、牰	口	聲符與直音字同音
3.	介	居薤切	斺、魪、忦、岕	介	聲符與直音字同音
4.	尤	于留切	駐、犹	尤	聲符與直音字同音
5.	爻	戶交切	芨、硗、骹	爻	聲符與直音字同音
6.	加	古瑕切	泇、枷	加	聲符與直音字同音
7.	台	與時切	鮐、薹	台	聲符與直音字同音
8.	巨	渠呂切	蚷、駏	巨	聲符與直音字同音
9.	必	俾吉切	泌、毖	祕	祕，悲冀切 [註29]
10.	因	於人切	姻、裀	因	聲符與直音字同音
11.	夷	弋脂切	黃、駬、鮷、輀、狋	夷	聲符與直音字同音
12.	舟	之由切	鮌、紬	舟	聲符與直音字同音
13.	西	先兮切	栖、粞	西	聲符與直音字同音
14.	宏	胡萌切	浤、硙	宏	聲符與直音字同音
15.	廷	徒聽切	蜓、梃	廷	聲符與直音字同音
16.	求	巨留切	鯄、捄	求	聲符與直音字同音
17.	制	之世切	猘、醊	制	聲符與直音字同音
18.	受	時酉切	浸、褑	受	聲符與直音字同音
19.	宜	魚奇切	駏、艐	宜	聲符與直音字同音
20.	枝	之移切	鷙、螿	支	支，章移切
21.	侯	胡溝切	㑋、猴	侯	聲符與直音字同音
22.	咸	胡讒切	醎、鵦、鷂	咸	聲符與直音字同音
23.	爲	于嬀切	潙、鵥	爲	聲符與直音字同音
24.	易	弋章切	賜、鐊	羊	羊，余章切
25.	奚	下雞切	猴、媀	奚	聲符與直音字同音
26.	師	所飢切	獅、鰤	師	聲符與直音字同音
27.	晉	子刃切	潜、嶜	晉	聲符與直音字同音
28.	朔	所角切	溯、槊	朔	聲符與直音字同音

〔註29〕於此處另標直音字反切，是由於被注字的聲符（成字的狀態）與直音字不同，也造成兩者的語音不同，故於表中標出反切以對照。

29.	烏	於乎切	鄔、鷁	烏	聲符與直音字同音
30.	留	呂州切	驑、鰡、蟉	流	流，呂州切
31.	蚩	尺之切	陸、猳	蚩	聲符與直音字同音
32.	康	苦岡切	蛺、磢	康	聲符與直音字同音
33.	牽	口田切	縴、猭	牽	聲符與直音字同音
34.	莫	無各切	麇、圜、磥	莫	聲符與直音字同音
35.	逐	除六切	蓫、騄	逐	聲符與直音字同音
36.	鹵	力古切	壥、塷	魯	魯，力古切
37.	粲	且旦切	鷄、璨	粲	聲符與直音字同音
38.	渠	強魚切	藁、獥	渠	聲符與直音字同音
39.	矞	余出切	潏、繘	聿	聿，以出切
40.	預	餘據切	澦、蕷	預	聲符與直音字同音
41.	幾	居衣切	蟣、機	機	機，居衣切
42.	歷	郎的切	瓑、靂	歷	聲符與直音字同音
43.	頻	毗賓切	蘋、繽	頻	聲符與直音字同音
44.	嬰	一盈切	櫻、瓔	嬰	聲符與直音字同音
45.	闕	袪月切、仇月切	瀾、礩	闕	聲符與直音字同音
46.	嚴	魚杴切	玁、儼	嚴	聲符與直音字同音
47.	卜	布鹿切	卟、砵	朴	朴，普角切
48.	凡	扶嚴耶	馻、帆	梵	梵，扶泛切
49.	夬	公快切	快、觖、砄、狹	決	決，公穴切、呼抉切
50.	屯	陟倫切	魨、邨	豚	豚，徒昆切
51.	乍	士嫁切	絈、怍	昨	昨，才各切
52.	包	布交切	砲、滄	雹	雹，步角切
53.	幼	伊謬切	呦、泑	幽	幽，伊虯切
54.	皮	被奇切	皷、彼	披	披，彼寄切
55.	朱	之瑜切	騃、戕	誅	誅，知俞切
56.	舌	時列切	酟、舺	活	活，古末切、戶括切
57.	开	五堅切	麂、麝	磬	磬，可定切
58.	孚	撫俱切	砓、烰、艀、鶝	浮	浮，扶尤切
59.	芻	楚俱切	蒭、鶵	鄒	鄒，仄牛切
60.	番	扶元切	鱕、鷭	煩	煩，父員切
61.	閒	居閑切	僴、㺭	簡	簡，居限切

62.	蜀	市燭切	蠋、磀	獨	獨，大卜切
63.	疑	魚其切	縭、嶷	擬	擬，魚理切
64.	昜	他盍切	鞨、鰨	榻	榻，恥獵切
65.	畐	普逼切	湢、騙	逼	逼，碑棘切
66.	攵	口禮切	棨、棨	啓	啓，口禮切
67.	巤	閭涉切	鬣、礦	臘	臘，盧盍切

以上的 67 種聲符，其所對應的 148 組直音字例，每一組的被注字都同音。分析上面表格，其中有 39 種聲符與直音字同音的情形，分屬 90 個直音字例佔 60.8%；而聲符與直音字音讀相近共有 28 組聲符，分屬 58 組直音字例佔 39.2%。

經由上面的統計，可以發現被注字與直音字聲符相同的情況下，約有三分之二強的比例，直音字例會傾向直音字與聲符同音，另外的三分之一的部分，則是直音字與聲符有音近的情形，以下則分別舉例說明。

1. 同　音

這個部分所要討論的，當直音字與聲符同音時，被注字、直音字與聲符之間的音讀情形：被注字、直音字、聲符，即三者的音讀相同，共有 47 例，分別是：「�、劸、犳」、「釦、犅」、「犿、駖、帉、岎」、「駄、犹」、「茇、砐、皸」、「泇、枷」、「駘、薹」、「蚷、駏」、「姻、裀」、「荑、駃、鮧、鞍、狭」、「鮒、紨」、「栖、粞」、「浤、硡」、「蜓、娗」、「鯐、康」、「猘、䣯」、「浸、祲」、「駐、魱」、「郋、蜈」、「醎、騋、鹹」、「潙、鰞」、「媒、猱」、「獅、鰤」、「涾、嵱」、「溯、槊」、「鄗、鶮」、「騮、鰡、蟉」、「隡、猹」、「蝽、碡」、「縴、貗」、「廮、䍇、磌」、「蓫、騃」、「塱、墉」、「鷄、㮐」、「藁、猿」、「攊、鬁」、「蘋、繽」、「櫻、瓔」、「瀾、礀」、「玁、㿺」、「湏、蕷」、「棨、棨」、「鷙、螫」、「鴋、鞨」、「蘶、機」、「潏、翻」、「鱕、鷭」。

這些 47 例中，有 42 例的情況是直音字本身便是聲符，也就是直音字與聲符同形，所以被注字與直音字、聲符必然同音。如「荑、駃、鮧、鞍、狭」皆音夷，其五字的聲符與直音字皆為「夷」。

另外的 5 例是直音字與聲符並非同形，分別是「鷙、螫」皆音支、「鴋、鞨」皆音羊、「蘶、機」皆音機、「潏、翻」皆音聿、「鱕、鷭」皆音煩。以下分別討論之：

（1）「鳷、螲」皆音支

「鳷、螲」的聲符為「枝」之移切：照支平，直音字皆為「支」章移切：照支平，可知直音字「支」與聲符「枝」雖然反切用字不同，但聲韻調系統相同，且同時有相同的聲符。

（2）「禨、穖」皆音機

「禨、穖」的聲符「幾」居衣切，直音字「機」居衣切。和上例相同，且「幾」、「機」反切全同，故音讀相同。

（3）「潏、翻」皆音聿

「潏、翻」的聲符「矞」余出切：喻術入，直音字皆為「聿」以出切：喻術入。可知直音字「聿」與聲符「矞」，雖反切用字不同，但聲韻調系統相同，故音讀相同。選用「聿」當直音字而非「矞」的緣故，當是與上例相同，「矞」字較冷僻，不如「聿」來得令人熟悉。

（4）「騬、輰」皆音羊

「騬、輰」的聲符為「易」弋章切：喻陽平，直音字皆為「羊」余章切：喻陽平。可知直音字「羊」與聲符「易」的音讀相同，此例和上面的例子不同之處在於，以「易」為聲符，與「易」同音的字太少，故編者選用於「易」同音，但字形完全無關的字作為直音字。

（5）「鱕、鷭」皆音煩。

「鱕、鷭」的聲符「番」扶元切：奉元平，直音字皆為「煩」父員切：奉元平。可知直音字「煩」與聲符「番」，雖反切用字不同，但聲韻調系統相同，故音讀相同。選用「煩」當直音字而非「番」的緣故，當是與上例相同，可能是當時「番」字較冷僻，不如「煩」來得令人熟悉。

音同的 47 例中，僅有上述 5 例直音字與聲符之間的情況較為特殊，故加以逐一分析之後，發現主要還是受限於字形的常用與否，但常用與否的標準，變成是編者的自由心證了，但大抵上是符合大部分使用者的認知才是。

2. 音　近

這個部分要討論的是音近的部分，音近所代表被注字、直音字、聲符的音讀情形是：被注字、直音字同音，且與聲符音讀相近。但音近的條件為何？本文以至少必須有聲母或是韻母相近其中之一為必要條件，方可視為音近。

音近的定義，聲母部分，聲母相同即雙聲，或發音部位必須相同；韻母相同即疊韻，或至少必須屬同一韻攝。依這樣的標準，可檢索出共有 20 例，分別爲：「泌、毖」、「屃、砘」、「馴、凡」、「㖦、鞏、砆、狭」、「魺、邨」、「絆、酢」、「砲、澠」、「呦、泑」、「麭、狓」、「騑、栽」、「酤、舟舌」、「麗、麢」、「砕、烰」、「貖、觴」、「儞、獮」、「羯、礪」、「緅、幰」、「鞊、鞨」、「淕、騙」、「鼺、礦」。以下便分爲四聲相承、雙聲、疊韻、聲母／韻母相近四三種情況分別討論之：

（1）四聲相承

聲母相同、韻部相承的情況，共有兩例。1.「呦、泑」音「幽」伊虬切：影幽平，聲符爲「幼」伊謬切：影幼去。2.「儞、獮」音「簡」居限切：見產去，共有聲符爲「閒」居閑切：見山平。這兩例都是僅有平聲與去聲的差異。

（2）雙聲

雙聲是指聲母相同的情況，因此便就韻母的差異來做討論。這個部分檢索出共有五例：「泌、毖」、「馴、凡」、「㖦、鞏、砆、狭」、「緅、幰」「鼺、礦」，其聲符與直音字的音讀，列如下表：

聲符	聲符之反切	被注字	直音字	直音字之反切	分析說明
必	俾吉切（幫職入）	泌、毖	祕	悲冀切（幫至去）	同爲幫母
凡	扶嚴耶（奉嚴平）	馴、凡	梵	扶泛切（奉梵去）	同爲奉母
夬	公快切（見夬去）	㖦、鞏、砆、狭	決	公穴切（見屑入）	同爲見母
疑	魚其切（疑之平）	緅、幰	擬	魚理切（疑止上）	同爲疑母
鼺	閭涉切（來葉入）	鼺、礦	臘	盧盍切（來盍入）	同爲來母

在今本《玉篇》中，即使被注字的音讀不等於本身的聲符，但聲符與被注字之間的音讀關係，還是會相當密切，這也是由於聲符與字音本來就是交互影響的。

（3）疊韻

疊韻是指韻目相同的情況，可以容許韻母爲四聲相承的情形，故在此將以聲母的差異來做討論。這個部分檢索出共有三例，「騑、栽」、「鞊、鞨」、「淕、騙」。其中「鞊、鞨」、「淕、騙」其直音字與共有聲符的聲母，發音部位相同，

僅有清濁差異。「騹、𢿨」其直音字「誅」知俞切／知虞平，與共有聲符「朱」之瑜切：照虞平，其聲母有知母與照母之別。

聲符	聲符之反切	被注字	直音字	直音字之反切	分析說明
朱	之瑜切／照虞平	騹、𢿨	誅	知俞切／知虞平	同為虞韻
昜	他盍切／透盍入	鞈、𩏶	榻	恥獵切／徹盍入	同為盍韻
畐	普逼切／滂職入	湢、䮛	逼	碑棘切／幫職入	同為職韻

這和雙聲的情況相同，當被注字的音讀與聲符不同時，但聲符是直音字的初文，所以其音讀仍有音韻關係。

（4）聲母／韻母相近

這個部分共有九例，數量不是很多，故將聲母與韻母相近放在一起討論。例子有九例：「𣲷、砆」、「魨、邨」、「砲、澏」、「毢、𥛠」、「酤、䑛」、「𤜂、𥖲」、「砇、烰」、「貙、觕」、「䋂、𥜾」。

其中同韻攝且聲母發音部位相同：「𤜂、𥖲」音「獨」大卜切：定屋入，共有聲符「蜀」市燭切：禪燭入，同屬東攝、舌音。「魨、邨」音「豚」徒昆切：定魂平，共有聲符「屯」陟倫切：知諄平，同屬臻攝，舌音。

僅有聲母發音部位相同的例子：「𣲷、砆」音「朴」普角切：滂覺入，共有聲符「卜」布鹿切：幫屋入；「砲、澏」音「雹」步角切：並覺入，共有聲符「包」，布交切：幫肴平；「毢、𥛠」音「披」彼寄切：幫寘去，共有聲符「皮」被奇切：並支平；「砇、烰」音「浮」扶尤切：奉尤平，共有聲符「孚」撫俱切：敷虞平。此四例的聲母同屬唇音。

「貙、觕」音「鄒」仄牛切：莊尤平，共有聲符「芻」楚俱切：初虞平；「䋂、𥜾」，音「昨」才各切：從鐸入，共有聲符「乍」士嫁切：牀禡去，這兩例的聲母同屬齒音。

僅有同韻攝的例子：「酤、䑛」音「活」古末切：見末入，共有聲符「舌」時列切：禪薛入，同屬山攝。

（5）其　他

最後僅有一例「䴲、𪏮」，從聲母、韻攝來看都不相同，但由於直音字與被注字的聲符相同，可見聲符與被注字和直音字之間，還是有一定程度關連的語音關係。其語音以下以表格整理歸納如下：

字 例	直音字／聲符	聲 韻 關 係
麂、麞	罄：可定切：溪徑去 开：五堅切：匣先平	聲母發音部位都屬舌根。溪母爲舌根清送氣塞音；匣母爲喉濁擦音

這「罄」、「开」兩字的聲母，以中古韻圖來看，一屬牙音，一屬喉音。依語言學的發音部位和發音方法來看，溪母爲舌根清送氣塞音；匣母爲喉濁擦音。兩者的發音部位一爲深喉，一爲淺喉，都屬喉音。

以上就語音的角度來討論聲符相同的字例，在此可以發現即使直音字與聲符不同，但究其語音關係必有密切的關係。

二、聲符類近

雖然被注字與直音字可以聲符相同，但仍有不少的被注字與直音字的聲符並非相同，其實原因很簡單，編者在選用直音或反切來作爲標音方式時，便已考量過直音與反切對於該字例的作用，若以直音較爲易懂，那麼便沒有作反切的必要。換言之，如果反切能傳達該字例的音讀，那麼若作直音，則可能會造成混淆。

選用直音時，使用哪個直音字也是編者的重要工作，第一要語音全等，第二要直音字要爲簡單易懂且常用的字，第三最好可以和被注字的聲符類近，這些都是影響選用直音字的重要因素。

事實上，被注字與直音字之間，要求到聲符全面一致是相當困難的，但面對聲符不同的直音字，儘可能顧全到語音全等、直音字非艱深、難懂，則是一個直音字例的要項了，表現在今本《玉篇》的直音字例裡，大部分是屬於被注字與直音字聲符不同的字例，選用直音字時，語音全等是最重要的，而字形方面的聲符全同非必要條件，與其強制選用聲符相同而艱深的直音字，不如使用廣爲人所熟用的字來作爲直音字較佳，這也是字書的一大要求，對於語音直接且全面的表現是必須要直接反映在直音字上。

但是造成被注字與直音字的聲符不同，語音還是決定的主要關鍵，與其考量具有相同聲符的被注字，不如選用可以眞實反應語音的直音字，此時選用直音字的考量，將僅以語音全等爲準，這是選用直音字的標準。

以上已經說明選用直音字的標準，以下將就聲符的相近、異同做一說明。首先這個部分所討論的聲符，主要是指被注字與直音字之間共有的聲符，這

和前一部份最大的不同在於，這個部分已不會有共有聲符即爲直音字的情況出現，也因此直音字與聲符之間的音讀關係會相距的更遠一些。

若將被注字聲符相同的加以聯繫，雖然它們的直音字聲符都不一樣，有的僅是被注字與所對應直音字的語音全等關係，但仔細觀察可以發現一個有趣的現象，那就是具備相同聲符的被注字，雖然所使用的直音字不同，但其語音的變化依然是有限度的，也就是說，雖然直音字不同，但直音字之間，會形成幾組不同的音讀，即使是今本《玉篇》中所收的新出字〔註 30〕，依然遵循著這樣的規範。

在聲符相異的部分，觀察聲符在被注字與直音字之間的關係，以聲符來看，如果聲符的音讀相當穩定，那麼所對應的直音字例，即使有多種音讀的樣貌，但亦不至於會相差太遠，多半還是有音讀相近的特色。

直音字例中的音讀相距甚遠的情形也是有的，這些條例的聲符多半是屬於語音易變動的字群，這主要表現在當聲符爲非形聲字的情況，當聲符非形聲字時，其語音的變化可能性比聲符爲形聲字要大上許多，從陳新雄〈無聲字多音說〉〔註 31〕的概念可以證明聲符爲非形聲字時，直音字例間語音的變化會比聲符爲形聲字的變化要大。

檢索今本《玉篇》可以發現被注字的聲符爲形聲字時且被注字與直音字聲符相同的情況，編者認定該被注字的音讀便是聲符本身，又加上聲符成字，順理成章以聲符當直音字，如：「𩏓」音圍。

相關被注字的直音字、聲符、反切的內容，可列表觀察如下：

〈表八〉直音字與其聲符類近之語音對照表

編號	聲符	聲符反切	字　例	直音字	直音字反切
1.	嵏	子公切	蝬／陖	葼／嵏	子公切／子公切
2.	圍	于非切	潿／𩏓	韋／圍	于非切／于非切

〔註 30〕今本《玉篇》中的 1,188 例的條例扣除和原本《玉篇》、《名義》、《廣韻》所重複的字例，可得 481 例，可以視爲今本《玉篇》所獨有的新字條例，文本稱之爲「新出字」

〔註 31〕見於陳新雄〈無聲字多音說〉（台北：輔仁大學文學院人文學報 2 期，1972），頁 431～460。

3.	覓	莫狄切	蓂 / 蜆	覓 / 蓂	莫狄切 / 莫狄切
4.	君	居云切	鯃、帬	君 / 羣	居云切 / 巨云切
5.	久	居柳切	攷 / 灰	久 / 灸	居柳切 / 居又切
6.	己	居喜切	改 / 妃 / 鴡	紀 / 配 / 己	居擬切 / 普對切 / 居喜切
7.	主	之乳切	眫 / 鞋	註 / 注	之喻切 / 之裕切
8.	乎	戶枯切	狩 / 魼	乎 / 呼	戶枯切 / 火胡切
9.	去	丘與切	牽 / 砝 / 芸	去 / 劫 / 祛	丘與切 / 居業切 / 丘於切
10.	失	舒逸切	袟 / 妷 / 砄 / 狄	佚 / 帙 / 送 / 秩	余一切 / 除乙切 / 徒結切 / 除室切
11.	奴	乃都切	駑 / 蝥	奴 / 弩	乃都切 / 奴戶切
12.	布	本故切	庯 / 怖	布 / 怖	本故切 / 普布切
13.	未	亡貴切	鮇 / 穌	未 / 妹	亡貴切 / 莫背切
14.	生	所京切	泩 / 鵿 / 狌	生 / 生 / 星	所京切 / 所京切 / 先丁切
15.	田	徒堅切	庙 / 鈿	佃 / 田	同年切 / 徒堅切
16.	交	古肴切	虓 / 姣 / 虓	姣 / 狡 / 姣	戶交切 / 古卯切 / 戶交切
17.	同	徒東切	窚 / 蚵	洞 / 同	徒董切 / 徒東切
18.	各	柯洛切	鉻 / 茖	洛 / 格	力各切 / 柯額切
19.	合	胡荅切	衿 / 㑅	帢 / 荅	口洽切 / 都合切
20.	羊	余章切	羏 / 洋 / 羏 / 鞒	洋 / 祥 / 翔 / 養	以涼切 / 似羊切 / 似良切 / 餘掌切
21.	侖	力旬切	㺍 / 碖	倫 / 輪	力遵切 / 力均切
22.	昔	思亦切	錯 / 醋 / 鰭	厝 / 措 / 錯	千故切 / 且故切 / 七各切
23.	者	之也切	騔 / 𪎶	者 / 諸	之也切 / 諸孕切
24.	彔	力木切	蔉 / 淥	祿 / 綠	力木切 / 力足切
25.	沓	徒荅切	鵓 / 馨	沓 / 鍺	徒荅切 / 他荅切
26.	前	在先切	箭 / 㵱 / 偂	前 / 前 / 翦	在先切 / 在先切 / 子踐切
27.	思	息茲切	緦 / 猥	思 / 蕙	息茲切 / 胥里切
28.	是	時紙切	幄 / 醍 / 蘒 / 葨 / 猩	是 / 提 / 提 / 提 / 鞮	時紙切 / 徒兮切 / 徒兮切 / 徒兮切 / 丁奚切
29.	癸	古揆切	醆 / 候 / 鰇	揆 / 揆 / 葵	渠癸切 / 渠追切

30.	骨	古沒切	餶 / 磆	骨 / 滑	古沒切 / 戶八切
31.	區	去娛切又烏侯切	嶇 / 慪	歐 / 謳	於口切 / 於侯切
32.	累	力佳切	纍 / 螺	累 / 騾	力佳切 / 力戈切
33.	齊	在兮切	齌 / 鱭	齊 / 薺	在兮切 / 才禮切
34.	厷	古薨切	浤 / 狨	宏 / 雄	胡萌切 / 有弓切
35.	巂	胡圭切又思弭切	瓗 / 攜	畦 / 攜	胡圭切 / 戶圭切
36.	亘	思緣切	萱 / 袒	桓 / 亘	胡端切 / 思緣切

故聲符不同的討論，僅只就聲符省形及聲符爲非形聲字兩大部分來討論，以下就今本《玉篇》所見之直音字例實際情況來說明。

（一）聲符減省

聲符減省，是指被注字聲符對照直音字聲符可發現被注字是經過減少部分筆畫後的狀態，意即被注字的聲符嚴格來說已非成字而是變成符號，這多半是由於該被注字的筆畫已經夠多，如果不將聲符加以減省，那麼該字將成爲一個筆畫繁重的字，如此一來也不符合文字使用的規範。以下列舉例以說明：

以「厷」爲聲符的被注字有「浤」、「狨」。「浤」音宏，「狨」音雄。宏，胡萌切（匣耕平）；雄，有弓切（爲東平）。聲母部分，匣母及爲母都是喉音，但有清濁不同。耕韻跟東韻的韻母分別爲〔-uæŋ〕及〔-juŋ〕，耕韻是合口洪音，東韻是合口細音，但主要元音的差異較大，耕韻是前低元音，東韻則是後高元音。

以「叕」爲聲符的被注字有「蝃」、「浞」、「騘」。「蝃」音拙，「浞」音輟，「騘」輟音。拙，之說切（照薛入）；輟，知劣切（知薛入）。聲母部分，一爲正齒音，一爲舌上音，韻調則是相同。

由上面兩個例子可以發現被注字所選用的直音字，其聲符是省形的情況時，也說明了直音字與被注字聲符之間的關係並非十分地密切，但聲符還是有一定程度影響到音讀。

（二）聲符與直音

今本《玉篇》中直音字例聲符爲非形聲字的例子也有不少，這是遷就直音字本身的音讀需與被注字全等爲前提，在非形聲字的部分，編者選用這些非形

聲字多半是易懂、常用之字，以下列舉例子以說明之：

以「務」為聲符的被注字有「鶩」音目、「鶩」音務、「蝥」音務又音牟、「梊」音木。「目」，莫六切（明屋入）。「務」，亡句切（微遇去）。「牟」，亡侯切（微侯平）。「木」，莫穀切（明屋入）。聲母方面，分為明母和微母，但今本《玉篇》中有出現明微相混的情況，所以明母與微母在今本《玉篇》中正處於分離尚未完全的階段。韻調方面，入聲韻的屋韻與陰聲韻的遇韻跟侯韻，三者都有合口性質，但綜觀聲母與韻調，在此例中表現的較為相似的當屬聲母。

以「登」為聲符的被注字有「撜」音蒸、「鐙」音登、「蕚」音登。「蒸」章繩切，照母蒸韻平聲。「登」都稜切，端母登韻平聲。「鐙」、「蕚」兩字皆音登，所以兩字是屬聲符相同的範圍，但和「撜」聯繫的話，變成又有聲符不同之處，先看聲母，照母是舌尖面塞擦音，端母是舌尖塞音，兩者的發音部位接近。韻調部分，同為平聲韻，且蒸韻與登韻主要元音相近，而後來也併入同一韻攝中，因此不論是聲母或是韻母都有相近之處。

以「豦」為聲符的被注字有「蘧」音渠、「襽」音據、「獡」音據。「渠」強魚切，群母魚韻平聲。「據」居豫切，見母御韻去聲。「襽」、「獡」的直音字相同，是屬聲符相同的部分，而由於和「蘧」聯繫，變成有聲符不同之處。聲母方面，一為群母、一為見母，同是牙音，有全清、全濁之別。韻調魚韻與御韻僅有聲調的不同，因此不論是聲母或是韻母都有相近之處。

以「務」、「登」、「豦」為聲符的三例被注字，與直音字的共同聲符都是會意字，有時聲符直接就是直音字本身，如：「鐙」音登。也有成為直音字的聲符的，如：「襽」音據，所以，此時的聲符等於是間接地為被注字標示音讀，也因此聲符對於被注字音讀的影響力就減少了許多。

「類化」對於今本《玉篇》來說，表面上僅只有字形相似的特色，但深究其語音現象時，「類化」應是以語音為優先考量，再則以字形加以配合。對於舊有字例來說，「類化」作用只是進一步地確定語音現象，畢竟具有相同聲符的直音字例，其語音不會差異太多。

第三章　直音字例層累現象探析

　　本章所提「層累現象」，包括體例與音讀兩方面。體例部分，將探討原本《玉篇》開始建立的字書編纂系統，《名義》繼承至今本《玉篇》正式奠定。

　　音讀方面，是指某部分的字，在原本《玉篇》與《名義》中均以「反切」出現，然而在今本《玉篇》中改以「直音」出現。該字在經過原本《玉篇》、《名義》到今本《玉篇》，語音經過了三次的修訂，如此的累積現象稱之為「直音層累」。此章將以今本《玉篇》所出現的直音字例為對象，再次查閱原本《玉篇》與《名義》，觀察兩者是否出現與今本《玉篇》同樣字例，並整理分析其數量及音讀現象。

　　本章將除了討論直音字例外，將今本《玉篇》中「正讀＋又讀」的情況也視為是「直音」的一部份，所以這兩部份都會併入本章的討論。

第一節　層累來源與體例編排

　　論述原本《玉篇》、《名義》與今本《玉篇》共有的直音字例之前，先介紹原本《玉篇》、《名義》與今本《玉篇》三者之間的相承關係，事實上，《名義》與今本《玉篇》都是以原本《玉篇》為基礎加以增補、修訂而成的，所以三者的音讀系統來源相同。其次是就體例編排的部分，歸納出三者體例上的不同及差異，以及體例編排上又有何相承之處。最後將原本《玉篇》、《名義》中發現

關於體例方面的特殊現象加以說明。

一、層累來源

由顧野王編纂原本《玉篇》開始，再由日本的釋空海大師攜回書籍，加以編纂的《名義》，到宋代陳彭年等人再次的修編，成為目前所見的《大廣益會玉篇》，這連串的過程代表《玉篇》系字書經過了多次的修訂、改編，在語音上也經過不斷地修正及增補，以下將由原本《玉篇》、《名義》為今本《玉篇》的來源為出發，進而說明二者與今本《玉篇》之間在語音層累的關係。

二、層累關係

原本《玉篇》由梁·顧野王所撰，開楷書字典的先河，爾後遼代的釋行均所著的《名義》及今本《玉篇》，都依循著原本《玉篇》的編纂系統持續作修訂增補，並輔以當代的語音現象為佐證；字例方面，也由原本《玉篇》的16,917 字，到空海大師編《名義》則縮減至一萬五千六百餘字，今本《玉篇》經陳彭年等人增補，又增至 26,194 字。內容走向主要是表現在字例增加，但字例中的釋文說解大幅減少，這也反映了字書僅標列字例的一種特色。

這三者之間的關係建立於時間的流逝，舊的、不合用的字書要經過改編以符合需求，故才會有孫強本《玉篇》的出現，到了宋代，孫強本《玉篇》又不合使用，便有了今本《玉篇》的出現，目前原本《玉篇》已在日本被發現，但已僅存原書的八分之一，而孫強本則在今本《玉篇》出現後便已亡佚，目前僅存《名義》保存了一部份的面貌。

三者之間檢索出共有的字例，比較其音讀，便可以發現語音演變的規律及特色，這便是語音層累的現象，本文特以直音為討論對象，來看以一個單字來標注被注字音讀的狀況，以及在三者之間字例用字的選擇、對應切語的差異。

三、體例編排

原本《玉篇》與《名義》、今本《玉篇》這三者，可說是同一系列的《玉篇》系字書，體例編排的部分，可分為延續不變及逐步修改兩種體例。

先從延續不變的體例來說明，再以比較整理所得的逐步修改的體例，並比較各自體例上的差異。

（一）延續不變的體例

原本《玉篇》與《名義》、今本《玉篇》這三者，可說是同一系列的《玉篇》系字書，其中的體例編排均相同，將從卷數及部首兩大部份來說明。

1. 卷數及部首

雖然原本《玉篇》僅存十一部，但其部首排列順序和今本《玉篇》相同；《名義》與今本《玉篇》卷數同為三十卷，這是三者一直遵循的體例。

部首方面，由於原本《玉篇》僅有十一部，這十一部的部首順序及內容和今本《玉篇》相同。但將《名義》和今本《玉篇》相比較，可以發現同一卷中的部首數目及內容相同，編排的順序上，兩者則有差異，其不同的情況在下文將有詳細說明。

2. 字例中釋文的順序

每一個字例中都具備著幾個重要部份，分別是被注字、釋文、音讀共同組成。原本《玉篇》與今本《玉篇》皆先注音讀，再接釋文，若有引用典籍，則將典籍內容置於釋文之前。《名義》大部分亦同，也有少數脫序的情形，於下面的行文中提出說明。

（二）原本《玉篇》〔註1〕

前面已經提到過黎本《玉篇》與羅本《玉篇》，僅存今本《玉篇》的八分之一，但兩者收錄的內容相差不少，就部首順序來看，由於原本《玉篇》僅剩的部首有限，以有限的部數相比較，兩者的內容是相同的。而部首用字與部首數目，則無法有明確的差別。以下就體例來說明：

1. 字例順序

以字例的編排來看，今本《玉篇》承襲著原本《玉篇》的形式，於被注字之下先注反切，後加釋文。文字的順序上是相同的，唯今本《玉篇》為從中加入新字，或稍微調換順序。如：以言部為例：原本《玉篇》的次序是：謳、詠、訖、諍、評、諺、訝、詣、訂、講、謄、訥、讄、讎。今本《玉篇》的次序為：訖、謳、諍、詠、諺、評、訝、詣、訂、講、讄、讎。比較可知，

〔註1〕原本《玉篇》，包括有黎本《玉篇》與羅本《玉篇》與日本東方文化學院版的原本《玉篇》。在此的討論，將綜合黎本《玉篇》與羅本《玉篇》與日本東方文化學院版的版本，統合作為原本《玉篇》來進行討論。

順序有些不同外，有些字的部件在今本《玉篇》亦稍有改動，如：原本《玉篇》出現的「謄」字，今本《玉篇》將「謄」字放到更前一面的位置，而未與「訖」等字排列在一起。原本《玉篇》與今本《玉篇》同一部首所收字例，其順序幾乎一致的，但仍有少數的字在今本《玉篇》中被調換位置。

2. 釋文內容

原本《玉篇》釋文的內容，比今本《玉篇》多出不少，以「諺」字爲例：原本《玉篇》注云：「移前反，左氏傳周諺有之。説文傳言也。」今本《玉篇》注云：「魚建切，傳言也。」原本《玉篇》多收錄了很多經傳典籍提到的部分，而今本《玉篇》加以省略，只留下主要的字義而已。

（三）《篆隸萬象名義》

由空海大師帶回日本重新抄錄的《名義》一書，雖說和今本《玉篇》的體例差異不大，然而在部首用字、數量及順序方面都有了更動，以下將所觀察到的現象加以說明。另外在檢索的過程中發現《名義》有一個較爲特殊的標音方式：「某反」，乍看之下以爲是缺漏的切語，然則不盡然是如此，以下將作一簡要的說明。

1. 部首用字差異

由於《名義》爲手抄的緣故，所以在比較部首用字時，可以看到空海大師使用了一般的俗字來書寫部首，類似這樣的差異，本文將不列入用字的差異，僅視爲是字體上的差異，並不影響部首本身。以下就觀察到的部首用字差異，舉例說明。

卷九中，《名義》標「谷」部；而今本《玉篇》標「𥞤」部。

卷十六，《名義》「鼓」全作「皷」注云：「古文。」因此，在《名義》中鼓部所有字，全作「皷」旁。

2. 部首增減

在《名義》中共有五百四十三部，比今本《玉篇》多了一部，部首增減的情形，以下將逐一舉出說明。

卷四中，《名義》在目部之前多了「𦣞」部，今本《玉篇》中則無「𦣞」部。觀察其內容可以發現，《名義》的自部僅有「自」、「𦣞」兩字，「𦣞」部以下則有八字「𦣞」、「皆」、「魯」、「者」、「𦥌」、「𥄂」、「𥌓」「百」，事實上「𦣞」

只是「自」字的小篆寫法，兩者同為一字，空海大師則將此獨立為一部，可見是字形判斷錯誤之故，誤以為兩者是不同的字，而「八口」部之下的八個字，在今本《玉篇》也分屬在不同部，可見陳彭年等人在重新修訂時，也考慮了部首的合理性及正確性。

　　卷四中《名義》標「省」部，下有「盾」、「瞂」、「瞁」共四字；而今本《玉篇》將「省」字併入目部，而「盾」、「瞂」、「瞁」獨立為盾部，又加入的一個新字「瞂」，故盾部共有四字。若看今本《玉篇》盾部的前一部：目部，可以發現「省」字是目部的最後一字，故可以推知，在重新修訂時「省」字的歸部是有所改變的，但從何時開始有所改變呢？由於孫強本的亡佚，而無法確認。所以在卷四中《名義》多了「𦣉」部、「省」部，卻少了「盾」部，故以卷四來說，比今本《玉篇》多了一部。

　　卷十二中，《名義》僅有目、林、巢、叒四部，並無「東」部；而今本《玉篇》則有目、林、巢、叒、東部，共五部，其中東部收有「東」、「棘」二字，而《名義》將「東」、「棘」二字歸為木部，故可以推知，在重新修訂時，對於「東」、「棘」的歸部是有所改變的，但從何時開始有所改變，由於孫強本的亡佚，而無法確認。因此，卷十二中，《名義》比今本《玉篇》少了「東」部。

　　卷十三中在部首列示部分，《名義》在「艸」部下又多列「草」部，所以看起來卷十三有兩部，事實上，在內文中「艸」部的第一字便是「艸」，而第二字便是「草」，推測應是當時用「草」字的形體已較普遍，故兩者皆列出，以免混淆。

3. 部首順序不同

　　在《名義》中部首順序，經過與今本《玉篇》比較，會有些許的差異，有出現跨卷的情況，這是較明顯的不同，再來是同卷中部首排列的次序不同，以下列舉並說明。

　　卷十四，《名義》將「耒」部歸入卷十四；而今本《玉篇》則歸入卷十五。在順序上有所不同。

　　卷十五，《名義》將「重」歸入卷十五，而將「皿」歸入卷十六；而今本《玉篇》則將「皿」歸入卷十五，而將「重」歸入卷十六，在順序剛好交錯歸置。

卷十七,《名義》卷十七的部首順序爲:殺、戌、刀、初、刃,對照內文,在刀部後原接初部,但是實際上接殺部,因此,殺部共出現了兩次,但僅有「殺」、「弒」兩字,不似前面的殺部收有四字之多。

卷二十一,《名義》的順序爲:奢、大;今本《玉篇》則爲:大、奢,順序相反。

卷二十六,《名義》的順序爲:羽、飛、卂、非、習;今本《玉篇》則爲:羽、飛、習、卂、非,順序不同。

卷二十七,《名義》的順序爲:絲、素;今本《玉篇》則爲:素、絲,順序相反。

卷二十九,《名義》「比」部爲第 460 部;今本《玉篇》「比」部則爲第 447 部。《名義》「彔」部爲第 477 部;今本《玉篇》「彔」部則爲第 495 部。

以上是檢索比對《名義》和今本《玉篇》在卷次上、部首的差異,就卷次來說,兩者完全一致;就部首字來說,有用字的差異、部首數目及順序的不同,但大部分的內容仍是相同的,可見《名義》及今本《玉篇》是有其相承的關係。

4. 歸字原則不一

在《名義》中由於手抄的緣故,部分部首偏旁由於形體相近而造成訛誤的現象;還有對於字例的部首歸部的看法不同,這兩種情形都導致部分字例的歸部和今本《玉篇》所見的不同,以下舉例說明:

《名義》中由於艸部與竹部的部首偏旁形近,造成訛誤,如:「最」,今本《玉篇》歸入竹部,《名義》歸入艸部。

另外,歸部的原則不同,造成的差異,如:「範」,今本《玉篇》歸入竹部,《名義》歸入車部。

四、例外現象

例外現象,主要是《名義》中有兩類,一爲作「某」反。另外有六例與一般的體例有些許的不同,故於此分別特別提出說明。

1. 作「某」反

在《名義》中的標音方式,主要還是以反切爲主,直音所佔的比很少,僅

有十例而已,佔《名義》中字例總數的比例亦相當低,不過除了這兩種方式外,《名義》還出現以「某反」的標音方式。這種特殊的標音方式,在各種關於標音方式的研究,或是《名義》的專門研究中都尚未出現,在此僅以觀察之所得加以分析說明。

檢索《名義》可得,作「某反」的例子共有9例,由《名義》本身探求「某反」是否相當於「音某」,且再檢索今本《玉篇》的音讀來逐一比較對照,來判斷出該字例的作「某」反是屬於漏抄上字或下字的情形。

（1）「仉」

「仉」《名義》注云:「範反,犯字。陵、于、授。」若檢索「犯」、「范」、「範」三字在《名義》與今本《玉篇》中的音讀,列如下表:

字 例	《名義》	今本《玉篇》
仉	範反	音范
範	音犯	扶鋄切
犯	范反	扶鋄切
范	音範	音犯

由今本《玉篇》來看,此四字完全是同音的情形。由《名義》來看則是有循環注音的情況,「范」、「範」、「犯」直音用字遞用,故同音,同時證明「范反」相當於「音范」故同理可證,「仉」字標「範反」亦同「音範」。若由反切來說,同時也可說是缺漏了反切上字。

（2）「呼」

「呼」《名義》注云:「瓜反,化然。」,而「瓜」《名義》注云:古華反。

字 例	《名義》	今本《玉篇》	《切韻》
呼	瓜反	火胡切（曉模平）	荒烏反（曉魚平）〔註2〕
瓜	古華反（見麻平）	古華切（見麻平）	戶花反（見魚平）

「呼」、「瓜」的聲母,今本《玉篇》與《切韻》皆標示爲曉母與見母之別,兩者發音部位同屬舌根。韻部部分,今本《玉篇》爲模韻與麻韻之別,《切韻》「呼」與「瓜」上古皆屬魚部,到了今本《玉篇》各自分化爲模韻與麻韻。對

〔註2〕 本文所使用的上古語音系統,聲母以黃侃古聲十九紐爲準;韻母則以陳新雄先生的古韻三十二部爲準。

照聲母及韻母，可推知「呼」標「瓜反」，應是漏抄反切上字。

（3）「趤」

「趤」《名義》注云：「岳反，寒行。」，而「岳」《名義》注云：牛角反。

字　例	《名義》	今本《玉篇》
趤	岳反	去虔切（溪仙平）
岳	牛角反（疑覺入）	牛角切（疑覺入）

「趤」上古屬元部；「岳」上古屬屋部，韻母關係稍遠。但兩者的聲母皆屬牙音，故「趤」標「岳反」可能是漏抄反切下字。

（4）「湆」

「湆」《名義》注云：「去反，煮肉汁。濕。」，而「去」《名義》注云：虛據反。

字　例	《名義》	今本《玉篇》
湆	去反	去及切（溪緝入）
去	虛據反（溪語上）	羌據切（溪語上）

「湆」與「去」的聲母相同，但韻母關係稍遠，可能是「湆」標「去反」是漏抄反切下字。

（5）「獜」

「獜」《名義》注云：「月反，健。」，而「月」《名義》注云：魚厥反。

字　例	《名義》	今本《玉篇》
獜	月反	力丁切（來青平）、力仁切（來眞平）
月	魚厥反（疑月入）	魚厥切（疑月入）

「獜」上古屬眞部〔-en〕；「月」上古屬月部〔-at〕是，兩者的主要元音發音部位接近，「獜」是舌面前中元音；「月」是舌面前低元音。故「獜」標「月反」可能是漏抄反切上字。

（6）「鵠」

「鵠」《名義》注云：「皷反。」，而「皷」《名義》注云：故扈反。

字　例	《名義》	今本《玉篇》
鵠	皷反	胡篤切（匣沃入）
皷	故扈反（見姥上）	無皷字，鼓，姑戶切（見姥上）

今本《玉篇》中並無「鼕」字，但有「鼓」字，且對照《名義》中鼕部與今本《玉篇》鼓部所收之字，幾乎相同，僅有偏旁的「鼕」、「鼓」之別，且「鼕」、「鼓」兩字音值相同，故在此將《名義》中的「鼕」字視為等同於今本《玉篇》中的「鼓」字。

「鵠」上古屬覺部；「鼕」上古屬魚部，韻母關係稍遠。兩者的聲母「鵠」為〔g-〕；「鼕」為〔k-〕，都是屬舌根塞音，發音部位相同，僅有清濁、送氣不同。故「鵠」標「鼕反」，可能是漏抄反切下字。

（7）「袵」

「袵」《名義》注云：「餁反，袪裶。」而「餁」《名義》注云：如具反。

字　例	《名義》	今本《玉篇》	《切韻》
袵	餁反	無袵字	無袵字
餁	如具反（日遇去）	如甚切（日寢上）	如甚反（日寢上）
任	耳斟反（日侵平）	耳斟切（日侵平）又汝鴆切（日沁去）	女鴆切（日沁去）又汝針反（日侵平）

由於今本《玉篇》、《切韻》皆無「袵」字，但「餁」字的切語卻相同，可見從《切韻》到今本《玉篇》的語音並未有改變。

由於並無「袵」字的對照，故藉以「袵」、「餁」兩字的共有聲符「任」來作比較。《名義》雖僅標一音，但與今本《玉篇》與《切韻》的音值相同，可見「任」自從《切韻》一直到今本《玉篇》的語音並未有改變，因此比較「餁」、「任」兩字聲母皆屬日母，但兩者的韻母遇韻與寢韻的關係無法解釋，故可推測可能是漏抄反切下字。

（8）「荳」

「荳」《名義》注云：「樹反，陳樂。」而《名義》中無「樹」字。

字　例	《名義》	今本《玉篇》
荳	樹反	竹句切（知遇去）
樹	無樹字	時注切（禪遇去）

由於《名義》並無「樹」字，故由今本《玉篇》來對照的話，「荳」、「樹」兩字韻母相同，聲母的差異較大，所以「荳」標「樹反」可能漏抄反切上字。

（9）「蜱」

「蜱」《名義》注云：「毗反，螳螂。」而《名義》無「毗」字。

字 例	《名義》	今本《玉篇》
蜱	毗反	毗交切（並肴平） 又撫昭切（滂宵平）
毗	無毗字	婢時切（並之平）

由於《名義》無「毗」字，故由今本《玉篇》來對照，「蜱」、「毗」兩字的聲母同爲唇音，韻母關係較遠，故「蜱」標「毗反」可能是漏抄反切下字。

以上七例都是用「某反」來表示音讀，檢索比較《名義》的音讀，並以今本《玉篇》加以對照，此七例作「某反」的字例，只有「氾」字標「範反」是等同於「氾」字的音讀，其他的六例的「某反」，僅藉由比對今本《玉篇》與《切韻》，來求得其音讀，並在《名義》與今本《玉篇》中找到聲母或是韻母有所關連的聯繫，所以除了第一列「氾」字外，其餘六例可能是漏抄了上字或下字的切語字，故應是屬於漏抄切語。

後兩例的「樹」、「毗」兩字由於在《名義》中未見，可能是空海大師手寫抄錄的過程中有所缺落的緣故。這兩例除了《名義》未收「樹」、「毗」兩字外，亦推可能是漏抄反切用字的例子。

2. 特殊體例

今本《玉篇》與《名義》皆有出現的 281 條直音字例中，有六例是例外現象，分別是「齚」、「抍」、「欖」、「蒬」、「智」、「蕻」。以下就今本《玉篇》與《名義》兩者的注釋內容，加以比較異同。

（1）「齚」，《名義》注云：「音益，鹿粻受食處。」而今本《玉篇》未見「齚」字，可能是《名義》收錄當時特有的俗字。

（2）「抍」，《名義》注云：「助、取、收、升?，撜字。〔註3〕」未注音讀，檢索《名義》中，發現並無「撜」字。而今本《玉篇》則注云：「抍，音蒸又上聲，救助也。」後注「撜拯，並同上。」「抍」、「撜」、「拯」字義、字音皆相同。

（3）「欖」，《名義》注云：「梣字。欖梣字病。」今本《玉篇》則注云：「欖，亦同上，又音岺。」同上是指同「檔」、「櫩」，而此兩字又同

〔註3〕見於〔遼〕釋空海《篆隸萬象名義》（北京：中華書局，1995），頁 52。由於印刷不清，故疑爲「升」字，標「升?」以作疑。

於「桳」，故在今本《玉篇》中「欚」、「櫺」、「橝」、「桳」是同一字，而《名義》中標「櫺桳字病」亦是表示「欚」的音義，皆等同於「櫺」、「桳」二字。故今本《玉篇》與《名義》對「欚」的解釋仍是相同的。

（4）「萒」，《名義》注云：「徐玄，藥草。」未注音讀，訓釋也十分地簡略。而今本《玉篇》則注云：「萒，音泉，羊萒。」可見「萒」指的應該是一種藥草。

（5）「醝」，《名義》注云：「醍字。」未注音讀外，幾乎沒有訓釋，加上在《名義》中亦未收「醍」字。而今本《玉篇》則注云：「醍，他禮切，酒紅色，又音提。」後接「醝，同上。」可見在今本《玉篇》中「醍」、「醝」兩字是相同的。

（6）「蘉」《名義》：「音榷。」今本《玉篇》無「蘉」字，今本《玉篇》無「蘉」，而有「籆」，疾外切，歸入竹部，可能是偏旁在傳抄的過程中出錯，而造成「艹」、「竹」的混淆。

「鹽」、「抃」、「欚」、「萒」、「醝」、「蘉」六例中，除了「鹽」字外，其餘五例比較音義解釋之後，可以發現今本《玉篇》與《名義》幾乎是相同的，亦可證明今本《玉篇》的音義解釋承由《名義》，而《名義》由於在音義解釋上有諸多刪減，才會導致有例外現象的產生，如果對照並加以還原，則可以發現今本《玉篇》與《名義》對於字例的音義解釋是有所相承的。「鹽」字則是今本《玉篇》以反切出現，《名義》以直音出現，可見在今本《玉篇》是有自覺性地與《名義》的語音有區別在。

從原本《玉篇》、《名義》的體例上來看，今本《玉篇》與兩者的差異並不大，而其差異多半集中在對字例的釋義上，而又由於《名義》同時將小篆與隸書兩種字體一同編入的關係，相對地也使空海大師自己混淆了字例部首歸部的標準，而今本《玉篇》則進一步地修正了這樣的缺失，讓依循《說文解字》以來的字書傳統，更加地有系統性可循。

第二節　歸納與說明

由於黎本《玉篇》與羅本《玉篇》的內容相同，僅不同的僅在於所收錄的字數多寡，故本文以黎本《玉篇》的收字為主，並稱之為原本《玉篇》。

此節主要是歸納《玉篇》系字書的直音字例層累現象，並以表格來呈現，以時間順序來看，原本《玉篇》最初，次為《名義》，最晚的是今本《玉篇》。因此，今本《玉篇》的直音字例，有部分是源於原本《玉篇》及《名義》。故先就三者皆有的字例加以整理比較，再則以《名義》、今本《玉篇》作整理比較。整理表格時則以今本《玉篇》的直音字例出發，來對照原本《玉篇》與《名義》的字例，整理所得的字例，稱之為「共有字例」。

一、共有字例

（一）原本《玉篇》、《名義》、今本《玉篇》共有字例

此處原本《玉篇》〔註4〕、《名義》、今本《玉篇》共有的字例，經過檢索並排列成表格如下：

〈表九〉《玉篇》系字書共有字例一覽表

編號	部首	被注字	黎本《玉篇》	羅本《玉篇》	《名義》	今本《玉篇》	備註說明
1.	言部	譽	餘庶、與舒二反	餘庶、與舒二反	餘鹿反	余怒切，又音余	
2.		講	莫芥反	莫芥反	莫芥反	火界切，又音邁	
3.		評	皮柄反	皮柄反	皮柄反	皮柄切，又音平	
4.	日部	替	且感反	且感反	且感反	且感切，又音潛	
5.	欠部	弞	式忍反	式忍反	式忍反	式忍切，又音引	羅本《玉篇》作「㰕」、《名義》作「㰴」
6.	冊部	扁	補顯反	補顯反	補顯反	補淺切，又音篇	
7.	車部	軓	音范	X	音范	音范	
8.		輠	胡罪、胡瓦二反	X	胡罪反	胡罪、胡瓦二切，又音禍	
9.	舟部	𦩆	子悌反，字書古文濟字也。	X	子悌反	音濟	《廣韻》無此字
10.		觟	丁聊反	X	丁聊反	音彫	《廣韻》無此字

〔註4〕此處雖列原本《玉篇》，但內容仍以黎本《玉篇》、羅本《玉篇》各自討論，因為兩者的所收的直音字例中，其字形有些差異，故仍然並列討論之。

11.		觻	力瓜反	X	力依反	觻，音禮	
12.	山部	峠	公霍反	X	公霍反	音郭	
13.		嶨	苦學、胡角二反	X	胡角反	苦卓切，又音學	《廣韻》無此字
14.		崌	舉餘反	X	舉餘反	音居	
15.	广部	庳	裨弭反	X	裨弭反	音婢	
16.	石部	磷	力鎮反	X	力鎮反	力鎮切，又音鄰	
17.		硪	宜倚反	X	宜渏反	音我	
18.		碼	莫嘏反	X	莫嘏反	音馬	
19.	阜部	陶	徒高反	X	徒高反	大刀切，又音搖	
20.		隵	盧奇反	X	盧奇反	音義	
21.	系部	纛	徒到反	徒到反	徒到反	徒到切，又音毒	

從這表格可以發現，從梁代一直到宋代，若干字例之間歷來的發展變化，可以注意到的是有些字例未曾改變，也有字例產生增加或更動音讀的情形，所以依據音讀情形可分為：音讀相同、今本《玉篇》增加又音、及音讀有改變共三種情形，將於第二部分再說明。

（二）《名義》、今本《玉篇》共有字例

整理過三者的直音字例後，此處將以《名義》及今本《玉篇》共有字例加以整理，共得 281 例。由於《名義》與今本《玉篇》的部首次序，稍有不同，故在此以今本《玉篇》上、中、下三卷的次第分別列出如下：

〈表十〉《名義》與今本《玉篇》共有字例（上卷）

編號	部 首	被注字	《名義》	今本《玉篇》
1.	示部 3	祿	旅穀反	音鹿
2.		禔	之移反	之移切，又音匙
3.		禎	忠平反	音貞
4.		祭	胡命反	音詠
5.		祙	靡愧反	音媚
6.		禲	力滯反	音厲
7.		袾	丈渝反	之俞切，又音注
8.		祋	我多反	音俄
9.		襗	以石反	音亦
10.	二部 4	竺	都告反	丁沃切，又音竹

11.	玉部 7	玠	柯薤反	音界
12.		珋	力九反	音留
13.		瑰	古迴反	古回切，又音回
14.		瑠	九鳩反	音留
15.		瓏	力恭反	力恭切，又音聾
16.		瑒	雉梗反	雉杏切，又音暢
17.		瓅	雉例反	雉例切，又音衛
18.	土部 9	墍	虛旣反	虛旣切，又音洎
19.		坻	都禮反	直飢切，又音底
20.		培	薄來反	薄回切，又音部
21.		堤	之移反	常之、多礼二切，又音低
22.		墣	扶福反	扶福切，又音復
23.	田部 13	畟	楚力反	楚力切，又音即
24.	邑部 20	郿	眉鰥反	莫悲切，又音媚
25.		叩	恪苟反	音口
26.		鄃	徒透反	徒透切，又音兜
27.		鄃	庾娛反	庾娛切，又音輸
28.		酈	力的反	郎的切，又音躪
29.		郫	毗移反	薄麼切，又音脾
30.		邡	甫王反	音方
31.		鄒	側牛反	仄牛切，又音聚
32.		郵	禹牛反	音尤
33.	人部 23	俟	胡光反	牀史切，又音祈
34.		佛	芳來反	孚勿切，又音弼
35.		傭	恥恭反	恥恭切，又音庸
36.		假	庚馬反	居馬切，又音格
37.		佌	且紫反	息紫切，音此
38.		傛	與恭反	與恭切，又音勇
39.		倡	出楊反	齒羊音，又音唱
40.		佼	右肴反	古爻切，又音絞
41.		仂	陸翼反	六翼切，又音勒
42.		俓	胡經反	音形
43.	夫部 29	夫	甫俱反	甫俱切，又音扶
44.	予部 30	予	翼諸、餘渚二反	以諸切，又音與

45.	女部 35	妍	辭井反	音靜
46.		娓	妄秘、妄鬼二反	亡利、眉鄙二切，又音尾
47.		嫞	烏斂反	烏斂切，又音譜
48.		婡	楚角反	楚角切，又音賴
49.		姰	有身、胡餶二反	息勻切，又音縣
50.		妎	胡蓋、胡許二反	胡計切，又音害
51.	頁部 36	頷	胡感反	戶感切，又音含
52.		頒	扶雲反	扶云切，又音班
53.		頗	牛感反	牛感切，又音欽
54.		頄	渠周反	渠周切，又音逵
55.	目部 48	睍	杏眼反	音限
56.		睴	公困反	公困切，又音混
57.		瞛	楚禮反	戚細切，又音察
58.	畕部 50	畕	荊遇反	荊遇切，又音拘
59.	見部 52	覝	厚伴反	胡管切，又音烜
60.	耳部 55	聞	莫雲反	武云切，又音問
61.	口部 56	召	馳廣反	馳廟切，又音邵
62.		嗑	公盍反	公盍切，又音盍
63.		台	與時反	與時切，又音胎
64.		呝	乙佳反	乙佳切，又音兒
65.	齒部 59	齴	魚轄反	魚轄切，又音桛
66.		齚	五哀反	五哀切，又音該
67.		齭	初旅反	初舉切，又音所
68.		齸	音益	無此字
69.	手部 66	拚	未標反切	音蒸又上聲
70.		揄	與珠反	與珠切，又音由
71.		援	禹璠反	禹璠切，又音瑗
72.		搞	於責反	於責切，又音隔
73.		撲	普鹿反	普鹿切，又音雹
74.		扣	怯後反	枯後切，又音寇
75.		拌	蒲嬾反	普槃切，又音泮
76.		捌	補穴反	補別切，又音八
77.		揀	力見反	力見切，又音簡
78.		扭	竹有反	竹有切，又音紐

79.		摸	亡胡反	亡胡切，又音莫
80.		捧	子人反	子人切，又音臻
81.	骨部 79	骰	胡魯反	孤魯切，又音投
82.		腕	無怨反	無阮、無怨二切，又音問
83.		肑	伯卓反	伯卓切，又音的
84.	心部 87	憏	似冬反	昨遭切，又音囚
85.		簡	古限反	古限切，又音萌
86.	言部 90	詳	似良反	似良切，又音羊
87.		譽	餘鹿反	余怒切，又音余
88.		講	莫芥反	火界切，又音邁
89.		評	皮柄反	皮柄切，又音平
90.		詆	他狄反	他狄切，又音底
91.	曰部 92	替	且感反	且感切，又音潛
92.	冊部 107	扁	補顯反	補淺切，又音篇
93.	彳部 119	彭	範反	音范
94.	辵部 127	適	尸亦反	尸亦切又之赤切，又音滴
95.		迅	綏閏反	綏閏切，又音信
96.		達	徒割反	佗割切，又音闥
97.	正部	正	之盛反	之盛切，又音征

共有 97 例。

〈表十一〉《名義》與今本《玉篇》共有字例（中卷）

編號	部 首	被注字	《名義》	今本《玉篇》
1.	門部 141	閡	口哀反	苦亥切，又音開
2.		閒	居閑反	居閑切，又音閑
3.		闛	時祝反	音孰
4.	疒部 148	疒	亡張、女厄二反	女厄切，又音牀
5.		疸	多但反	多但切，又音旦
6.		痗	王反	莫隊切，又音悔
7.		瘈	竹世反	竹世切，又音帶
8.		瘀	於歇反	於歇切，又音渴
9.		痡	薄故反	薄故切，又音怖
10.	歹部 150	殌	鷹、訕二音	音訕，又音山
11.	凶部 153	兇	肝鞏反	許鞏切，又音凶

12.	木部 157	楷	口駭反	口駭切，又音皆
13.		欚	杉字	昨金切，又音岑
14.		橧	莫昆反	武官、莫昆二切，又音朗
15.		楉	胡荅反	胡荅切，又音荅
16.		某	莫後反	莫回切，又音母
17.		柂	直紙反	直紙切，又音移
18.		杖	直兩反	音丈
19.		棋	渠箕反	音其
20.		梁	力將反	音良
21.	艸部 162	蓂	莫丁反	莫丁切，又音覓
22.		莓	亡救反	莫罪切，又音戊
23.		荲	木圭反	桂攜切，又音暌
24.		茯	浮福反	音伏
25.		玼	資豕反	積豕切，又音疵
26.		苙	免、杜二音	閭及切，又音及
27.		薊	居衣反	居衣、渠之二切，又音芹
28.		藸	致如反	致如切，又音除
29.		菩	防誘反	防誘切，又音蒲
30.		薏	於才反	乙吏切，又音億
31.		范	音範	音犯
32.		菴	倚廉反	倚廉切，又音諳
33.		薢	餘戛反	余戛切，又音皆
34.		蒮	庾俱反	庾俱切，又音育
35.		蓴	未標音讀	音泉
36.		蔠	之融反	音終
37.		荳	徒構反	音豆
38.	竹部 166	箘	奇隕反	奇殞切，又音困
39.		箈	徒改反	徒改切，又音臺
40.		篁	胡光反	音皇
41.		范	音范	音范
42.		笙	所京反	音生
43.		筒	徒棟反	音洞
44.		籖	音嚴	音嚴
45.		箑	疾雅反	莊雅切，又音醝

46.		簃	餘支反	余之切，又音池
47.		筏	補達反	布達切，又音伐
48.		荏	音衽	音任
49.	禾部 194	穜	除恭反	除恭切，又音童
50.	邑部 199	醵	梁瓠反	音巨
51.	米部 200	耄	亡丁反	亡丁切，又音彌
52.		粢	在咨反	在茲切，又音咨
53.	臼部 202	臽	土高反	音陷
54.	會部 207	曆	時仁反	時眞切，又音會
55.	网部 218	罷	皮解反	皮解切，又音疲
56.	鹵部 225	滷	思席反	昌石切，又音虜
57.	瓦部 242	甬	余種反	音容
58.	鬲部 244	鬲	梜激反	郎的切，又音革
59.		鬻	側偕反	羊六切，又音糜
60.	斗部 246	料	刀條反	力弔切，又音寮
61.		斡	烏活反	烏活切，又音管
62.	矢部 257	躲	時益反	時柘、時益二切，又亦、夜二音
63.	殳部 263	殿	仕仁反	市眞切，又音藤
64.	刀部 266	辨	皮莧反	皮莧切，又音片
65.	金部 269	鐲	徒周反	丈角切，又音蜀
66.		鐺	都唐反	音當
67.	車部 282	軓	音范	音范
68.		轋	胡昆反	音渾
69.		稫	其殍反	音拯
70.		轂	古麗反	音穀
71.		轞	音檻	音檻
72.		輬	力堂反	音郎
73.		輠	胡罪反	胡罪、胡瓦二切，又音禍
74.	舟部 283	舳	除六反	音逐
75.		艐	子公反	祖公切，又音懲
76.		艦	音檻	音檻
77.		服	扶福反	音伏
78.		艙	力均反	音淪

79.		觩	丁聊反	音彫
80.		觷	子悌反	音濟
81.		艎	胡光反	音皇
82.		艒	莫鹿反	音冒，又音目
83.		舣	楚加反	音叉
84.		鱸	力依反	鱺，音禮
85.	水部 285	溶	俞種反	俞種切，又音容
86.		潤	莫罪反	莫殞切，亦音浼
87.		瀧	力弓反	力公切，又音雙
88.		溿	庚恭反	音容
89.		浢	達邁反	音豆
90.		浘	無斐反	音尾
91.		沘	波几反	音比
92.		潣	亡本反	亡本切，又音閔
93.		濋	初旅反	音楚
94.		潷	補蜜反	音筆
95.		渶	椅京反	音英
96.	雨部 297	霂	莫小反	音木
97.		雽	胡郭反	胡郭切，又音隻
98.	明部 311	盟	靡景反	靡京、眉景二切，又音孟

共有 98 例。

〈表十二〉《名義》與今本《玉篇》共有字例（下卷）

編號	部　首	被注字	今本《玉篇》	《名義》
1.	火部 323	烰	音浮	凡尤反
2.		烟	於賢切，又音因	於賢反
3.		焦	音缶	甫久反
4.	黑部 329	黮	之林切，又音縅	上林反
5.	亦部 331	夾	胡頰切，又音閃	相類反
6.	山部 343	崞	音郭	公霍反
7.		嶨	苦卓切，又音學	胡角反
8.		崌	音居	舉餘反
9.		嶇	音區	丘虞反
10.	广部 347	庳	音婢	裨弭反

11.	石部 351	磷	力鎭切，又音鄰	力鎭反
12.		硪	音我	宜渏反
13.		硧	音涌	胡角反
14.		礩	之逸切，又音致	之逸反
15.		磚	徒篤切，又音逐	徒毒反
16.		碼	音馬	莫兒反
17.	阜部 354	陶	大刀切，又音搖	徒高反
18.		隵	音羲	虛奇反
19.	馬部 357	騅	乎旦切，又音寒	胡朝反
20.		驡	音龍	子朗反
21.		騠	丁奚切，又音啼	丁索反
22.	牛部 358	犤	平爲、平媧二切，又音陂	蒲馳反
23.	犬部 364	猩	所庚切，又音星	所京反
24.		獪	古邁切，又音澮	柯邁反
25.	兔部 375	菟	他故切，又音圖	吐故反
26.	鳥部 399	鸕	來故切，亦音鷺	來素反
27.		鴄	音匹	俾亦反
28.		鴠	音旦	都污反
29.		鶻	乎忽切，又音骨	功急反
30.		鷜	力俱切，又音婁	力俱反
31.		鴦	烏郎切，亦音央	烏郎反
32.		鵒	音浴	俞迵反
33.		鴷	音列	閭結反
34.		鴖	音珉	莫均反
35.		鶓	音珉	莫均反
36.		鴸	音朱	豬渝反
37.		鵸	奇、輢二音	居奇反
38.		鸀	徒角切，又音燭	徒角反
39.		鳲	音尸	舒祗反
40.		鴀	音浮	扶優反
41.		鴼	柯額切，又音洛	柯鴼反
42.		鶼	音兼	古嫌反
43.		鷷	音遵，又音逡	作勾反

44.		鶝	音婦	枝九反
45.		鴊	音壬	女林反
46.		鷋	女交切，音嘲	女交反
47.		鵺	音夜	余柘反
48.		鷗	音匹	苦謚反
49.		鶉	音淳	先元反
50.		鸅	音擇	儲格反
51.	魚部 397	鰒	步角切，又音伏	補魚反
52.		魧	乎郎切，又音剛	胡郎反
53.		鱤	魚檢切	音驗
54.	虫部 401	蛬	古勇切，又音邛	居奉反
55.		蛜	音伊	於時反
56.		蛘	弋掌切，又音羊	餘掌反
57.		蚑	去跂切，又音岐	去跂反
58.		蜚	扶貴切，又音飛	扶貴反
59.		蟈	古麥切，又音國	古雅反
60.		虹	胡公切，又音絳	胡公反
61.		蠋	之欲切，又音蜀	之欲反
62.		蠾	之欲切，又音蜀	之欲反
63.		蝀	音速	蘇槀反
64.		蝯	於為切，又音詭	於免反
65.		蠤	音范	音犯
66.		蚍	音毗	裨之反
67.	黽部 406	鼅	音知	徽奇反
68.		黿	音株	徽廚反
69.	羽部 409	翛	尸祝切，又音蕭	尸稅反
70.		猼	音孚	撫紆反
71.	毛部 416	毭	音豆	徒鬬反
72.	角部 420	觠	居轉切，又音權	畸篆反
73.	糸部 425	紾	徒展切，又音軫	徒展反
74.		緹	他禮切，又音提	他禮反
75.		綬	時帚切，又音售	時帚反
76.		繁	扶元切，又音婆	扶元反
77.	系部 426	纛	徒到切，又音毒	徒到反

78.	巾部 432	幃	呼韋切，又音韋	呼韋反
79.		幵	許偃切，又音幹	虛甌反
80.	衣部 435	袛	之赤切，又音亦	之立反
81.	口部 468	卣	音酉，又音由	子立反
82.	片部 473	牏	之句切，又音頭	徒佳反
83.	畐部 512	畐	彼利切，又音逼	碑利反
84.	子部 527	孝	公孝切，又音交	公孝反
85.	酉部 539	酢	且故切，今音昨	且故反
86.		智	他禮切，又音提	醍字

共有 86 例。

上中下三卷共有 281 例，扣除原本《玉篇》、《名義》、今本《玉篇》三者共有的 21 例，及《名義》中未標音讀「扖」「菓」、「欚」、「鹽」、「智」五例及以「某反」出現的「䖝」，和《名義》標直音而今本《玉篇》標示反切的「鱻」，因此共需扣除 28 例，故僅剩 253 例。以下接著將以共有字例的音讀表現加以分析比較。

二、音讀比較

這個部分，主要分為原本《玉篇》、《名義》、今本《玉篇》完整《玉篇》系字書的音讀比較。從此可以觀察到同樣的字例，從南朝顧野王開始到宋代陳彭年之間，字例音讀有何改變？

比較《名義》、今本《玉篇》兩者之間，則可以觀察遼代到宋代間的音讀變化。以此分為兩類，並由字例的內容來分析兩類各自在共有字例上的音讀差異。

（一）共有字例的音讀比較

在此主要比較的對象是原本《玉篇》、《名義》、今本《玉篇》三者間的共有字例的音讀表現。

1. 音讀相同

在三者之中音讀相同的例子共有七例，雖然在標音形式上有了變化，但是對照三者的聲韻調還是相同的，以下列表以說明之：

〈表十三〉《玉篇》系字書音讀相同對照表

編號	被注字	原本《玉篇》反切	《名義》	今本《玉篇》直音
1.	霽	子悌反，字書古文濟字也。（精薺上）	子悌反（精薺上）	音濟（子計切／精薺上）
2.	綢	丁聊反（端蕭平）	丁聊反（端蕭平）	音彫（東堯切／端蕭平）
3.	崌	舉餘反（見魚平）	舉餘反（見魚平）	音居（舉魚切／見魚平）
4.	庳	裨弭反（並紙上）	裨弭反（並紙上）	音婢（步弭切／並紙上）
5.	碼	莫嘏反（明馬上）	莫嘏反（明馬上）	音馬（莫把切／明馬上）
6.	隵	虛奇反（溪支平）	虛奇反（溪支平）	音羲（虛奇切／溪支平）
7.	軓	音范	音范	音范

對照之後，原本《玉篇》與《名義》的切語完全相同，故可以確定同音；而今本《玉篇》全以直音方式呈現，但檢索其對應之切語之後，可以發現「隵」的切語是三者完全相同，而「綢」、「崌」、「庳」、「庳」、「碼」五字，雖然切語用字不同，但依用字對照聲韻調，還是和原本《玉篇》、《名義》的歸部相同，故可視為同音。

2. 今本《玉篇》加入新的音讀

這個部分主要是出現於今本《玉篇》處於「正讀＋又讀」的情形。這些字例在原本《玉篇》、《名義》、今本《玉篇》的反切相同，但今本《玉篇》中多了一個又音的音讀。以下列表示之：

〈表十四〉《玉篇》系字書新出音讀對照表

編號	被注字	原本《玉篇》反切	《名義》	今本《玉篇》直音	備　註　說　明
1.	評	皮柄反（並映去）	皮柄反	皮柄切（並映去），又音平（皮并切／並清平）	《廣韻》評：符兵切（並庚平）、皮命切（並映去）
2.	替	且感反（見鐸入）	且感反	且感切（清感上），又音潛（慈廉切／從鹽平）	《廣韻》替：昨鹽切（從鹽平）、七感切（清感上）
3.	弞	式忍反（審軫上）	式忍反	式忍切（審軫上），又音引（以振切／喻震去）	《廣韻》弞：式忍切（審軫上）、余忍切（喻軫上）。引：余忍切（喻軫上）、餘刃切（喻震去）
4.	磷	力鎮反（來震去）	力鎮反	力鎮切（來震去），又音鄰（力臣切／來真平）	《廣韻》磷：力珍切（來真平）、良刃切（來震去）

5.	陶	徒高反（定豪平）	徒高反（定豪平）	大刀切（定豪平），又音搖（餘昭切／喻宵平）	《廣韻》陶：餘昭切（喻宵平）、徒刀切（定豪平）
6.	輠	胡罪（匣賄上）、胡瓦（匣馬上）二反	胡罪反（匣賄上）	胡罪（匣賄上）、胡瓦（匣馬上）二切，又音禍（胡果切／匣果上）	《廣韻》輠：胡罪切（匣賄上）、古火切（見果上）、胡果切（匣果上）、胡瓦切（匣馬上）
7.	纛	徒到反（定號去）	徒到反	徒到切（定號去），又音毒（徒篤切／定沃入）	《廣韻》纛：徒到切（定號去）、徒沃切（定沃入）

　　由上表可知，「評」、「替」、「磷」、「陶」、「輠」、「纛」等字，除了延續原本《玉篇》、《名義》的反切之外，又讀的出現和《廣韻》所檢索的音讀都相同，可見陳彭年等編者在編著今本《玉篇》時，對於《廣韻》所呈現的音讀亦是有所參照的。

　　「弞」字不同於其他例子，主要表現在《廣韻》中，「弞」、「引」都有兩種音讀，扣掉重複的部分，其實仍和其他四例一樣，今本《玉篇》擷取了兩字四音中，其實只有兩種音讀的特色。

3. 音讀有差異

　　從原本《玉篇》到《名義》至今本《玉篇》以來，共有八例是在語音上有了變化，除了依這三本《玉篇》系的字書來對照分析外，也配合與今本《玉篇》同時代的《廣韻》以作對照。首先將此八例的音讀現象，列表如下：

〈表十五〉《玉篇》系字書音讀差異對照表

編號	被注字	原本《玉篇》反切	《名義》反切	今本《玉篇》直音	備註說明
1.	譽	餘庶（喻御去）、與舒（喻魚平）二反	餘鹿反（喻屋入）	余怒切（喻暮去），又音余（弋諸切／喻魚平）	《廣韻》譽：以諸切（喻魚平）、羊洳切（喻御去）。
2.	講	莫芥反（明怪去）	莫芥反（明怪去）	火界切（曉怪去），又音邁（莫芥切／明怪去）	《廣韻》講：許介切（曉怪去）、莫話切（明夬去）
3.	扁	補顯反（幫銑上）	補顯反（幫銑上）	補淺切（幫獮上），又音篇（匹連切／滂仙平），音辮（步殄切／並銑上）	《廣韻》扁：薄泫切（並銑上）、芳連切（幫仙平）
4.	㸚	力瓜反（來麻平）	力依反（來微平）	音禮（力底切／來薺上）	《廣韻》㸚：盧啓切（來薺上）

5.	崞	公霍反（見鐸入）	公霍反（見鐸入）	音郭（古穫切／見陌入）	《廣韻》崞：古博切（見鐸入）
6.	硪	宜倚反（疑紙上）	宜渏反（疑紙上）	音我（五可切／疑哿上）	《廣韻》硪：五何切（疑歌平）、五可切（疑哿上）
7.	嚳	苦學（溪覺入）、胡角（匣覺入）二反	胡角反（匣覺入）	苦卓切（溪覺入），又音學（爲角切／爲覺入）	《廣韻》嚳：苦角切（溪覺入）、胡覺切（匣覺入）

以上七例，可以分成兩種變化方面來說，一是保留舊有音讀，並加入其他音讀。二是受到被注字的聲符的影響，只保留與聲符音近的音讀。

屬於第一種的有「扁」、「講」、「譽」三字，此三例保留了近似於原本《玉篇》及《名義》的音讀，另外也收有其他的音讀，這些音讀，在《廣韻》中也能找到，可見今本《玉篇》收羅了較多不同的音讀，也反映了原本《玉篇》與《名義》到今本《玉篇》的語音變化。

屬於第二種有「崞」、「硪」、「嚳」三例，其中「崞」、「硪」兩例在今本《玉篇》僅有正讀，對照原本《玉篇》、《名義》及《廣韻》，可以發現今本《玉篇》的音讀，反而與這三本的音讀不同，應該是受到了被注字本身聲符的影響，使得音讀的選擇傾向於和聲符相近。

最後還有一例「玀」字，從原本《玉篇》、《名義》和今本《玉篇》相對照，聲母的部分並無改變，但韻母卻由麻韻〔-a〕逐漸變爲微韻〔-jəi〕乃至薺韻〔-iɛi〕，發音部位從舌面前低元音逐漸變爲舌面前高元音，這應該是受到聲母爲邊音來母的同化作用影響，使得韻母也逐漸細音化，便從麻韻演變到薺韻。

（二）《名義》、今本《玉篇》的音讀比較

由於原本《玉篇》早已亡佚，目前所見僅是黎庶昌和羅振玉兩位，從日本抄回的本子，但也非常地殘缺不全，所見到的數量僅有原本《玉篇》的八分之一，而日本卻保留了空海大師根據顧野王《玉篇》，加以刪減抄錄而成的《名義》，歷來學界已將《名義》視爲是原本《玉篇》的補充資料，而在此，本文將檢索《名義》及今本《玉篇》共有的字例，來補全原本《玉篇》的內容的不足。

對照《名義》與今本《玉篇》中的字例，其兩者的字例音讀表現加以比較，

可以發現其中有今本《玉篇》與《名義》音讀相同的字例，另外，也有兩者音讀不同的字例，這又可主要分為四種，一是聲母改變，韻部不變；二是聲母不變，韻調有了變化；第三則是今本《玉篇》的正音和《名義》的音讀相同，但今本《玉篇》多一個又音的音讀；第四是今本《玉篇》的正音與《名義》不同，而今本《玉篇》又多了一個又音。以下就上面四個種類，加以分類並說明之：

1. 音讀內容

（1）音讀相同

音讀相同共有 48 例，表示經過從《名義》到今本《玉篇》，這 48 個字的音讀未有改變。

〈表十六〉《名義》與今本《玉篇》音讀相同對照表

編號	部首	被注字	《篆隸萬象名義》	今本《玉篇》	備註說明
1.	示部 3	祿	旅穀反（來屋入）	音鹿（力木切／來屋入）	
2.		袜	靡愧反（明至去）	音媚（明祕切／明至去）	
3.		襧	力滯反（來祭去）	音厲（力世切／來祭去）	
4.		祇	我多反（疑歌平）	音俄（我多切／疑歌平）	
5.		禪	以石反（喻昔入）	音亦（以石切／喻昔入）	
6.	邑部 20	郫	毗移反（並支平）	薄麋切（並支平），又音脾（步彌切／並支平）	
7.		叩	恪苟反（溪厚上）	音口（苦苟切／溪厚上）	
8.		邡	甫王反（非／幫陽平）	音方（甫芒切／非陽平）	
9.		郵	禹牛反（為尤平）	音尤（于留切／為尤平）	
10.	人部 23	俐	胡經反（匣青平）	音形（戶經切／匣青平）	
11.	目部 48	睍	杏眼反（匣產去）	音限（諧眼切／匣產去）	
12.	彳部 119	犯	範反（扶錢切／奉范上）	音范（扶錢切／奉范上）	
13.	正部 136	正	之盛反（照清平）	之盛切（照清平），又音征（之盈切／照清平）	
14.	門部 141	閭	時祝反（禪屋入）	音孰（市六切／禪屋入）	
15.	木部 157	杖	直兩反（澄養上）	音丈（除兩切／澄養上）	
16.		棊	渠箕反（群之平）	音其（巨之切／群之平）	
17.		梁	力將反（來陽平）	音良（力張切／來陽平）	
18.	艸部 162	茯	浮福反（奉屋入）	音伏（扶腹切／奉屋入）	
19.		范	音範（扶錢切／奉范上）	音犯（扶錢切／奉范上）	
20.		蔠	之融反（照東平）	音終（之戎切／照東平）	

21.		荳	徒構反（定候去）	音豆（徒闘切／定候去）	
22.	竹部 166	篁	胡光反（匣唐平）	音皇（胡光切／匣唐平）	
23.		范	音范（扶錢切／奉范上）	音范（扶錢切／奉范上）	
24.		笙	所京反（疏庚平）	音生（所京切／疏庚平）	
25.		範	音犯（扶錢切／奉范上）	音犯（扶錢切／奉范上）	《名義》歸入車部
26.	鬲部 244	鬲	根激反（來錫入）	郎的切（來錫入），又音革（郎的切／來錫入）	
27.	金部 269	鐺	都唐反（端唐平）	音當（都郎切／端唐平）	
28.	車部 282	輥	胡昆反（匣魂平）	音渾（後昆切／匣魂平）	
29.	車部 282	輬	力堂反（來唐平）	音郎（力當切／來唐平）	
30.		鞁	扶福反（奉／並屋入）	音伏（扶腹切／奉屋入）	
31.		輪	力均反（來諄平）	音淪（力均切／來諄平）	
32.		艎	胡光反（匣唐平）	音皇（胡光切／匣唐平）	
33.		舣	楚加反（初麻平）	音叉（測加切／初麻平）	
34.	舟部 283	舳	除六反（澄屋入）	音逐（除六切／澄屋入）	
35.	水部 285	浘	無斐反（微／明尾上）	音尾（無匪切／微尾上）	
36.		滰	初旅反（初語上）	音楚（初舉切／初語上）	
37.		渶	椅京反（影庚平）	音英（猗京切／影庚平）	
38.	火部 323	烰	凡尤反（奉尤平）	音浮（扶尤切／奉尤平）	
39.		灸	甫久反（非／幫有上）	音缶（方負切／非有上）	
40.	山部 343	嶇	丘遇反（溪虞平）	音區（去娛切／溪虞平）	
41.	鳥部 390	鶼	古嫌反（見添平）	音兼（古甜切／見添平）	
42.		鴀	扶優反（奉／並尤平）	音浮（扶尤切／奉尤平）	
43.		鵺	余柘反（喻禡去）	音夜（余柘切／喻禡去）	
44.		鷺	來素反（來暮去）	來故切（來暮去），亦音鷺（來故切／來暮去）	
45.	虫部 401	蠆	音犯（扶錢切／奉范上）	音范（扶錢切／奉范上）	
46.	虫部 401	蝀	蘇榮反（心屋入）	音速（思鹿切／心屋入）	
47.	羽部 409	翉	撫紆反（敷／滂虞平）	音孚（撫俱切／敷虞平）	
48.	毛部 416	毭	徒闘反（定候去）	音豆（徒闘切／定候去）	

（2）聲母相異

〈表十七〉《名義》與今本《玉篇》聲母相異對照表

編號	部　首	被注字	《名義》	今本《玉篇》
1.	示部 3	禜	胡命反（匣映去）	音詠（爲命切／爲映去）
2.	玉部 7	玠	柯薤反（溪怪去）	音界（更薤切／見怪去）

3.		瑠	九鳩反（見尤平）	音留（略周切／來尤平）
4.	水部 285	瀟	庚恭反（見鍾平）	音容（俞鍾切／喻鍾平）
5.		洆	達邁反（透候去）	音豆（徒鬪切／定候去）
6.		潷	補蜜反（幫至去）	音筆（碑密切／幫至去）
7.	鳥部 390	鴸	豬渝反（知虞平）	音朱（之瑜切／照虞平）
8.		鵂	枝九反（照有上）	音婦（符九切／奉有上）
9.		鵀	女林反（娘侵平）	音壬（而林切／日侵平）
10.	虫部 401	蚍	裨之反（幫之平）	音毗（婢時切／並之平）
11.	黽部 406	鼅	徽廚反（曉虞平）	音株（陟俱切／知虞平）
12.		鼆	徽奇反（曉支平）	音知（豬移切／知支平）

　　聲母不同共有 12 例，《名義》到今本《玉篇》之間，聲母可以看出有濁音清化的傾向、受到被注字聲符的影響、聲母弱化的情形。

（3）韻調相異

〈表十八〉《名義》與今本《玉篇》韻調相異對照表

編號	部首	被注字	《名義》	今本《玉篇》
1.	示部 3	禎	忠平反（知仙平）	音貞（知京切／知清平）
2.	玉部 7	瑠	力九反（來有上）	音留（略周切／來尤平）
3.	女部 35	妌	辭井反（邪靜上）	音靜（疾井切／從靜上）
4.	广部 148	广	亡張（微／明陽平）、女厄（娘麥入）二反	女厄切（娘麥入），又音牀（仕良切／牀陽平）
5.	竹部 166	筒	徒棟反（定送去）	音洞（徒董切／定董上）
6.		筡	音袽（如具反／日遇去）	音任（耳斟切／日侵平）
7.	瓦部 242	甋	余種反（喻腫上）	音容（俞鍾切／喻鍾平）
8.	車部 282	轂	古麗反（見霽去）	音穀（古祿切／見屋入）
9.	舟部 283	艦	音檻（渠列反／匣薛入）	音檻（下斬切／匣檻上）
10.	水部 285	沘	波几反（幫旨上）	音比（必以切／幫止平）
11.	雨部 297	霂	莫小反（明小上）	音木（莫穀切／明屋入）
12.	鳥部 390	鴠	都污反（端虞平）	音旦（多爛切／端翰去）
13.		鵒	俞洄反（喻灰平）	音浴（余玉切／喻燭入）
14.		鷾	閭結反（來霽去）	音列（力泄切／來薛入）
15.		鶱	莫均反（明諄平）	音珉（靡鄰切／明真平）
16.		鵾	莫均反（明諄平）	音珉（靡鄰切／明真平）
17.		鳲	舒祏反（審暮去）	音尸（式脂切／審脂平）

18.		䶚	儲格反（澄陌入）	音擇（儲格切／澄鐸入）
19.	魚部 397	鱻	音驗（五豔反／疑豔去）	魚檢切（疑琰上）
20.	虫部 401	蚭	於時反（影之平）	音伊（於脂切／影脂平）

　　韻調不同共有 20 例，《名義》到今本《玉篇》之間，韻調的變化，可以發現僅有聲調差異，即有相承關係。或是同一韻攝，亦能有同用關係。再者差異較大的韻調，可見是在今本《玉篇》時，重新更動音讀的。從中分析，可以看出韻攝的概念已逐漸形成。

　　（4）音讀全異

〈表十九〉《名義》與今本《玉篇》音讀全異對照表

編號	部首	被注字	《名義》	今本《玉篇》	備註說明
1.	女部 35	姰	有身（爲眞平）、胡餶（匣肴平）二反	息匀切（心諄平），又音縣（胡涓切／匣先平）	
2.	臼部 202	臽	土高反（透豪平）	音陷（乎監切／匣銜平）	
3.	石部 351	硧	胡角反（匣覺入）	音涌（俞種切／喻腫上）	
4.	阜部 354	陷	音沒（莫突反／明沒入）	乎堅切（匣先平）	
5.	馬部 357	驡	子朗反（精蕩上）	音龍（力恭切／來鍾平）	
6.	鳥部 390	鶒	俾亦反（幫昔入）	音匹（普謐切／滂職入）	
7.		鷗	苦謚反（溪至去）	音匹（普謐切／滂職入）	《廣韻》無此字
8.		鷬	先元反（心元平）	音淳（之純切／照諄平）	

　　音讀全異共有 8 例，《名義》到今本《玉篇》之間，聲母、韻調都有改變，這是反映出兩者之間語音歷時的差異。且由於音讀全異，如「硧」、「鷬」、「驡」、「鷗」這些字例，更能表現出《名義》到今本《玉篇》之間，被注字的音讀受到本身聲符影響，進而發生的語音變化。

　　2. 音讀數量

　　這個部分就《名義》與今本《玉篇》的共有字例，以音讀數量爲基準來分別音讀的關係，故分爲「正讀相同多一音」、「正讀不同多一音」兩種。

　　「正讀相同多一音」和「正讀不同多一音」不同在於今本《玉篇》是否有改動《名義》的音讀，再者，今本《玉篇》又多收了有別於《名義》的又讀，以下便逐一列表：

　　（1）正讀相同多一音

〈表廿〉《名義》與今本《玉篇》音讀比較表（正讀相同多一音）

編號	部首	被注字	《名義》	今本《玉篇》
1.	示部 3	禔	之移反（照支平）	之移切（照支平），又音匙（上支切／禪支平）
2.	玉部 7	瑰	古迴反（見灰平）	古回切（見灰平），又音回（胡瑰切／匣灰平）
3.		瓏	力恭反（來鍾平）	力恭切（來鍾平），又音聾（力東切／來東平）
4.		瑒	雉梗反（澄梗上）	雉杏切（澄梗上），又音暢（丑亮切／徹漾去）
5.		璏	雉例反（澄祭去）	雉例切（澄祭去），又音衛（韋穢切／爲廢去）
6.	土部 9	墍	虛既反（曉未去）	虛既切（曉未去），又音洎（巨記切／群未去）
7.		埲	扶福反（並屋入）	扶福切（並屋入），又音復（孚六切／敷屋入）
8.		堤	之移反（照之平）	常之（禪之平）、多礼（端薺上）二切，又音低（丁泥切／端齊平）
9.	田部 13	畟	楚力反（初職入）	楚力切（初職入），又音即（子弋切／精職入）
10.	邑部 20	郖	徒透反（定候去）	徒透切（定候去），又音兜（當侯切／端侯平）
11.		鄃	庾娛反（喻虞平）	庾娛切（喻虞平），又音輸（式朱切／審虞平）
12.		酈	力的反（來錫入）	郎的切（來錫入），又音躕（都歷切／端錫入）
13.		鄒	側牛反（莊尤平）	仄牛切（莊尤平），又音聚（才縷切／從麌上）
14.	人部 23	假	庚馬反（見馬上）	居馬切（見馬上），又音格（柯額切／見陌入）
15.		佌	且紫反（精紙上）	息紫切（心紙上），音此（七爾切／清紙上）
16.		傛	與恭反（喻鍾平）	與恭切（喻鍾平），又音勇（俞種切／喻腫上）
17.		倡	出楊反（穿陽平）	齒羊切（穿陽平），又音唱（充向切／穿漾去）
18.		仂	陸翼反（來職入）	六翼切（來職入），又音勒（盧得切／來德入）
19.		傭	恥恭反（徹鍾平）	恥恭切（徹鍾平），又音庸（余恭切／喻鍾平）
20.	女部 35	媕	烏斂反（影琰上）	烏斂切（影琰上），又音諳（烏含切／影覃平）

21.		娸	楚角反（初覺入）	楚角切（初覺入），又音賴（落蓋切／來泰去）
22.		娓	妄秘(微至去)、妄鬼(微尾上) 二反	亡利（微至去）、眉鄙（明旨上）二切，又音尾（無匪切／微尾上）
23.	頁部 36	頷	胡感反（匣感上）	戶感切（匣感上），又音含（戶耽切／匣覃平）
24.		顉	牛感反（泥感上）	牛感切（泥感上），又音欽（去金切／溪侵平）
25.		頄	渠周反（群尤平）	渠周切（群尤平），又音逵（奇歸切／群微平）
26.		頒	扶雲反（奉／並文平）	扶云切（奉文平），又音班（布還切／幫刪平）
27.	目部 48	睴	公困反（見慁去）	公困切（見慁去），又音混（胡本切／匣混上）
28.	田部 50	畖	荊遇反（見遇去）	荊遇切（見遇去），又音拘（矩娛切／見虞平）
29.	見部 52	覹	厚伴反（匣緩上）	胡管切（匣緩上），又音烜（況遠切／曉阮上）
30.	口部 56	嗑	公盍反（見盍入）	公盍切（見盍入），又音盍（胡臘切／匣盍入）
31.		台	與時反（喻之平）	與時切（喻之平），又音胎（他來切／透咍平）
32.		呝	乙佳反（影佳平）	乙佳切（影佳平），又音兒（如支切／日支平）
33.	齒部 59	齾	魚轄反（疑鎋入）	魚轄切（疑鎋入），又音枿（魚割切／疑曷入）
34.		齏	五哀反（疑咍平）	五哀切（疑咍平），又音該（古來切／見咍平）
35.		齭	初旅反（初語上）	初舉切（初語上），又音所（師呂切／疏語上）
36.	手部 66	揄	與珠反（喻虞平）	與珠切（喻虞平），又音由（側持切／莊尤平）
37.		援	禹璠反（為元平）	禹璠切（為元平），又音瑗（為眷切／為線去）
38.		搹	於責反（影麥入）	於責切（影麥入），又音隔（几戹切／見麥入）
39.		撲	普鹿反（滂屋入）	普鹿切（滂屋入），又音雹（步角切／並覺入）
40.		扣	怯後反（溪厚上）	枯後切（溪厚上），又音寇（苦候切／溪候去）
41.		揀	力見反（來霰去）	力見切（來霰去），又音簡（居限切／見產上）

42.		扭	竹有反（知有上）	竹有切（知有上），又音紐（女九切／娘有上）
43.		摸	亡胡反（微／明模平）	亡胡切（微模平），又音莫（無各切／為鐸入）
44.		捘	子人反（精眞平）	子人切（精眞平），又音臻（側巾切／莊眞平）
45.	肉部 81	脕	無怨反（微／明元平）	無阮（微阮上）、無怨（微元平）二切，又音問（亡糞切／微問去）
46.		肑	伯卓反（幫覺入）	伯卓切（幫覺入），又音的（丁激切／端錫入）
47.	心部 87	簡	古限反（見產上）	古限切（見產上），又音萌（麥耕切／明耕平）
48.	言部 90	詳	似良反（邪陽平）	似良切（邪陽平），又音羊（余章切／喻陽平）
49.		詆	他狄反（透錫入）	他狄切（透錫入），又音底（丁禮切／端薺上）
50.	辵部 127	適	尸亦反（審昔入）	尸亦切（審昔入）又之赤切（照昔入），又音滴（都歷切／端錫入）
51.		迅	綏閏反（心稕去）	綏閏切（心稕去），又音信（思刃切／心震去）
52.		達	徒割反（定曷入）	佗割切（定曷入），又音闥（他曷切／透曷入）
53.	門部 141	闓	口哀反（溪咍平）	苦亥切（溪海上），又音開（口垓切／溪咍平）
54.		間	居閑反（見山平）	居閑切（見山平），又音閑（駭山切／匣山平）
55.	疒部 148	疸	多但反（端旱上）	多但切（端旱上），又音旦（多爛切／端翰去）
56.		瘈	竹世反（知祭去）	竹世切（知祭去），又音帶（多大切／端泰去）
57.		瘌	於歇反（影月入）	於歇切（影月入），又音渴（口遏切／溪曷入）
58.		瘄	薄故反（並暮去）	薄故切（並暮去），又音怖（普布切／滂暮去）
59.	歹部 150	殱	鷹（於陵反／影蒸平）、訕（所姦反／疏山平）二音	音訕（所晏切／疏諫去），又音山（所姦切／疏山平）
60.	木部 157	楷	口駭反（溪駭上）	口駭切（溪駭上），又音皆（古諧切／見皆平）
61.		楎	莫昆反（明魂平）	武官（微桓平）、莫昆（明魂平）二切，又音朗（力黨切／來蕩上）

62.		榙	胡荅反（匣合入）	胡荅切（匣合入），又音荅（都合切／端合入）
63.		某	莫後反（明厚上）	莫回切（明灰平），又音母（莫厚切／明厚上）
64.		杝	直紙反（澄紙上）	直紙切（澄紙上），又音移（余支切／喻支平）
65.	艸部162	蓂	莫丁反（明青平）	莫丁切（明青平），又音覓（莫狄切／明錫入）
66.		莓	亡救反（微／明宥去）	亡救（微宥去）、亡佩（微隊去）二切，又音梅（莫回切／明灰平）
67.		芘	資豸反（精紙上）	積豸切（精紙上），又音疵（疾資切／從脂平）
68.		蘄	居衣反（見微平）	居衣（見微平）、渠之（群之平）二切，又音芹（渠斤切／群欣平）
69.		藷	致如反（知魚平）	致如切（知魚平），又音除（直余切／澄魚平）
70.		菴	倚廉反（影鹽平）	倚廉切（影鹽平），又音諳（烏含切／影覃平）
71.		蠚	餘戛反（喻黠入）	余戛切（喻黠入），又音皆（古諧切／見皆平）
72.		萮	庾俱反（喻虞平）	庾俱切（喻虞平），又音育（余六切／喻屋入）
73.		菭	徒改反（定海上）	徒改切（定海上），又音臺（徒來切／定咍平）
74.		茷	補達反（幫曷入）	布達切（幫曷入），又音伐（扶厥切／奉月入）
75.	竹部166	箘	奇殞反（群軫上）	奇殞切（群軫上），又音囷（丘倫切／溪諄平）
76.	禾部194	穜	除恭反（澄鍾平）	除恭切（澄鍾平），又音童（徒東切／定東平）
77.	米部200	粍	亡丁反（微／明青平）	亡丁切（微青平），又音彌（亡支切／微支平）
78.	會部207	曆	時仁反（禪眞平）	時眞切（禪眞平），又音會（古外切／見泰去）
79.	网部218	罷	皮解反（並蟹上）	皮解切（並蟹上），又音疲（被爲切／並支平）
80.		斡	烏活反（影末入）	烏活切（影末入），又音管（古短切／見緩上）
81.	矢部257	躲	時益反（禪昔入）	時柘（禪禡去）、時益（禪昔入）二切，又亦（以石切／喻昔入）、夜（余柘切／喻禡去）二音
82.	刀部266	辨	皮莧反（並襉去）	皮莧切（並襉去），又音片（普見切／滂霰去）

83.	舟部 283	艐	子公反（精東平）	祖公切（精東平），又音懲（直陵切／澄蒸平）
84.		艒	莫鹿反（明屋入）	音冒（亡到切／微號去），又音目（莫六切／明屋入）
85.	水部 285	溶	俞種反（喻腫上）	俞種切（喻腫上），又音容（俞鍾切／喻鍾平）
86.		瀧	力弓反（來東平）	力公切（來東平），又音雙（所江切／疏江平）
87.		潣	亡本反（微／明混上）	亡本切（微混上），又音閔（眉隕切／明軫上）
88.		濩	胡郭反（匣鐸入）	胡郭切（匣鐸入），又音隻（之石切／照昔入）
89.	明部 311	盟	靡景反（明梗上）	靡京（明庚平）、眉景（明梗上）二切，又音孟（莫更切／明映去）
90.	火部 323	烟	於賢反（影先平）	於賢切（影先平），又音因（於人切／影眞平）
91.	石部 351	礩	之逸反（照質入）	之逸切（照質入），又音致（陟利切／知至去）
92.		碡	徒毒反（定沃入）	徒篤切（定沃入），又音逐（除六切／澄屋入）
93.	牛部 358	犤	蒲馳反（並支平）	平爲（並支平）、平媧（並佳平）二切，又音陂（彼皮切／幫支平）
94.	犬部 364	猩	所京反（疏庚平）	所庚切（疏庚平），又音星（先丁切／心青平）
95.	兔部 375	菟	吐故反（透暮去）	他故切（透暮去），又音圖（大胡切／定模平）
96.	鳥部 390	鷜	力俱反（來虞平）	力俱切（來虞平），又音婁（力侯切／來侯平）
97.		鴦	烏郎反（影唐平）	烏郎切（影唐平），亦音央（於良切／影陽平）
98.		鵸	居奇反（見支平）	奇（居儀切／見支平）、輢（巨義切／群寘去）二音
99.		鸀	徒角反（定覺入）	徒角切（定覺入），又音燭（之欲切／照燭入）
100.		鵅	柯鵅反（見鐸入）	柯額切（見鐸入），又音洛（力各切／來鐸入）
101.		鶈	女交反（娘肴平）	女交切（娘肴平），音嘲（陟交切／知肴平）
102.	魚部 397	魧	胡郎反（匣唐平）	乎郎切（匣唐平），又音剛（古郎切／見唐平）

103.	虫部 401	蛘	餘掌反（喻養上）	弋掌切（喻養上），又音羊（余章切／喻陽平）
104.		蜚	扶貴反（奉／並未去）	扶貴切（奉未去），又音飛（方違切／非微平）
105.		虹	胡公反（匣東平）	胡公切（匣東平），又音絳（古巷切／見絳去）
106.		蠋	之欲反（照燭入）	之欲切（照燭入），又音蜀（市燭切／禪覺入）
107.		蠾	之欲反（照燭入）	之欲切（照燭入），又音蜀（市燭切／禪覺入）
108.		蛬	居奉反（見腫去）	古勇切（見腫上），又音邛（渠恭切／群鍾平）
109.	羽部 409	翛	尸稅反（審祭去）	尸祝切（審祭去），又音蕭（蘇條切／心蕭平）
110.	角部 420	觠	畸篆反（見獮上）	居轉切（見獮上），又音權（具員切／群仙平）
111.	糸部 425	紾	徒展反（定獮上）	徒展切（定獮上），又音軫（之忍切／照軫上）
112.		緹	他禮反（透薺上）	他禮切（透薺上），又音提（徒兮切／定齊平）
113.		綬	時帚反（禪有上）	時帚切（禪有上），又音售（視祐切／禪宥去）
114.	巾部 432	幃	呼韋反（曉微平）	呼韋切（曉微平），又音韋（于非切／為微平）
115.	百部 512	皕	碑利反（幫至去）	彼利切（幫至去），又音逼（碑棘切／幫職入）
116.	子部 527	孝	公孝反（見效去）	公孝切（見效去），又音交（古肴切／見肴平）
117.	酉部 539	酢	且故反（精暮去）	且故切（精暮去），今音昨（才各切／從鐸入）

如果比較《名義》的音讀與今本《玉篇》的正讀，那麼兩者是相同的，然而今本《玉篇》又多加了一個音讀，這是《名義》所沒有的音讀，符合這類情形的例子有 117 例，再者，今本《玉篇》所多出的音讀多以「又音某」的形式出現，也就是對於又讀，今本《玉篇》傾向以直音方式呈現，從《名義》與今本《玉篇》共有字例為 281 例來看，便有 159 例今本《玉篇》是以「又音某」的情形出現，佔了二分之一強，這也是可以觀察到聲符對於音讀影響的線索，從上述的各種現象，可以發現當時的語音可能已處在變化之中。

（2）正讀不同多一音

〈表廿一〉《名義》與今本《玉篇》音讀比較表（正讀不同多一音）

編號	部首	被注字	《名義》	今本《玉篇》
1.	示部 3	袾	丈渝反（澄虞平）	之俞切（照虞平），又音注（之裕切／照遇去）
2.	二部 4	竺	都告反（端號去）	丁沃切（端沃入），又音竹（知六切／知屋入）
3.	土部 9	坻	都禮反（端薺上）	直飢切（澄脂平），又音底（丁禮切／端薺上）
4.		培	薄來反（並咍平）	薄回切（並灰平），又音部（傍口切／並厚上）
5.	邑部 20	郿	眉鮇反（明腫上）	莫悲切（明紙上），又音媚（明祕切／明至去）
6.	人部 23	俟	胡光反（匣尤平）	牀史切（牀止上），又音祈（巨衣切／群支平）
7.		佛	芳來反（敷／滂咍平）	孚勿切（敷物入），又音弼（皮密切／並質入）
8.		佼	右肴反（爲肴平）	古爻切（見肴平），又音絞（乎交切／匣肴平）
9.	夫部 29	夫	甫俱反（非／幫虞平）	甫俱切（非虞平），又音扶（防無切／奉虞平）
10.	予部 30	予	翼諸(喻魚平)、餘渚(喻馬上)二反	以諸切（喻魚平），又音與（余舉切／喻語上）
11.	女部 35	姤	胡蓋(匣泰去)、胡許(匣語上)二反	胡計切（匣語上），又音害（何賴切／匣覺入）
12.	目部 48	䀹	楚禮反（初薺上）	戚細切（清霽去），又音察（楚點切／初點入）
13.	耳部 55	聞	莫雲反（明文平）	武云切（微文平），又音問（亡糞切／微問去）
14.	口部 56	召	馳廣反（澄蕩上）	馳廟切（澄笑去），又音邵（是照切／禪笑去）
15.	手部 66	拌	蒲嬾反（並旱上）	普槃切（滂桓平），又音泮（普旦切／溪翰去）
16.		捌	補穴反（幫屑入）	補別切（幫薛入），又音八（博拔切／幫山平）
17.	骨部 79	骰	胡魯反（匣姥上）	孤魯切（見姥上），又音投（徒侯切／定侯平）
18.	心部 87	憉	似冬反（邪冬平）	昨遭切（從豪平），又音囚（辭留切／邪尤平）

19.	凶部 153	兇	肝鞏反（見腫上）	許鞏切（曉腫上），又音凶（許恭切／曉鍾平）
20.	艸部 162	苙	免（靡蹇切／明阮上）、杜（徒鼓切／定姥上）二音	閭及切（來緝入），又音及（渠立切／群緝入）
21.		菩	防誘反（奉／並有上）	防誘切（奉有上），又音蒲（薄胡切／並模平）
22.		薏	於才反（影咍平）	乙吏切（影志去），又音億（於力切／影職入）
23.	竹部 166	籤	音嚴（魚凡反／疑凡平）	音嚴（魚杴切／疑鹽平）
24.		箷	疾雅反（從馬上）	莊雅切（莊馬上），又音醝（在河切／從歌平）
25.		簃	餘支反（喻支平）	余之切（喻之平），又音池（除知切／澄支平）
26.	米部 200	粢	在咨反（從脂平）	在茲切（從之平），又音咨（子祗切／精脂平）
27.	鹵部 225	瀛	思席反（心昔入）	昌石切（穿昔入），又音虜（力古切／來姥上）
28.	鬲部 244	鬻	側偕反（莊皆平）	羊六切（喻屋入），又音糜（亡皮切／微支平）
29.	斗部 246	料	刀條反（端蕭平）	力弔切（來嘯去），又音寮（力彫切／來蕭平）
30.	殳部 263	殿	仕仁反（牀眞平）	市眞切（禪眞平），又音蓁（側詵切／莊眞平）
31.	金部 269	鐲	徒周反（定尤平）	丈角切（澄覺入），又音蜀（市燭切／禪覺入）
32.	水部 285	潤	莫罪反（明賄上）	莫殞切（明準上），亦音浼（亡旦切／微翰去）
33.	黑部 329	黕	上林反（禪侵平）	之林切（照侵平），又音緘（古咸切／見咸平）
34.	亦部 331	夾	相類反（心至去）	胡頰切（匣怗入），又音閃（式斂切／審琰上）
35.	馬部 357	騅	胡朝反（匣蕩上）	乎旦切（匣翰去），又音寒（何丹切／匣寒平）
36.		騠	丁索反（端鐸入）	丁奚切（端齊平），又音啼（達奚切／定齊平）
37.	犬部 364	獪	柯邁反（溪夬去）	古邁切（見夬去），又音澮（側銀切／莊眞平）
38.	鳥部 390	鶻	功急反（見緝入）	乎忽切（匣沒入），又音骨（古沒切／見沒入）
39.		鵚	作勾反（精侯平）	音遵（子倫切／精諄平），又音逡（且旬切／清諄平）

40.	魚部 397	鰒	補魚反（幫魚平）	步角切（並覺入），又音伏（扶腹切／奉屋入）
41.	虫部 401	蚑	去蚑反（溪支平）	去豉切（溪寘去），又音岐（巨支切／群支平）
42.		蟈	古雅反（見馬上）	古麥切（見麥入），又音國（古或切／見德入）
43.		蟡	於兔反（影獮上）	於為切（影支平），又音詭（佢毀切／從紙上）
44.	糸部 425	繁	扶元反（敷／並元平）	扶元切（敷元平），又音婆（蒲河切／並歌平）
45.	巾部 432	幰	虛甀反（曉鍾平）	許偃切（曉阮上），又音幹（柯旦切／見翰去）
46.	衣部 435	襬	之立反（照緝入）	之赤切（照昔入），又音亦（以石切／喻昔入）
47.	口部 468	卤	子立反（精緝入）	音酉（弋帚切／喻有上），又音由（側持切／莊尤平）
48.	片部 473	牏	徒佳反（定脂平）	之句切（照遇去），又音頭（達侯切／定侯平）

比較《名義》的音讀與今本《玉篇》的正讀及又讀，兩者的聲韻調都有不同，可見這是表示語音變動較為激烈的幾個聲母及韻調，這樣的例子有 48 例，這和前面的「音讀全異」相同，從這裡可以看出《名義》與今本《玉篇》較明顯的音讀變化，如：聲調的改變、韻部混切的情形等等。

以上是從原本《玉篇》、《名義》、今本《玉篇》三者之間交互的共同字例，就音讀情形作一歸納及分析，可以發現如果有相同的字例，其音讀必定可以找到變化的軌跡及方式，因為語音的變化是漸進且有規則可循的。

另外，從這個部分也可以很明顯地看出今本《玉篇》對於又讀的處理方式有超過二分之一採取直音方式，可見當時對於語音的細部分析，已達到相當細微的程度，因此，在又讀部分，則不採取反切，而以直音來表示，也是編者有意在反切之外的方式，好讓讀者可以更快地辨認又讀與正讀的不同。

第三節　共有字例及其語音現象

本節主要討論原本《玉篇》、《名義》與今本《玉篇》之間共有的字例，比較其語音現象並加以釐析，試以解讀從隋代原本《玉篇》到遼代《名義》，再至宋代的今本《玉篇》，這三者之間語音的變化及所代表的語音現象，試作為語音

史的證明。

　　原本《玉篇》、《名義》、今本《玉篇》三本是有先後相承關係。而今本《玉篇》雖和原本《玉篇》、《名義》產生於不同的時代，且相距有 400 年以上，從漢語語音史分期來看，王力將公元四世紀至十二世紀（公元三、四世紀為過渡期）劃為中古音時期。董同龢認為：「切韻系韻書與早期韻圖所表現的中古音，是以隋與唐初為中心時期；宋後韻書韻圖與古今韻會舉要所表現的近古音，代表宋代。〔註5〕」而竺家寧認為：「這個階段由魏晉一直到南宋末，歷時達一千年，時間很長，前後期的語音勢必不能一致，……通常把兩宋三百多年的語音單獨分出，稱為中古後期。一般說的「中古音」多半指中古前期，也就是六朝魏晉的語音。〔註6〕」許多的學者，以韻書、韻圖來劃分語音的分期標準，然而配合韻書並行的字書，多半編於韻書之後，再者，由於以字形分別為主，故對於語音的取捨不如韻書來得精準，但也因此保留了當時代的語音，而不易受到前代韻書的影響，所以，以此推論，可得知原本《玉篇》、《名義》應當屬於中古前期的語音，而今本《玉篇》則正好處在中古前、後期之間的特殊位置，其所代表的語音系統則可同時看到中古前期與後期的語音特色。

　　語音歸納的部分，上一節已經整理出原本《玉篇》、《名義》與今本《玉篇》共有字例，比較其中音讀的異同：音讀相同的字例有 48 例、僅有聲母不同的有 12 例、僅是韻調不同的有 20 例、聲韻調全異有 8 例。

　　此處便著重進行語音上面的變化與分析。在使用字例上首先分為聲母及韻調兩大部分，以將原本《玉篇》、《名義》所記錄之反切與今本《玉篇》所收直音字例來比較之間的差異。此節的重點在於分析語音現象，以下將以聲母、韻調分為兩大類。聲母之下又分為發音部位、發音方法兩類來討論。韻調，則以十六攝及聲調來作討論。

　　除了有差異性的字例外，尚有 48 例是音讀相同。這顯示出原本《玉篇》、《名義》與今本《玉篇》，還是有部分語音是穩固，未產生變化的。或者是說原本《玉篇》、《名義》選用反用字時，雖當時可以視為屬同一聲母的切語用字，但其中已有些微的差異，釋行均已經察覺到這樣的情況。最明顯的就是，

〔註 5〕見於董同龢《漢語音韻學》（臺北：文史哲出版社，1998），頁 209。
〔註 6〕見於竺家寧《聲韻學》（臺北：五南圖書出版公司，1999），頁 175。

輕、重脣音的差別。如「邡」《名義》與今本《玉篇》的切語完全相同，標甫王切，使用「甫」作為反切上字，而非其他幫母字，可見當時輕、重脣音以有些差異存在。

其餘的例子，便是音讀有差異的字例，以原本《玉篇》、《名義》與今本《玉篇》共有字例為對象，在判斷音讀是否相同的標準，則以聲韻調皆相同為準，這個範圍則包括反切上下用字不同的情形。再則以音讀不同，可分為聲母不同、韻調不同兩種。

而對於原本《玉篇》、《名義》僅出現一音，但今本《玉篇》以「正讀＋又讀」的形式出現時，由於今本《玉篇》「直音」現象是表現在該條例的「又讀」上，但和原本《玉篇》、《名義》有音讀關係的卻是「正讀」的部分，也因此這個「又讀」的關係與原本《玉篇》、《名義》的語音關係又更遠，其價值也不及以反切來對照兩者之間的情形，故在本節不予以討論。

一、聲　母

聲母部分的比較，主要由聲母的發音部位與發音方法解析，從而看出《名義》與今本《玉篇》之間聲母的變化並輔以《廣韻》作為與今本《玉篇》同時代語音的佐證。在字例中可以發現，聲母之間有著不同程度的差異，本文共分為清濁不同，以及聲母的發音部位分為脣音、舌音、牙音、齒音、喉音，共六個部分加以分析，另外，由於《名義》與今本《玉篇》並無半舌音來母及半齒音日母的差異，故在此次並不談及。

（一）發音部位

這部分發音部位的討論，除了包括了脣、舌、牙、齒、喉五音的分別之外，在此也一併將清濁問題及受阻狀態兩種類型一起討論，這些都是和發音部位息息相關的命題。

發音方法，先以清濁來作分別，清濁以羅常培的定義：「凡發音時聲帶不顫動者，謂之『清聲』，或謂之『不帶音』；若聲帶顫動而生樂音者，則謂之『濁聲』，亦謂之『帶音』。〔註7〕」再來以「受阻狀態」來作分析，「受阻狀態」源

〔註7〕見於羅常培〈釋清濁〉收於《羅常培語言學論文集》（北京：商務印書館，2004.12），頁136。

自於西方語音學，在此借來分析中國傳統音韻學的聲類。

先從脣、舌、牙、齒、喉五音的語音變化談起，後討論清濁及受阻狀態兩種類型，這些問題都是與聲母息息相關的部分，以下便分類說明並討論之。

1. 脣　音

脣音的部分，原本《玉篇》、《名義》與今本《玉篇》共有的有一例：

「讆」	反　　切	聲　　母
原本《玉篇》	莫芥反	明
《名義》	莫芥反	明
今本《玉篇》	火界切，又音邁（莫芥切）	曉、明
《廣韻》	許介切又莫話切	曉、明

原本《玉篇》、《名義》的不僅音讀相同，且切語用字也都相同，而表現在今本《玉篇》，正讀有聲母的差異，但又讀卻和原本《玉篇》、《名義》相同。可見原本《玉篇》時期的音讀在今本《玉篇》時改為又讀，正讀另立了「火界切」。較今本《玉篇》早一些的《廣韻》，「讆」標許介切、莫話切，和今本《玉篇》音讀相同，以曉母為正讀，明母為又讀，可見今本《玉篇》時已新增火界切為正讀，而將「邁」（莫芥切）視為又讀。

《名義》與今本《玉篇》之間共有三例「陷」、「疒」、「苙」，以下先逐一列表觀察音讀現象，再進行說明討論。

「陷」	音　讀　情　形	聲　　母
《名義》	音沒	明
今本《玉篇》	乎堅切	匣
《廣韻》	戶籍切	匣

《名義》時屬明母，到了今本《玉篇》變成匣母，檢索《廣韻》亦為匣母，但兩者的聲母並無演變上的關係，可見在今本《玉篇》，編者是完全改動了反切，甚或是參考《廣韻》音讀而訂下此音讀。

「疒」	音　讀　情　形	聲　　母
《名義》	女厄、亡張二反	娘、明
今本《玉篇》	女尼切，又音牀（仕良切）	娘、牀
《廣韻》	女尼切，又士莊切	娘、牀

　　《名義》、今本《玉篇》皆有兩音，但《名義》的聲母分屬明母及娘母；今本《玉篇》則分屬娘母、牀母，《廣韻》也是相同的情形，三者同為娘母的聲母部分，在此就不討論。

　　《名義》亡張反屬陽韻，到了中古時期轉變為輕脣音微母，是帶有合口性質的微母，另一方面，今本《玉篇》與《廣韻》兩者的音讀是幾乎一致的，故很有可能是編者當時採取《廣韻》的音讀來修正《名義》。

「苙」	音　讀　情　形	聲　　母
《名義》	免、杜二音	明、定
今本《玉篇》	閭及切，又音及	來、群
《廣韻》	力入切又其立切	來、群

　　《名義》、今本《玉篇》皆有兩音，但《名義》的聲母分屬明母及定母；今本《玉篇》則分屬來母、群母。

　　經過比較，《名義》中「苙」音免是屬明母，而檢索今本《玉篇》「免」靡蹇切，亦屬明母，可見在今本《玉篇》時，「苙」已不讀為明母，而改為來母，但明母與來母，相差甚遠，在語音演變上也難以解釋，就聲符角度來看，「立」今本《玉篇》標力急切，聲母屬來母，「苙」字的讀音在今本《玉篇》時，應是受到聲符類化影響，使得聲母轉變為來母。

　　《名義》的又讀為「杜」，屬定母，今本《玉篇》的又讀「及」，兩者一為定母，一為群母，兩者之間關係甚遠，故推知今本《玉篇》的又讀，是捨棄了《名義》的讀音，再比較《廣韻》又讀，今本《玉篇》與《廣韻》兩者又讀的音讀同聲母，故推知可能今本《玉篇》參考了《廣韻》來作修正。

　　另外，脣音部分有兩例是由清濁變化的例子，列表如下：

字例		音　讀　情　形	聲母／清濁
「鵯」	《名義》	俾亦反	幫／全清
	今本《玉篇》	音匹（普謐切）	滂／次清
「蚍」	《名義》	裨之反	幫／全清
	今本《玉篇》	音毗（婢時切）	並／全濁

　　主要的變化原因都與被注字的聲符有關，被注字的聲符影響直音標注的傑國，產生時代較早的《名義》字例的聲母為清音，時代較晚的今本《玉篇》字例聲母為濁音。由於語音演變並無清音化濁的現象，在此處例子卻是由清音變

爲濁音，《名義》編者釋行均，當時來到中國長安當留學生時，所學習的漢語，應是以長安音爲準的北方方言，而今本《玉篇》的時代，首都已遷至洛陽，地處近吳方言的區域，加上編者陳彭年，出身江西，其母語屬吳方言，吳方言中最明顯的便是聲母有濁塞音、濁塞擦音與濁擦音，在這雙重影響下，清音化濁，可能是受到吳方言的影響，把幫母讀成帶濁音的滂母及並母，這樣的情形並不是不可能，加上身爲陳彭年本身的學識，及今本《玉篇》屬官修性質，故不可能有判讀錯誤的情形。

　　脣音的變化之間，在發音部位及方法的差別甚大，甚至有的例子在語音史上亦無前例可證明有可變化相通之處，但此時若由聲符的角度來解釋，多半可以找到合理的解釋。

2. 舌　音

　　舌音變化，共有三例，第一列可能是參考《廣韻》而改動音讀，第二例則可以區別端系與知系是否可以清楚分別，第三例是娘母與日母的識別狀況。以下便分別列表說明：

「臽」	音 讀 情 形	聲　　母
《名義》	土高反	透
今本《玉篇》	音陷（乎監切）	匣
《廣韻》	戶切	匣

　　比較《名義》所屬的透母與今本《玉篇》所屬的匣母，在語音變化上亦無任何的牽連，在語音史上亦無前例可證明有可變化相通之處，因此推測是今本《玉篇》捨棄了《名義》的用法，而另立音讀的。

「鵨」	音 讀 情 形	聲　　母
《名義》	豬渝反	知
今本《玉篇》	音朱（之瑜切）	照

　　《名義》「鵨」的反切上字：豬，屬知母三等，讀爲塞音〔ȶ〕，今本《玉篇》則讀爲「音朱」，屬照母〔tɕ-〕，李新魁認爲：「知三組仍讀爲塞音〔ȶ〕，但在口語中，它們已向塞擦音靠攏，可能也已經變爲〔tʂ〕組。」宋代邵雍《皇極經世・聲音唱和圖》的十二音圖中，已將知系字列於照系字之後。周祖謨也有相同的看法：「考本組與照穿牀相次，而不與端透定相次，其讀音或已與

照母相混。」因此，知三在南宋時，應該已和照系合流，今本《玉篇》的直音字例已可發現知照合流的現象，應是知照合流的起步階段，由於今本《玉篇》之後的《七音略》、《四聲等子》、《切韻指掌圖》都還是將知二與知三跟端系字同列，可見當時仍認定知系字屬塞音。

　　一般來說，知二較早變爲塞擦音〔tṣ〕，並和莊系字合流，知三在宋代前期仍讀爲〔ȶ〕等塞音。李新魁認爲：「知三組字從塞音變爲塞擦音等，很可能是從全濁音澄紐開始的，而知、徹紐較遲一步。〔註8〕」但有趣的是在《名義》中的例子是知母，而非澄母，也是提供了知照合流的另一例證。知照合流，一般學者都認定應要到南宋時期才會出現，但在《名義》與今本《玉篇》中則有一例已出現知照合流的情況，這也不能認定爲例外現象，學者們要確定知照合流必須要有大量的例證來支持，然而在直音字例中，雖僅有一例，但也不失爲成爲知照合流的證明。

　　在《名義》有一例讀爲娘母，但在今本《玉篇》中成爲日母，《名義》的時代，僅有泥母與日母，尚無娘母出現，但《名義》已使用了娘母字的反切上字，見當時的娘、日仍是相混的情況，直到今本《玉篇》時代，正是出現娘母，也就可以區分出日母與娘母的區別了。

「霷」	音 讀 情 形	聲　　母
《名義》	女林反	日（娘）
今本《玉篇》	音壬（而林切）	日

　　《名義》「霷」的反切上字：女，屬娘母〔ȵ〕。今本《玉篇》標「音壬」，屬日母〔nʑ〕。

　　在《切韻》音系中，日母是從上古泥母的分化出來的，章太炎提出娘日歸泥說已經證明了這一點，故中古早期泥娘不分，直到三十六字母時代，娘母才正式獨立出來。《名義》時「霷」的反切上字雖屬娘母，但當時的語音應屬泥母，到了今本《玉篇》將「霷」標「音壬」，再將其歸入日母的。依據李新魁先生的說法，日母及娘母的發展狀況是：

〔註 8〕見於李新魁《李新魁音韻學論集》廣東：汕頭大學出版社，頁 118。

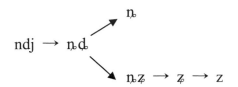

因此，對於「鴬」在《名義》時仍屬〔ɳɖ〕，在今本《玉篇》時則訂為〔ŋ〕。

舌音部分，關於清濁變化的例子僅有一例，如下表所示：

字例		音　讀　情　形	聲母／清濁
「涊」	《名義》	達邁反	透／次清
	今本《玉篇》	音豆（徒鬬切）	定／全濁

從《名義》到今本《玉篇》，聲母由透母變為定母，是由於「涊」字受了聲符「豆」的影響所致，否則清音甚少會變為濁音。

3. 牙　音

舌根音共有六例，在今本《玉篇》將演變成半舌音、喉音、輕脣音。分析《名義》與今本《玉篇》聲母變化的差異，主要受到影響而產生變化的原因，試分析如下：

聲符類化，即是指被注字受到本身聲符的影響，使得音讀轉向該聲符靠攏，而編者便使用同聲符的直音字為之注音。這類例子有兩例，以下分析說明之：

字例		音　讀　情　形	聲　母
「鴟」	《名義》	苦謚反	溪
	今本《玉篇》	音匹（普謚切）	滂
「瑠」	《名義》	九鳩反	見
	今本《玉篇》	音留（略周切）	來

「鴟」、「瑠」，兩例，在《名義》和今本《玉篇》兩者所表現的聲母，差異頗大，無法以語音演變規律來解釋，但就被注字聲符的角度來看，這兩例都是受到聲符類化的影響，才使得音讀改變成和聲符近似的音讀。

由於時代緣故，在《名義》的內容中還是可以觀察到有《切韻》的痕跡，但僅限於少數例子而言，若又配合今本《玉篇》的音讀加以對照，能顯現出《切韻》古音的跡象。這類例子有兩例，以下分析說明之：

字例		音 讀 情 形	聲 母
「嶨」	原本《玉篇》	苦學、胡角二反	溪、匣
	《名義》	胡角反	匣
	今本《玉篇》	苦卓切，又音學（為角切）	溪、為
	《廣韻》	苦角切，又胡覺切（音同學）	溪、匣
「禜」	《名義》	胡命反	匣
	今本《玉篇》	音詠（為命切）	為

此處將「嶨」、「禜」兩字合併討論，因為兩字的語音變化是一樣的情形。

「嶨」字看似和上述兩例類似，但「嶨」字從原本《玉篇》便已出現，到了《名義》、今本《玉篇》，正可一系列地觀察「嶨」字語音變化的情形，綜合來說，從原本《玉篇》開始到今本《玉篇》，「嶨」字的音讀變化並不大，唯有《名義》將兩個音讀，改為僅保留一音，但在今本《玉篇》又回復兩種音讀，但已由匣母變為為母，可見是受到了弱化的影響，另一方面，受到聲符「學」的影響，從今本《玉篇》標「又音學」並對照《廣韻》「學」字的音讀，正可證明「嶨」字必然受到聲符字的改變音讀。

而「禜」字屬形聲字，說文解字：「禜，設絲絕為營，以攘風雨，雪霜水旱疫癘。从示从營省聲，一曰禜，衛使災不生。〔註9〕」，是从營省聲的形聲字。又鄭樵《六書略》中列為屬「聲兼意」的會意字。「禜，于平切，又為命切。說文：設絲絕為營，以攘風雨，雪霜水旱疫癘。从示榮省聲。巨按此从營省為營，以祀日月星辰山川也。〔註10〕」許慎認為「榮」是「从營省聲」，鄭樵進一步提出「禜」字的音讀為于平切（為庚平）屬从「榮」（為明切／為庚平）省聲、為命切（為映去）屬从「營」（弋瓊切／喻清平）省聲。再對照今本《玉篇》「禜，音詠」，可見今本《玉篇》的編者主張僅保留為母的音讀。

與《名義》對照，聲母則由匣母變為為母，根據周祖謨〈萬象名義中的原本《玉篇》音系〉〔註11〕中也提到了《名義》中有匣為不分的情況，這是因

〔註9〕見於〔漢〕許慎撰、〔清〕段玉裁注《新添古音說文解字注》（台北：洪葉文化事業有限公司，1998），頁6。

〔註10〕見於〔宋〕鄭樵《六書略》（臺北：藝文印書館，1976），頁6。

〔註11〕見於周祖謨〈萬象名義中的原本《玉篇》音系〉收於《問學集》（臺北：河洛出版社，1979.09），頁319。

爲上古時期，匣母與喻三實爲一類，也由於匣爲不分，所以在《名義》僅收一音是可解釋的現象；到了宋代匣、爲母分離，「榮」受到從「榮」省聲的影響，聲母變成爲母，釐析與《名義》之間的關係，可以成爲上古匣母、爲母同源的例證。

最後一個例子「溶」，其音讀情形如下：

「溶」	音 讀 情 形	聲 母
《名義》	庚恭反	見
今本《玉篇》	音容（俞鍾切）	喻
《廣韻》	餘封切（音同容）	喻

「溶」字由見母變成喻母，疑似是因爲聲母弱化的緣故，由見母弱化爲喻母，由淺喉弱化爲深喉，造成牙喉混用的情形。

4. 齒 音

齒音的部分共有 3 例，前兩例應是受聲符字影響，第三例則是從邪相混的例證，以此三例可以看出《名義》到今本《玉篇》之間，齒音聲母的變化情形。以下列舉並說明之：

字例		音 讀 情 形	聲 母
「鷺」	《名義》	子朗反	精
	今本《玉篇》	音龍（力恭切）	來
「鶊」	《名義》	枝九反	照
	今本《玉篇》	音婦（符九切）	奉

《名義》中「鷺」屬精母，舌尖前全清塞擦音；今本《玉篇》屬來母，舌尖中次濁邊音，兩者的發音部位爲舌尖前與舌尖中，位置相近，再加上韻母鍾韻的影響，發音部位趨向後移，成爲舌尖中的邊音。

舌面前音僅有一例，在今本《玉篇》中讀爲輕脣音。《名義》中「鶊」字屬照母，今本《玉篇》屬奉母，照母與奉母不可能混用，故推知應是今本《玉篇》受到「鶊」字中聲符「負」（浮九切／奉母）的影響，而讀爲「婦」。

精系字部分，有兩例可以提出討論。這是受聲符類化的例證。

字例		音 讀 情 形	聲母／受阻狀態
「姘」	《名義》	辭井反	邪／擦
	今本《玉篇》	音靜（疾井切）	從／塞擦

「鶉」	《名義》	先元反	心／擦
	今本《玉篇》	音淳（之純切）	照／塞擦

兩例都是由擦音變爲塞擦音，推知可能與聲符有極大的關係。觀察今本《玉篇》中，聲符從「井」的字例其聲母，分屬三種聲母，精母「邢」、「穽」、「井」、從母「穽」及影母「弊」。聲符從「享」則分屬照母「淳」、「諄」、禪母「淳」、「醇」、「臺」及日母「犉」。當《名義》與今本《玉篇》的語音差距甚遠時，有時難以用音理判斷變化過程時，此時若就聲符來歸納，可以發現該從聲符的語音，多半非常固定，且今本《玉篇》多以直音法來標注，如這兩例，從「井」的字例，多屬精母或從母；從「享」則多屬照母或禪母，這可能是由於受到聲符類化所致。

5. 喉 音

喉音部分共有 3 例，在今本《玉篇》中演變成舌尖前音、舌根音。這也是聲符類化所造成的影響。

字例		音 讀 情 形	聲 母
「龜」	《名義》	徽廚反	曉
	今本《玉篇》	音株（陟俱切）	知
「鼀」	《名義》	徽奇反	曉
	今本《玉篇》	音知（豬移切）	知

「龜」、「鼀」兩字的聲母都由曉母變爲知母，受到聲符影響的緣故較大，因爲兩者的發音部位及發音方法的差異都甚大，故陳彭年等人重新修訂時，所訂定的語音現象，則改以被注字的聲符爲依歸。

從以上聲母的討論，可以發現聲母在《玉篇》系這三本字書中的發展可以歸結出幾個重要特色，知照合流的現象、娘母的出現，如：「鶏」、「焉」。從邪相混，如：「姌」。聲符類化，如「鷗」、「瑠」、「驚」、「鶉」。存古現象，如：「嚣」、「祭」，這些都是可以見到聲母在這一階段，所表現出來的主要變化。

二、韻 調

韻調的部分，將分析原本《玉篇》、《名義》、今本《玉篇》歷來的韻母及聲調的變化情形。宋代逐漸有了韻攝的概念後，將韻部分爲十六攝，「以一音而攝

眾音」，正是合數韻為一攝的主要用意。因此，本文將韻調部分先分為十六韻攝來討論，但由於並非所有韻攝皆有例子可以分析討論，故以下將就語音變化較為明顯的三個韻攝，並就其韻部加以分析討論。

（一）止 攝

最明顯的莫過於支之脂的合併，其實支之脂微四韻，在唐代便有通用的情況出現，如：元稹有以「鳥鶣衰飛枝兒」為韻。玄應音的反切，也註明「支紙寘、脂旨至、之止志混用」；南唐朱翱的反切也多四韻混讀。

原本《玉篇》、《名義》、今本《玉篇》的韻母變化中，首先可以觀察到之、支、脂三韻合併的情形，同時這三韻在《廣韻》中標示可以同用、互用的韻部，在今本《玉篇》中也有據此規則而出現的例字。

字例		音 讀 情 形	韻 母
「㲰」	《名義》	波几反	旨
	今本《玉篇》	音比（必以切）	止
「蚘」	《名義》	於時反	之
	今本《玉篇》	音伊（於脂切）	脂
「穋」	《名義》	餘支反	支
	今本《玉篇》	余之切，又音池（除知切）	之、支

從這可以看到之支脂合韻的情況，這都是因為他們的韻尾相同的緣故，而主要元音相近，並且其中之支脂合韻的都是細音字，其音讀又更相似一些。到了中古後期，此三韻便已經同流。

（二）臻 攝

在《名義》與今本《玉篇》中僅可見臻攝兩例，且在今本《玉篇》中「鴟」、「鶡」兩字是正俗字的關係。

字例		音 讀 情 形	韻 母
「鴟」	《名義》	莫均反	諄
	今本《玉篇》	音珉（靡巾切）	眞
「鶡」	《名義》	莫均反	諄
	今本《玉篇》	音珉（靡巾切）	眞

正俗字只是字形不同的寫法，而音義全同，《名義》與今本《玉篇》標音形

式為反切與直音。語音部分，《名義》屬諄韻；今本《玉篇》屬眞韻，眞、諄兩韻僅音開合的差別，今本《玉篇》所記錄的語音已經失落了[-u-]介音，可能是受到了該字聲符「民」的影響，且也傾向以直音法來標示語音。

（三）咸　攝

咸攝，最明顯的變化就是：嚴凡鹽合併。嚴、凡、鹽都是收〔-m〕韻尾的韻部，在六朝詩文中就有通押的現象出現，特別是嚴、凡兩韻，在《名義》中的嚴、凡兩韻，幾乎就已成為一類，不分開合。在《經典釋文》的反切中鹽嚴凡三韻也多有混用。但在直音字的表現上，可以看出今本《玉篇》已經可以區分開合對立的兩韻，與上述的眞、諄兩韻相同。

字例		音　讀　情　形	韻　　母
「籤」	《名義》	音嚴（魚凡反）	凡
	今本《玉篇》	音嚴（魚枕切）	鹽

（四）聲　調

本文所定之聲調不同，指的是同韻而不同調，共有兩種情形：

1. 上聲與平聲

字例		音　讀　情　形	韻母／聲調：上→平
「琊」	《名義》	力九反	有／上
	今本《玉篇》	音留（略周切）	尤／平
「𡄰」	《名義》	余種反	腫／上
	今本《玉篇》	音容（俞鍾切）	鍾／平

2. 去聲與上聲

字例		音　讀　情　形	韻母／聲調：去→上
「筒」	《名義》	徒棟反	送／去
	今本《玉篇》	音洞（徒董切）	董／上
「鹼」	《名義》	音驗（五豔反）	豔／去
	今本《玉篇》	魚檢切	琰／上

聲調的變化較為明顯的特點，就是在平上去三調之間，是有規則地變化，但一般來說，則不與入聲發生關係。

（五）語音密合度

從《四聲等子》等中古後期韻書開始，可以觀察到屬於宋代的語音已經反映在韻書上了，從《集韻》、《禮部韻略》、《九經直音》、《皇極經世書》，乃至宋人詩詞的用韻現象，這之中語音產生的變化，表現在聲母上有幾個特點：濁塞音、濁塞擦音的清化、知照合流、零聲母的擴大等。韻母方面，平水韻的出現，將《廣韻》兩百零六韻合併為一百零七韻，幾乎整整少了一半的韻部，雖然今本《玉篇》的語音系統，較近於《廣韻》，然而表現在直音部分，在字例的語音分析中卻可看到中古後期的特色。

在此「語音密合度」，即指今本《玉篇》與《名義》之間，語音密合的程度。討論的對象，首先排除那些可以分辨出是聲母、韻調的相同、相近的字例，以那些看似並無聲母、韻調有相同或相近關係的字例為討論範圍，整理之後，共有 20 例。

在此，將特別討論這些字例所表現的音值，其密合的程度高低。密合程度高的，自然近於《名義》的語音系統，乃至《廣韻》的語音系統；密合程度低的，將以《集韻》、《類篇》的語音系統來作比較。

以下的 20 個字例中，由於聲母相近，所表現比較不同的地方在於韻調，故以下將以韻調來作討論。

1. 音值相近

在《名義》與今本《玉篇》中有些例子的韻調相近或相似，在主要元音或是韻尾的音值都相當地接近，這種例子佔了頗大的比例，共有下列 18 例：

〈表廿二〉《名義》與今本《玉篇》音值相近對照表

編號	字例	原本《玉篇》/《名義》	今本《玉篇》	密合度表現 [註12]
1.	嵿	公霍反 / 公霍反	音郭（古穫切）	鐸 / 鐸 / 陌 uɑk → uɐk
2.	䴻	力瓜反 / 力依反	音禮（力底切）	麻 / 微 / 薺 ja → jei → iɛi
3.	禎	X / 忠平反	音貞（知京切）	仙 / 清 jæn → jɛŋ
4.	鴷	X / 閭結反	音列（力泄切）	霽 / 薛 iɛi → jæt
5.	鶝	X / 俾亦反	音匹（普謐切）	昔 / 職 jɛk → jək

[註12] 此處出現的音讀，以楊素姿在《大廣益會玉篇音系研究》中所擬定之韻部系統為準。

6.	鴲	X／苦諡反	音匹（普諡切）	至／職 jei→jək
7.	鶉	X／先元反	音淳（之純切）	元／諄 juɐn→juen
8.	鸅	X／儲格反	音擇（儲格切）	陌／鐸 ɐk→ɑak
9.	臽	X／土高反	音陷（乎監切）	豪／銜 ɑu→am
10.	硞	X／胡角反	音涌（俞種切）	覺／腫 ɔk→juoŋ
11.	驦	X／子朗反	音龍（力恭切）	蕩／鍾 uɑŋ→juoŋ
12.	縠	X／古麗反	音縠（古祿切）	霽／屋 iɛi→uk
13.	霂	X／莫小反	音木（莫縠切）	小／屋 jæu→uk
14.	鴠	X／都污反	音旦（多爛切）	虞／翰 juo→an
15.	艦	X／音檻（渠列反）	音檻（下黠切）	薛／檻 jæt→jɐŋ

此 15 例，其音值可以觀察到，在今本《玉篇》時中受到聲符的影響較大，使語音接近聲符的音讀，但和《名義》語音的差異並不大，可見受到聲符的語音影響並非從今本《玉篇》才開始，在更早的時候便受到了影響。這 15 例的密合度主要表現在主要元音、韻尾的部分，有發音部位相近或相同的特色。

2. 差異甚遠

另外有五例，在《名義》與今本《玉篇》之中，語音之變化甚多，列表如下：

〈表廿三〉《名義》與今本《玉篇》音值相異對照表

編號	字例	原本《玉篇》／《名義》	今本《玉篇》	《類篇》	密合度表現
1.	硪	宜倚反／宜渏反	音我（五可切）	語可切	紙／紙／哿／哿 je→ɑ
2.	筪	X／音袽（如具反）	音任（耳斟切）	忍甚切又如鴆切	遇／侵／寢、沁 juo→jem
3.	陷	X／音沒（莫突反）	乎堅切	乎齧切	沒／先／侵 uət→iɛn→jem
4.	鳲	X／舒祗反	音尸（式脂切）	升脂切	暮／脂／脂 u→jei
5.	鵒	X／俞泂反	音浴（余玉切）	俞玉切	灰／燭／燭 uAi→juok

從以上五例可以看到，原本《玉篇》、《名義》與今本《玉篇》之間，在主要元音上的差異頗大；再比較今本《玉篇》與《類篇》之間，可以發現兩者的

音值大致相同，如「硪」、「筶」、「鳰」、「鴿」等四字，都是韻部相同，而「陷」字在《類篇》中屬侵韻，今本《玉篇》則屬先韻，主要元音的發音部位接近，韻尾則同屬鼻音韻尾，其相近的部分還是存在。

通過以上的分析，不難發現原本《玉篇》、《名義》與今本《玉篇》的語音表現，頗為接近，同時也具有繼承性。但由於原本《玉篇》的例子較少，故難以看出在直音字例部分的繼承性，不過在《名義》與今本《玉篇》之間，不難發現兩者之間的語音關係是屬於承繼關係的。陳燕〈從《玉篇》反切比較論中古時期的標準音〉中指出：「《玉篇零卷》反切所代表的語音頗具特色。體現在它與《宋本玉篇》所表現的《廣韻》音系不完全相同，但又很接近，使人產生若即若離的感覺，這在韻中表現最為明顯。〔註13〕」陳燕以反切來檢視，本文則由直音字例出發，經過整理後的結果，則是表現出《名義》到今本《玉篇》的語音變化規則。

再者，對於相距甚遠的字例，在《名義》與今本《玉篇》之中無法有所解釋，但對於後出的《類篇》等字書則可以發現語音有相同的部分，這可以視為是今本《玉篇》的語音已開始發展成為中古後期語音的痕跡。

本文以有差異性的直音字例來討論語言變化的特色，並作為語言變化的例證，但若要以直音字例來概括所有的語音現象則不可行，因為直音字例的數量遠小於反切條例，直音字例所代表的全面性並不足，但直音字例卻可以提供我們一個最直接察覺語音變化的線索，除了是因為使用直音字例是必須有其特殊的需求性，唯有語音的變化已經趨向穩定，才會選用直音字來訂其音讀，故直音字例雖然量小，但其代表的語音現象卻遠比反切條例要來得深刻許多。

再者，直音字例深刻且直接地反應出今本《玉篇》編者群所具備的語音直感，並且也反映出當時的實際語音狀況，有助於分別出韻書如：《廣韻》逐漸累積而得的語音系統。

〔註13〕見於陳燕〈從《玉篇》反切比較論中古時期的標準音〉天津師範大學學報 2001 年第 5 期，頁 73。

第四章　直音語音現象探析

第一節　語音體系之歸納與分析

今本《玉篇》共使用了 1,188 條直音字例，這些直音字分別出現在正讀或又讀中，本文則從系聯這些直音字所反映出的音系現象，將可以觀察到直音所適用的範圍，也能明白直音字例是否僅限部分聲母或是韻調，或是全面性地分佈於各聲母韻部中。

因此，將 1,188 個直音字從今本《玉篇》檢索出其反切，並運用陳澧系聯條例加以系聯，以理出今本《玉篇》中直音字例的音系分布概況，整理出其反切上字表及下字表〔註1〕，並整理出音節表，最後觀察今本《玉篇》的直音現象在中古音時期所處之語音狀況。

一、聲　母

《玉篇》的聲母，前輩學者如周祖謨、周祖庠等人的研究中，有不少的成果，但大多數的研究仍以原本《玉篇》為主，少數兼及討論到今本《玉篇》的

〔註 1〕由於已有楊素姿《大廣益會玉篇音系研究》（高雄：國立中山大學中國文學研究所博士研究論文，2001.06）已將《大廣益會玉篇》音系作一詳細的系聯及分類，故本文於此只將直音字之切語所表示之語音系統再行羅列，若有與楊素姿先生不同之觀點，則置於後面的章節中詳加討論之。

部分，另外，專書討論今本《玉篇》，則有楊素姿的博士論文，楊素姿以今本《玉篇》爲材料，將整個音系做過整理，並且提出了不少的研究成果。本文將以直音現象爲出發點，就聲母部分依據《韻鏡》聲母分爲：脣、舌、牙、齒、喉、半舌、半齒七個部分加以討論。

本文以下所列的直音字之反切上字表，依循楊素姿在《大廣益會玉篇音系研究》一書中的體例，以陳澧反切上字系聯條例，將直音字的切語加以系聯，共得四十類，名稱則依循《廣韻》聲類名稱，現將今本《玉篇》直音字切語的反切上字，列如下表：

〈表廿四〉今本《玉篇》直音用字切語上字表

聲紐		反 切 上 字	聲紐		反 切 上 字		
脣音	幫	布、碑、補、悲、彼、北、博、必、俾		非	方、甫		
	滂	普、匹、浦		敷	敷、孚、撫		
	並	平、皮、步、毗、婢、蒲、薄		奉	符、父、扶		
	明微	眉、莫、明、麥、靡、無、亡、武					
舌音	端	丁、多、都、東		知	竹、知、豬、陟		
	透	他、湯		徹	恥		
	定	徒、達、大		澄	直、除		
	泥	奴、乃		娘	女		
牙音	見	公、古、柯、功／居、假／拘、矩					
	溪	丘、羌、去／袪、苦、口、溪、可					
	群	強、渠、巨、其、仇					
	疑	五、午、吳／牛、疑、魚、宜、語					
齒音	精	子、咨	莊	側、仄、壯、阻	照	之、止、章、諸	
	清	七、千、且	初	初、楚、測	穿	尺、充、昌	
	從	才、昨、在、疾、慈、殂、徂、自	牀	士、仕、牀	審	尸、式、舒	
	心	先、相、蘇、思、司	疏	所、色、史	神禪	是、時、市、視、常、食	
	邪	似、徐					

	影	於、一、烏
喉音	曉	呼、火／許、欣、況、虛
	匣	胡、下、戶、乎、何、玄、後、紅、駭、諧
	喻	以、余、羊、俞、弋、夷、餘、欲
	爲	爲、于、禹、韋、有
半舌	來	力、略、呂、郎、落、盧
半齒	日	人、如、耳

根據整理出的反切上字表，歸納出今本《玉篇》中的聲母，除了舌音及半舌音、半齒音以外，可以發現今本《玉篇》中，直音字的聲母，具有幾個不同於一般四十一聲類的分法，及歸類的明顯差異，這些不同，反而更能表現出今本《玉篇》時代的聲母特色，以下就唇、舌、牙、齒、喉、半舌、半齒共七音的順序，敘述在直音字例裡所觀察到的特色，並將其特殊現象加以討論。

（一）唇　音

今本《玉篇》的唇音字，若單以直音字對應的反切，尚不足以系聯爲一系統，故從今本《玉篇》中再檢索出一般字例的反切，才能得以系聯爲一類。其中直音字之反切大致上和四十一聲類相同，即幫系四母和非系四母，兩組重唇音、輕唇音的聲母系統，不過，微母方面，有一部份的微母字和明母相混，形成明微混切的情況；另一部份的微母字則獨立成爲一部。

如：以微切明的情況，如：「摸，亡胡切，手摸也，又音莫，摸捺也。」〈手部 66〉又「茻，無各切，無也，今作莫，説文音慕。」〈茻部 164〉「莫」標無各切（明鐸入）；「無」標武于切（微虞平）。雖然「無」應屬輕唇，但鐸韻非在輕唇十韻，故「莫」字當歸屬重唇音。

再觀察今本《玉篇》其他聲符同屬「莫」的字群，如：「莫」、「墓」、「慔」、「模」、「慕」、「蟇」、「摹」、「謨」、「貘」、「圐」、「磨」、「募」、「麼」、「蔓」、「暮」、「暮」、「煤」、「鏌」、「膜」、「驀」、「瞙」等字，也都非在輕唇十韻的範圍內，且切語上字，卻出現明字切微母的情形，可見在今本《玉篇》中，明母與微母的分別尚未十分明顯。

然而，對於「茻」作無各切，對於「無」字判斷是否已成爲輕唇音，則成爲今本《玉篇》是否明微分化的重要關鍵，楊素姿根據今本《玉篇》的聲母研究提出了如此看法：「今本《玉篇》明微二母已具有分化的傾向，實則儘管當

中有不少以『莫』字作爲後來屬重唇字的切語上字，但我們仍不可忽略今本
《玉篇》『莫』作無各切的事實。今本《玉篇》『無』，武于切，讀輕唇音，如
再進一步檢索當中反切上字作『無』之例，當更可確定『無』字讀爲輕唇音
的傾向。〔註2〕」在這裡，他認定「無」字可以確認爲輕唇音，那麼「莫」字
的聲母也必爲輕唇音，因爲語音的變化是不會走回頭路的，已經變化成爲輕唇
音，自然沒有成爲重唇音的反切上字。

　　楊素姿仍認爲今本《玉篇》中輕、重唇音是處在尚未分化階段。「我們看
到了今本《玉篇》對於《名義》（原本《玉篇》）輕重混切的情形，已有進一
步的改善，但是另一方面，又可以看到當中仍舊存著輕重混切的例子，並且
對於輕重唇分化條件的掌握，也不是相當明確，在這種情況下，使得我們趨
於保守地看待輕重唇尚未分化。〔註3〕」檢索今本《玉篇》中的所有反切條例，
輕重唇混切的情況雖有比《名義》或是原本《玉篇》來得改善一些，但仍無
法抹滅今本《玉篇》輕重唇混切事實，故此才傾向保守地認爲輕重唇尚未分
化。

　　另外，陸志韋提出：「《切韻》系統中『博』等類與『方』等類之分別不
合宋後輕重之界限。六朝語音中當無純粹輕唇。唐末字母於唇音只列四母。
其實漢語苟具有純粹輕唇音者，豈翻經沙門尚有不爲梵音 m 與 v 分立二母之
理。〔註4〕」可見直到唐末，輕唇音尚處於分化的階段，未有完整的輕唇音四
母出現，以時代來對照，今本《玉篇》便呈現了輕、重唇音分化未完這樣的
特色。

　　另外，從陳彭年編修的《宋本廣韻》來看，其中的輕重唇音的分別也是
呈現相混的情況，而繼承《切韻》的《廣韻》，所保留前代語音，必定比今本
《玉篇》要來得多，那稍晚的今本《玉篇》，其中的輕、重唇音，依據直音字
例的觀察，依舊處在相混的情況。況且直音字的使用是顯現出該字已呈現一
個穩定的系統，如此方能作爲標音之用。依據楊素姿認爲：「在全面整理了今

〔註2〕見於楊素姿《大廣益會玉篇音系研究》（高雄：國立中山大學中國文學研究所博士
　　　　研究論文，2001），頁 244。

〔註3〕見於楊素姿《大廣益會玉篇音系研究》（高雄：國立中山大學中國文學研究所博士
　　　　研究論文，2001），頁 249。

〔註4〕見於陸志韋《語言學著作集（二）》（北京，中華書局，1999），頁 517。

本《玉篇》的音韻現象後，發現其與《廣韻》音系有很大成分的不同，反倒與唐代的語音材料較爲接近。〔註5〕」文中指出幫系和非系是相混而難以分別的，進而認爲今本《玉篇》所代表之音系是早於宋代的語音系統。而根據今本《玉篇》中的直音字現象歸納，只能見到明、微相混的情況，可見其他的幫、非；滂、敷；並、奉，這三組聲母亦可能正處在輕唇、重唇分離的階段，而明、微二母卻尚未進入分化階段，或仍未完全分化。

　　從一系列學者們的看法，加上今本《玉篇》以「莫」爲聲符的字群來看，今本《玉篇》明母與微母的分化，應該已經開始，但卻未完全分離，故反映在明、微兩母在反切中便形成類隔切。

　　以今本《玉篇》中的直音字例來看，幫滂並與非敷奉，其輕、重唇音分化已處在接近完成的階段，由直音字所對應的切語便可以發現，輕唇及重唇兩組聲母在直音的表現上已相當清楚，尚存明、微兩母因爲尚未完全分化，故出現類隔切的情形。

（二）舌　音

　　根據直音字例的反切上字加以系聯，可分爲兩類，一類是切一、四等韻的舌頭音端透定泥；一類是切二、三等韻的舌上音知徹澄娘，這兩類聲母並無混切或是類隔的現象，聲母狀況和《廣韻》一致，故不予以討論。

（三）牙　音

　　牙音部分，依據直音字例的切語上字加以系聯，可以得到牙音四母：見、溪、群、疑。其中見母可以系聯出三類；溪母系聯爲兩類；群母系聯爲一類；疑母系聯爲兩類。以下分別予以討論。

　　中古音時期主要由精系、見系兩套聲母產生顎化，而該情形於今本《玉篇》中也有類似現象，今本《玉篇》的直音字例，在牙音部分可以觀察到相關語音變化的軌跡，依直音字之反切上字初步整理結果，表列如下：

〈表廿五〉今本《玉篇》直音用字切語上字表（牙音）

聲母	切一、二、四等	切三等
見母	古、公、柯、功（一等）	居、假拘、矩

〔註5〕見於楊素姿《大廣益會玉篇音系研究》（高雄：國立中山大學中國文學研究所博士研究論文，2001），頁387。

溪母	袪、苦、口、溪、可（一等）	丘、羌、去
群母		強、渠、巨、其、仇
疑母	五、午、吳（一二等）	牛、疑、魚、宜、語

以切語上字系聯結果來說，就細部的分類現象來說，最多的是見母分為三類；其次溪母與疑母都分為兩類；最少的是群母有一類。若分等第來說，見母溪母都只切一等及三等，群母只有三等韻，疑母則有一、二等及三等韻，很明顯地可以區分出如此的差別。

在見母三等的部分，由於居、假與拘、矩系聯後雖分兩類，但透過今本《玉篇》中所記載之異體字現象，可以證明居、假與拘、矩實為一類。如：「榘，居羽切，與矩同。」〈木部157〉又「矩，拘羽切，法也，圓曰規，方曰矩。」〈矢部257〉所以，「榘」、「矩」視為同一字，唯字形有所不同，居羽切、拘羽切實為相同之音讀，故「居」、「拘」為同一類。因此，見母則分為居、古兩類，「居」類切三等韻：拘，矩娛切、居，舉魚切、矩，拘羽切、吉，居一切。「古」類切一、二、四等韻：庚，假衡切、孤，古乎切、幹，柯旦切、賈，公戶切、界，更薤切、隔，几戹切、葛，功遏切。

而溪母的情況和見母相似，溪母亦可分為兩類：「丘」類以切三等韻字居多：丘，去留切、去，羌據切、磬，可定切、曲，丘玉切、悉，空角切、詰，溪吉切、闕，袪月切。「溪」只有切一等韻字，而未出現二、四等字：康，苦岡切、袴，口護切。

群母屬三等，其反切上字亦可以完整系聯為一類。群母三等：權，具員切、瓊，渠營切、奇，竭羈切、衢，近虞切、渠，強魚切、舅，巨九切、闕，仇月切、悸，其季切、桀，奇列切。

疑母也分兩類：「疑」類以切三等韻字居多：元，五袁切、美，广鄙切（美：明母；广：疑母）、仡，語訖切。「五」類切一、二等韻，未出現四等韻字：吳，午胡切、訝，魚嫁切、額，雅格切。

綜合上述，可以發現今本《玉篇》見溪群疑四母主要分成一、二、四等及三等兩類，那麼，切一、二、四等與切三等之間的主要區別為何？董同龢曾作了如此的說明：「幫、精、見諸系以及影、曉、泥、來諸母的反切上字都有分為兩類的趨勢，一類常見於一二四等韻，一類常見於三等韻。當時，我們也曾略作推測，以為凡見於三等韻，可能受到韻母的某種影響，因此與見

於一二四等韻的音值上略有差異。〔註6〕」這是切一、二、四等與切三等之間的不同，董同龢認為是由於韻母的關係所造成的，這種舌根音因等第而分類的現象，在現代方言中仍可找到相關的活化石。董同龢也提出了如此的看法：「由於牙喉音聲母在官話以及吳語多是在一二等韻，保持原來的 k-、k´-、x-等音，而在三四等韻變為舌面的 tɕ-、tɕ´-、ɕ-，可知那些聲母的獨異變化並不與見於三等韻的合為一類，而是相反的與見於一二等韻的合為一類，可知問題內各聲母的中古時期有顎化現象的，還只限於三等韻的那一部份。那麼三等韻與四等韻的分別已經有端緒可循，就是前者影響聲母顎化而後者則否。由此，我們就可以暫時假定：三等韻的介音是一個輔音性的-j-，四等韻的介音則是元音性-i-。輔音性的-j-舌位較高，中古時已使聲母顎化，元音性的-i-舌位較低，後來才使聲母顎化。〔註7〕」董同龢根據語料的變化，作出是由於「輔音性的-j-」造成了聲母顎化的情形。以此推論來看今本《玉篇》中直音字之切上字，也能發現見溪群疑四母中，對於切一、二等與以及切三、四等的合併，這之間界線是十分清楚的，這都是受到了聲母後面〔i〕介音產生的影響。

　　由直音的角度來考量，直音所代表的音讀是全面且精確的，即該語音所代表的並不是只有韻母或是聲母，觀察直音字所對應的切語便能充分地表現出今本《玉篇》切三、四等與切一、二等的不同，可見當時對於這些微區別已能有很精確的判定，成為後來由見系的三等配上〔-i-〕或〔-j-〕的介音所產生顎化的痕跡。

（四）齒　音

　　齒音部分依據《古音學入門》中的分類，分為齒頭音、正齒近舌音、正齒近齒音〔註8〕三類。依據直音字之反切加以系聯，舌齒音的部分和四十一聲類的情況相同，大致上可以分為三類，齒頭音的精系五母、正齒近舌音的莊系四母、正齒近齒音的照系五母。精系有精、清、從、心、邪和莊系的莊、初、牀、疏都各自系聯為一類，照系的照、穿、審各自系聯為一類，而神、禪兩母則系聯

〔註6〕見於董同龢《漢語音韻學》（臺北：文史哲出版社，1998），頁 161。

〔註7〕見於董同龢《漢語音韻學》（臺北：文史哲出版社，1998），頁 161。

〔註8〕齒音的分類，共分為依林慶勳、竺家寧合著《古音學入門》（臺北：台灣學生書局，2002），頁 70～72。

為一類。

齒音中最明顯的特色是今本《玉篇》呈現神禪合併的情況，直音字例雖然神母只有一例，卻完整表現神母併入禪母的情形。

> 絉，音術，繩也。〈系部 425〉

> 術，食聿切，法術也。說文曰：邑中道也。〈行部 120〉

> 食，是力切，飯食。說文一曰：一米也。〈食部 112〉

神禪混切，代表捲舌音已逐漸演化出現。神母由濁塞擦音弱化為清擦音。禪母由濁擦音弱化為清擦音，繼而與神母合併。從今本《玉篇》來看，神禪正處於混切狀態，檢索《名義》中亦無「絉」字，在其他的韻書、字書方面的記載，《廣韻》、《集韻》、《類篇》皆無「絉」字。而「術」則分別標食聿切、食律切、食律切。

和今本《玉篇》時代接近的韻書、字書中皆未見「絉」字，就連《名義》中也未見「絉」字，僅有今本《玉篇》可見，想必是由宋代陳彭年等編者重新編入了新字，但亦未見於《集韻》、《類篇》，本文於此推測可能是某地區特有的字形。綜觀今本《玉篇》所有的反切條例來說，神禪混切共有 16 例來證明〔註9〕。至於其他的三母，則和《廣韻》所呈現的聲類相同。

（五）喉　音

齒音部分，依據《古音學入門》中的分類，分為影、喻、曉、匣、為五母。依據直音字之反切加以系聯，此五母都各自系聯為一類，大致上的情況，《廣韻》與今本《玉篇》聲類是相同的。以下逐一予以討論。

《廣韻》中影、曉二母均各自有切一、二、四等及切三等韻的兩類分別，以直音字例來看，還是可以發現分別地相當清楚。以下用表格列出以說明。

〈表廿六〉今本《玉篇》直音用字切語上字表（喉音）

聲母	切一、二、四等	切三等
影		於、一、烏
曉	呼、火（一等）	許、欣、況、虛

〔註 9〕關於神禪混切的討論，請參見楊素姿《大廣益會玉篇音系研究》（高雄：國立中山大學中國文學系研究所博士研究論文，2001），頁 260～262。

匣	胡、下、戶、乎、何、玄、後、紅、骇、諧	
喻		以、余、羊、俞、弋、夷、餘、欲
爲		爲、于、禹、韋、有

影母在直音字例中，僅出現於三等，曉母則出現一等及三等，影母由於只出現於三等，故無法比較和切一、二、四等的差異。曉母則是很明顯，一等只和一等系聯，三等只跟三等系聯，故在曉母中呈現一、三等明顯的兩類。

楊素姿認爲影、曉兩母在切一、二、四等與切三等的分界是逐漸模糊的，理由是因爲影、曉兩母中反切條例出現的大量相同的切語上字，若由直音字例來看，今本《玉篇》中影母、曉母所使用的切語上字用字相當固定，如以影母來說，總共有五十四例，其中就有四十二例的切語上字爲「於」，其次是「烏」有六例，再來是「猗」、「伊」各兩例，「一」、「倚」各有一例，其反切用字的體例一致。

曉母則有五十三例，其中有十六例的切語上字爲「呼」，「許」有八例，「虛」有五例，「火」有三例，「欣」、「況」各一例，雖然如此，這些字例都用相同的字作爲切語上字，但仍可清楚分出等第的區別。

另外，與今本《玉篇》同時期的語音資料，則出現喉音產生合併的現象。王力提出：「在朱翶反切中，匣母與喻三、喻四合流。〔註10〕」朱翶反切的年代，大概是晚唐五代時期，是輕重唇音有所分別的時期，根據上文的推論，也是今本《玉篇》所處的語音時期，但在喻母及爲母依據直音字的切語上字系聯後，卻又各自獨立而無混切的情形，這個現象在同時代的韻書如：《廣韻》、《類篇》也出現相同的情況。孔仲溫亦指出：「就《類篇》、《廣韻》言之，喻爲二母之切語對立界限十分清楚，無可系聯之痕跡，且等韻圖喻母恆居四等，爲母恆居三等，毫不相涉。〔註11〕」相較於朱翶的《反切考》來說，今本《玉篇》的直音字例和《廣韻》，皆未見到喻爲相混的情況。

（六）半舌音、半齒音

依據《古音學入門》中的分類，分爲半舌音來母，半齒音日母。依據直音字之反切加以系聯，大致上的情況《廣韻》與今本《玉篇》聲類是相同的，故

〔註10〕見於王力《漢語語音史》（北京：中國社會科學出版社，1998），頁 228。

〔註11〕見於孔仲溫《類篇研究》（臺北，學生書局，1987.12 初版），頁 354。

不予以討論。

二、韻　調

　　經過系聯直音字切語之反切下字之後，再依據《廣韻》的兩百零六韻來分類，所得的韻部結果和楊素姿所整理出韻部系統大致雷同，而表格的編排方式則以《四聲等子》中所設計之十六攝爲主，下標所分屬之兩百零六個韻部。由於直音字之切語僅有千餘例，若有些韻部並無直音字的話，本文則僅標韻部，內文留白。以下僅列出今本《玉篇》直音字中之切語下字。

〈表廿七〉今本《玉篇》直音用字切語下字表

1. 通　攝

聲　調	平　聲	上　聲	去　聲	入　聲
韻部	東	董	送	屋
反切下字	紅、東、終、工、弓、風、戎	董、孔	眾、貢	六、穀、腹、木、鹿、祿、報、卜
韻部	多	送		沃
反切下字	多、宗			篤、毒、沃
韻部	鍾	腫	用	燭
反切下字	恭、鍾、容、龍、庸	種、隴		玉、燭、錄、足、欲

2. 江　攝

聲　調	平　聲	上　聲	去　聲	入　聲
韻部	江	講	絳	覺
反切下字	雙、江		巷	角

3. 止　攝

聲　調	平　聲		上　聲		去　聲	
韻部	支（開）	支（合）	紙（開）	紙（合）	寘（開）	寘（合）
反切下字	移、支、知、羈、奇、皮、彌	嬀、危	弭、爾、是、紙、彌、	毀	義、寄、智、臂	
韻部	脂（開）	脂（合）	旨（開）	旨（合）	至（開）	至（合）
反切下字	脂、梨、尸、	惟、唯、葵、	几、美、鄙	洧、癸	至、利、悸、	

下字	祇、飢、資	追、誰			冀、祕、致、異、	
韻部	之		止		志	
反切下字	之、茲、時、其、期		似、喜、市、里、理、擬、倚		志、異、氣	
韻部	微（開）	微（合）	尾（開）	尾（合）	未（開）	未（合）
反切下字	祈、衣、	非、歸、韋		匪		貴、味

4. 遇　攝

聲調	平聲	上聲	去聲
韻部	魚	語	御
反切下字	居、舒、諸、魚、餘、於、余、如	呂、旅、舉、者	與、御、恕、據、豫
韻部	模	姥	暮
反切下字	枯、都、胡、乎、湖	戶、老、古	故、護、布、暮
韻部	虞	麌	遇
反切下字	俞、俱、瑜、無、娛、禹、朱、于、甫、虞		欲、付、句、喻

5. 蟹　攝

聲調	平聲		上聲		去聲	
韻部	齊（開）	齊（合）	薺（開）	薺（合）	霽（開）	霽（合）
反切下字	兮、栗、雞、奚	圭	禮、底		詣、計	惠、桂
韻部					祭（開）	祭（合）
反切下字					勢、世、逝、厲	銳
韻部					泰（開）	泰（合）
反切下字					賴、大、蓋	外
韻部	佳		蟹		卦	
反切下字	佳		解			
韻部	皆		駭		怪	
反切下字	諧				芥、薤	
韻部					夬（開）	夬（合）
反切	諧				邁	

下字				
韻部	灰	賄	隊	
反切下字	回、灰、瑰		對、背	
韻部	咍	海	代	
反切下字	來、垓、哀	改、在	戴、代	
韻部			廢（開）	廢（合）
反切下字				穢

6. 臻 攝

聲調	平 聲	上 聲	去 聲	入 聲
韻部	眞	軫	震	質
反切下字	人、津、珍、陳、民、臣、巾、賓、銀、囷	忍、隕	振、刃、鎭	逸、一、乙、質、室、栗、秘、訖
韻部	諄	準	稕	術
反切下字	旬、均、倫、遵、純	準		出、律、聿
韻部	臻			櫛
反切下字				
韻部	文	吻	問	物
反切下字	分、云、軍		運、糞	勿、弗、屈
韻部	欣	隱	焮	迄
反切下字	斤		靳	訖
韻部	魂	混	慁	沒
反切下字	昆、魂	衮、本	寸、頓	忽、沒
韻部	痕	很	恨	
反切下字				

7. 山 攝

聲調	平 聲	上 聲	去 聲	入 聲
韻部	寒	旱	翰	曷
反切	寒、丹、安	但、旱	旦、爛	遏、葛、割、曷

下字				
韻部	桓	緩	換	末
反切下字	官、丸、端	緩、短		括、末、活

韻部	刪（開）	刪（合）	潸（開）	潸（合）	諫（開）	諫（合）	黠（開）	黠（合）
反切下字		還、關	版		諫、晏			黠、八
韻部	元（開）	元（合）	阮（開）	阮（合）	願（開）	願（合）	月（開）	月（合）
反切下字		元、袁		遠		万	歇	月、厥
韻部	山（開）	山（合）	產（開）	（合）	襉（開）	襉（合）	鎋（開）	鎋（合）
反切下字								
韻部	先（開）	先（合）	銑（開）	銑（合）	霰（開）	霰（合）	屑（開）	屑（合）
反切下字	堅、賢、年、田	淵、涓	典、殄	泫	見		結、節屑	抉
韻部	仙（開）	仙（合）	獮（開）	獮（合）	線（開）	線（合）	薛（開）	薛（合）
反切下字	旃、仙、延、連、	員、旋、緣	轉、踐、淺	뎬	戰、箭	眷	泄、列	說、劣

8. 效　攝

聲調	平聲	上聲	去聲
韻部	蕭	篠	嘯
反切下字	聊、堯、彫、條	鳥	弔
韻部	宵	小	笑
反切下字	宵、遙、喬、饒、嬌、招	悄、矯	照
韻部	肴	巧	效
反切下字	交、肴	卯	效、孝
韻部	豪	皓	號
反切下字	刀、豪、勞		號、報、到

9. 果　攝

聲調	平聲	上聲	去聲
韻部	歌	哿	箇
反切下字	何	可、左	

韻部	戈	果	過
反切下字	和、戈	果	

10. 假 攝

聲調	平聲	上聲	去聲
韻部	麻	馬	禡
反切下字	加、遮、瑕	若、也、把、野	柘、罵、嫁、霸、夜

11. 宕 攝

聲調	平聲		上聲		去聲		入聲	
韻部	陽（開）	陽（合）	養（開）	養（合）	漾（開）	漾（合）	藥（開）	藥（合）
反切下字	芒、良、章、張、羊、匠、揚、將、央		兩、掌、養		亮、向		灼、略	
韻部	唐（開）	唐（合）	蕩（開）	蕩（合）	宕（開）	宕（合）	鐸（開）	鐸（合）
反切下字	當、郎、岡	光			浪		各、閣	

12. 梗 攝

聲調	平聲		上聲		去聲		入聲	
韻部	庚		梗		映		陌	
反切下字	京、衡		冷		更、命		白、戟、額、穫	
韻部	耕		耿		諍		麥	
反切下字	萌、紘、耕						戹、革、核	
韻部	清（開）	清（合）	靜（開）	靜（合）	勁（開）	勁（合）	昔（開）	昔（合）
反切下字	盈、征、成、幷	瓊、營	郢、井、領				積、亦、石、隻、役	
韻部	青		迥		徑		錫	
反切下字	丁、聽、經、冥				聽、定		歷、激、的、狄	

13. 曾　攝

聲調	平聲		上聲		去聲		入聲	
韻部	蒸		拯		證		職	
反切下字	陵、繩		拯		孕		職、力、謐、弋、域、即、逼	
韻部	登（開）	登（合）	等（開）	等（合）	嶝（開）	嶝（合）	德（開）	德（合）
反切下字	鄰、稜						得、則	或

14. 流　攝

聲調	平聲	上聲	去聲
韻部	尤	有	宥
反切下字	流、留、州、由、尤、牛	帚、酒、酉、柳、負、有、九	霤、救、祐、又、宙、富
韻部	侯	厚	候
反切下字	侯	苟、后、口	鬬、寇、遘、豆
韻部	幽	黝	幼
反切下字	繆、虯		

15. 深　攝

聲調	平聲	上聲	去聲	入聲
韻部	侵	寢	沁	緝
反切下字	林、斟、今、音	審、甚	禁	立、及

16. 咸　攝

聲調	平聲	上聲	去聲	入聲
韻部	覃	感	勘	合
反切下字	耽、含	感、坎		荅、合、沓
韻部	談	敢	闞	盍
反切下字		敢		臘、盍
韻部	鹽	琰	豔	葉
反切下字	廉	檢、斂		涉、葉

韻部	添	忝	酟	怗
反切下字	甜	玷	念	頰、協
韻部	咸	豏	陷	洽
反切下字			陷	洽
韻部	銜	檻	鑑	狎
反切下字	監、衫		甲	
韻部	嚴	儼	釅	業
反切下字	嚴、枚			
韻部	凡	范	梵	乏
反切下字				

整理直音字切語的韻部，可以發現在陽聲韻部分，韻部平聲有字，則相承入聲亦大部分同時有字。東、鍾、微、眞、諄、魂、寒、桓、刪、元、先、仙、陽、唐、庚、耕、清、青、蒸、登、侵、覃、鹽、添共二十四韻；僅出現平聲或入聲其中一種，另外亦有上聲或去聲的韻部則有：冬、文、欣、談、咸、銜、嚴共六韻；而未有字的韻部有：臻、痕、山、凡共四韻，這是因爲今本《玉篇》直音字的切語數量不多的緣故。下文所要討論的韻攝皆將與和《廣韻》相對照，其中江、遇、效、果、假、曾、深共七攝經過系聯比較後，與《廣韻》韻類的分部相同，故僅列出切語下字表。

以下就「直音字之切語下字表」所呈現的結果，並以所羅列之十六韻攝爲順序，並以《廣韻》爲比較的對象，加以分析與討論。

（一）通　攝

通攝中有東、冬、鍾及其相承韻部，其中送韻、用韻無字，其他各韻皆有字可塡，這可能是因爲直音字例僅千餘例的緣故，故有些韻部自然無字可塡。各韻部的界限和《廣韻》相當，以直音字之切語下字加以系聯所得的結果，並無混切之例。但根據楊素姿的研究，雖然在今本《玉篇》中通攝的混切例不多，也不足以影響分佈的情形，不過也提出了通攝的幾點特色：一爲東韻系內部之混切，共有四例；二是東冬二韻系混切，共有四例；三是東鍾二韻系混切，共有兩例；四是東登二韻系混切，共有兩例。這些混切的現象在直音字例中均未

出現，可見編者對於多、東、鍾三部的語音界線仍有一定程度的掌握，是直覺的語感，也因此不致有混切的現象出現。

直音字例所表現出的與楊素姿的結果均同，故在此不以字例再討論。

（二）江　攝

今本《玉篇》中，江攝僅有江韻及其相承韻部，屬開口，以直音字之切語下字系聯所得之結果，江、絳、覺三韻有字，唯講韻無字，韻部的情況和《廣韻》相當。

（三）止　攝

止攝有支、脂、之、微及其相承韻部，支部的寘韻合口無字、脂部的至韻合口無字；微部的尾韻開口、未韻合口無字。以直音字之切語下字加以系聯所得的結果，和《廣韻》的分部一致，不過，支、脂及脂、之出現了混切的情形。如：以脂切支：「粢」，又音咨。今本《玉篇》咨，子祇切，屬精母支韻。《廣韻》咨，即夷切，屬精母脂韻。楊素姿整理過後，提出如此的成果：「今本《玉篇》所展現的或許可說是資思韻字形成的早期樣貌。也就是說資思韻開始可能是，之脂韻的精組字率先逐次往支韻靠攏，最後才一起從支韻系獨立出來。有趣的是，支韻合口精組字則有背其道而行，往脂韻合口靠近的情形，如「隨」字，這或許說明為什麼同樣是支脂之的精系字，到了後來卻是開口屬資思部，合口歸微齊部，原來是它們後來各自有了不同的發展路線。〔註12〕」

另外《文鏡秘府論・調四聲譜》把「知、之、智、窒」和「夷、以、異、逸」當作疊韻字，對照《韻鏡》可得《調四聲譜》中的「知、之、智」便是《韻鏡》支韻三等字的「知、㧗、智」，而「窒」則是質韻三等字，可見。《調四聲譜》中的「夷、以、異」便是《韻鏡》之韻四等字的「飴、以、異」，而「逸」也是質韻三等字，但「夷」字屬脂韻三等字，形成了之、脂的混切，另外「知、夷」疊韻可知支、脂疊韻及主要元音相同。既然支的主要元音是〔ɛ〕。《調四聲譜》所言足以反映《切韻》時代的主要元音是〔ɛ〕。而今本《玉篇》中可見直音字「咨」，在《廣韻》本屬脂韻開口，在今本《玉篇》中則屬支韻開口，這也可作為資思韻出現的早期線索。

〔註12〕見於楊素姿《大廣益會玉篇音系研究》（高雄：國立中山大學中國文學研究所博士研究論文，2001），頁 342。

另外，脂之混切的情況，在今本《玉篇》中的直音字例裡可見，如：以至切志：「鶙」，音懿。今本《玉篇》懿，於異切，屬影母志韻。《廣韻》懿，以冀切，影母至韻。周祖謨指出「脂之兩韻系不分，爲六、七世紀南方字書之共同現象。〔註13〕」竺家寧對於支脂之三韻則認爲：「《廣韻》韻目註明『支、脂、之同用』，可見在那個時代也一樣沒有分別，但是在它們的上古念法中是有區別的。《切韻》分別這三個韻必然是參考不同的方言。……支韻中古念法或許是〔-je〕。到了近代和『脂、之』韻類化成一個簡單的〔-i〕韻母了。〔註14〕」由此，脂、之混切早在隋唐時期便已開始。楊素姿以今本《玉篇》的所有切語也得出如此的結論：「《廣韻》之、脂二韻系，在今本《玉篇》中混用的情況非常普遍，例證極多，不煩詳列，足證之、脂同部。〔註15〕」今本《玉篇》中可以見到微韻和支韻之間的混切情況，但依據直音字之切語下字加以系聯所得的結果，支韻並未和微韻相混，但由反切來看，則是支微相混，可見當時支韻與微韻尚有部分字例爲完全相混，故大部分的直音字例，支微仍可有所分別。

（四）遇　攝

遇攝包括魚、模、虞及其相承韻部，其中僅有麌韻無字，因爲麌韻本身字少，也未出現於直音字例中，故不予討論。魚、模、虞三韻，以直音字之切語下字加以系聯所得的結果，並無混切之例，可見彼此的分界明顯。以《廣韻》來對照，可以發現今本《玉篇》中魚、模、虞三部是保持分立的，鄭樵的《七音略》也呈現分立的狀況。以直音切語下字來看，魚、模、虞三部之間是沒有混用的跡象，但表現是作詩用韻上，卻可見到合韻的情形，李添富認爲：「今由晚唐律體魚虞合韻譜觀之，二韻通叶韻例甚多，又有正韻之例；且以二韻通叶之詩家里籍，遍及全國，可知晚唐魚虞二韻之音讀，恐因語音變化而已無別。〔註16〕」可見晚唐的律體詩中，魚虞二韻常常混用，而不與模

〔註13〕轉引自楊素姿《大廣益會玉篇音系研究》（高雄：國立中山大學中國文學研究所博士研究論文，2001），頁343。

〔註14〕見於竺家寧《聲韻學》（臺北，五南圖書出版公司，1999），頁345～346。

〔註15〕見於楊素姿《大廣益會玉篇音系研究》（高雄：國立中山大學中國文學研究所博士研究論文，2001），頁343。

〔註16〕見於李添富《晚唐律體用韻通轉之研究》（臺北：文史哲出版社，1996），頁97。

韻相混，根據李添富的擬音，定魚虞爲〔-iu〕；模韻爲〔-u〕，可見模韻和魚虞便成爲洪細對立的一組韻部。

　　然今本《玉篇》，魚虞模三者仍有分別，可見今本《玉篇》對於魚虞合併的態度，仍屬保守，也因此，編者在使用直音標音時，傾向有效地區分出魚虞兩韻的不同之處。

（五）蟹　攝

　　蟹攝有佳、皆、齊、灰、咍及其相承韻部，與四個僅有去聲的祭泰夬廢。其中僅有齊部和四個獨立的去聲韻分開、合口兩類，其餘是不分的情況。

　　關於今本《玉篇》蟹攝的韻部情形和《廣韻》相對照，可以發現有幾點特色：

1. 灰、咍獨立

　　直音切語下字中灰韻和咍韻各自獨立，並無混切之例，但《廣韻》中灰、咍雖各自獨立，但也允許同用。

2. 佳、皆相似

　　佳韻僅有兩例「犱」音柴，仕佳切，屬牀母佳韻平聲；「砈」音釵，楚佳切，屬初母佳韻平聲。「犱」、「石叉」兩字皆爲開口字，根據楊素姿先生的研究，今本《玉篇》中的佳韻是只有開口字，是由於合口併入開口的緣故，觀察直音現象亦無出現合口字，故佳韻於此不分開合。

　　皆韻僅有四例「磑」、「荄」、「藖」、「楷」，且都同音爲「皆」，屬見母皆韻平聲，爲開口字，故依直音字例來看，皆韻則不分開合，與佳韻情況相似，另外在《廣韻》中亦標皆佳同用，且慧琳音亦標佳皆合併，故藉由分析直音字例，亦可發現兩者在今本《玉篇》也是近似的音讀。由於直音字例數量甚少，由反切條例可知則可推知佳皆音近的結果〔註17〕。

3. 卦、怪、夬相混

　　夬韻僅有一例：䚗，音敗，步邁切，屬並母夬韻去聲，開口，《廣韻》中「邁」屬夬韻，而「䚗」、「敗」則屬怪韻，這顯示了今本《玉篇》中將夬韻

〔註17〕關於皆佳兩韻的音近問題，在楊素姿先生的博士論文中有詳細討論，故此處不贅述。參考楊素姿《大廣益會玉篇音系研究》（高雄：國立中山大學中國文學研究所博士研究論文，2001），頁 337～338。

開口併入怪韻開口，另外《廣韻》標卦怪夬同用，這說明了三韻之間的關係密切，在今本《玉篇》中的直音字例裡亦可見混切，可推當時對於怪、夬兩韻是幾乎混淆不分的。

4. 祭、廢、霽相混

《廣韻》的祭韻在今本《玉篇》中與廢、霽二韻頗有關連，其中，祭韻合口字部分讀入廢韻合口，在今本《玉篇》中廢運僅有兩例，但都可見到祭、廢相混的情況。「蠥」、「瓗」皆音衛，韋穢切，屬微母廢韻去聲，爲合口字。然《廣韻》中「蠥」、「衛」同音，于歲切，屬爲母祭韻去聲，爲合口字。而切語下字「穢」則屬影母廢韻去聲，亦爲合口字，故可得今本《玉篇》以廢切祭。另外，「纖」、「樿」皆音歲，思惠切，屬心母霽韻去聲，爲合口字，又是以祭切霽之例，可見在今本《玉篇》中祭、廢、霽三韻的音讀有所混淆的情形。

（六）臻 攝

臻攝有眞、諄、文、欣、魂、痕及其相承韻部，眞、魂兩韻皆有字；諄部的準韻無字；文部的吻韻無字；欣部、臻部、痕部全無字。無字的韻部大部分是因爲直音字例數量較少的緣故，但痕部、臻部全無字的情況，在語音演變的過程中可以找到合理的解釋，臻攝可以發現幾個韻部特色。

一是直音字例中可見到以《廣韻》的眞韻切臻韻的情形，如：「䇐」，音詵。今本《玉篇》：「詵」，所陳切，屬疏母眞韻。《廣韻》：「詵」，所臻切，屬疏母臻韻。又如：「榛」音臻，側巾切，屬莊母眞韻平聲，但「臻」屬臻韻。雖然眞臻同用的例子，直音字例裡僅此二例，但若以整部今本《玉篇》來看，例子是相當地多，周祖謨也指出「臻攝包括《廣韻》眞臻諄文欣魂痕諸韻，《廣韻》眞臻諄同用，文欣同用，魂痕同用。宋代邵雍等人都通用不分。[註18]」邵雍（A.D.1011～1077）的時代，和今本《玉篇》的刊行，前後相差不到二十年，在今本《玉篇》中尚見眞臻混切，可見到了邵雍的時代，眞、臻是幾乎不分的情形了。

二是欣部由於僅有平、去、入有字，且各僅有一例，和眞部未出現相混的情形，但有學者提出眞部與欣部在當時已經合併的說法，但就今本《玉篇》中

[註18] 見於周祖謨《文字音韻訓詁論集》（北京，北京大學出版社，2000），頁195。

的直音字例來說，並未發生混切，但若以今本《玉篇》的反切來看，則有出現混切的情形，這也代表了今本《玉篇》正處於眞、欣合併的過渡階段。

（七）山　攝

山攝共有寒、桓、刪、元、山、先、仙及其相承韻部，其中山部全無字；換韻去聲、刪韻開口、潸韻合口、諫韻合口、黠韻開口、元韻開口、阮韻開口、願韻開口、霰韻合口無字。

關於仙、元兩韻的合併，楊素姿提出：「元韻系押韻情況，在唐人詩歌用韻中表現出一種有趣的現象。即同一個詩人的韻例中，元韻系既與魂痕韻系混押，亦與仙韻系通押的情形，屢見不鮮。這些詩人有個共同特色：都是初唐詩人，其中還包括一些隋代遺臣，如許敬宗、虞世南。齊梁陳隋時期，元魂痕一部，到了陸德明《經典釋文》及朱翱反切中，元韻已同先仙一類，這當中必定有個過渡的環節。我們認爲，此隋唐之交是元韻系音變的過渡期，因而初唐詩人乃遊走於二端。〔註19〕」，透過唐代詩人用韻現象，可以發現仙、元相押的情況，反觀《玉篇》，亦可觀察到仙韻及元韻有混切的情形，如：平聲以《廣韻》元韻切仙韻：今本《玉篇》：「瑄，音宣」。又「宣」，思元切；而《廣韻》：「宣」標須緣切，仙韻。這在初唐詩人王梵志〈尊人〉「尊人同席飲，不問莫多言（元），縱有文章好，留將餘處宣（仙）。」也可以見到有「宣」以仙切之的情形。又如：平聲以《廣韻》仙切元：今本《玉篇》中「鵷」、「鱅」皆音煩。「煩」，父員切，仙韻；而《廣韻》：「煩」附袁切，元韻。由此可見，仙、元兩韻在直音字例裡有出現混切現象，可見當時編者對於仙、元兩韻的直覺語感已經合併所致。根據唐人詩歌的用韻狀況也可以幫助判斷仙、元兩韻是否合併，而就《玉篇》直音現象來說，字數不多但仍可爲重要佐證。

（八）效　攝

效攝有蕭、宵、肴、豪及其相承韻部，僅有皓韻無字。以直音字之切語下字加以系聯所得的結果，和《廣韻》的分部相當，不過根據楊素姿的研究，還是可以發現，如：豪宵混切有一例；宵肴混切有一例；蕭宵混切有四例，雖然這些例子全未出現在直音部分，這種現象也許是保留了前代的音韻現象

〔註19〕見於楊素姿《大廣益會玉篇音系研究》（高雄：國立中山大學中國文學研究所博士研究論文，2001），頁360。

所致。

（九）果　攝

果攝有歌、戈及其相承韻部，兩韻的去聲皆無字，且兩部的直音字，歌部屬開口洪音、戈部屬合口洪音，歌韻出現的直音字多集中在牙音字；智韻多集中在唇音、牙音字；戈韻出現的直音字多集中在舌音字，果韻亦出現在舌音字。分部情形和《廣韻》一致。

（十）假　攝

假攝僅有麻部及其相承韻部，以直音字之切語下字加以系聯所得的結果，和《廣韻》分部一致，根據楊素姿的觀察研究，以反切條例來說，則發現有少數的果假相混的情況，雖然在直音字例中並未出現相混，不過，亦證明了這可能是由於今本《玉篇》是立於顧野王《玉篇》的基礎上保留了南北朝時期的音韻痕跡。

（十一）宕　攝

韻圖中的陽、唐二韻是分開、合口兩類，在今本《玉篇》中亦是如此，不過《廣韻》將唐韻的合口上去二聲已併入開口，但以直音字之切語下字，加以系聯所得的結果發現，陽、養、漾、藥四韻皆有開口而無合口，由於上去二聲併入開口，平入兩聲是無字的情況，應該是由於直音字例過少的緣故。

唐韻開、合口皆有字，宕、鐸兩韻僅有合口字，蕩韻無字，這和儼韻相同。根據楊素姿的研究，宕攝亦有混切的情況，一是陽、唐二韻系混切，有八例；二是與梗攝字混切，有五例，但依據直音切語下字系聯的結果，陽、唐並無混切之例，亦未與梗攝混切。陽、唐兩韻在直音字例中是分別得相當清楚的韻部。

（十二）梗　攝

梗攝有庚、耕、清、青及其相承韻部，其中耕部的耿、諍二韻無字；清部的靜韻合口、勁韻合口、昔韻合口無字；青部的迥韻無字。

關於梗攝的特色，在《廣韻》中清韻分開、合兩類，但在今本《玉篇》中以直音切語下字系聯的結果，卻是清韻的上入二聲，都沒有合口字，僅有清韻平聲有開、合口的字。

原因是由於清韻上、入二聲的合口字分別併入開口，迥韻開口又併入靜韻

開口，但由於今本《玉篇》中靜韻只有三個切語下字：郢、井、領，皆爲開口字，加上也未有迴韻、靜韻混切之例，故無法觀察到該現象，但在入聲的昔韻則有一例：「殺」，音役，役，營隻切，屬喻母昔韻入聲，可擬音爲〔ʠiɛk〕爲一開口字，但「役」在《廣韻》中屬合口字，擬音爲〔ʠiuɛk〕。從直音切語下字系聯來看，的確，透過直音證明了這樣的變化已趨於成熟。

（十三）曾 攝

曾攝有蒸、登及其相承韻部，其中登部分開、合口，等、嶝、登韻合口無字。以直音字之切語下字加以系聯所得的結果和《廣韻》的分部相當，但在唐代的古體詩中，多見職德合用之例，「根據鮑明煒（1986）唐代詩文韻譜所載，就高達七十二次之多。〔註20〕」但以今本《玉篇》中的直音字例來說，卻未見職德合用的現象，可見當時編者的實際語音中職德兩韻是有明顯的區別。

（十四）流 攝

攝中共有尤、侯、幽及其相承韻部，其中幽部僅幽韻有字，其餘兩韻無字，而尤部及侯部經過直音切語下字加以系聯的結果是呈現與《廣韻》韻部一致的情形。

尤、侯、幽三部在今本《玉篇》中並無混切之情形，《廣韻》中標尤幽同用，但幽韻在今本《玉篇》僅有三例，分別是：「䎝」，音虯。「虯」，奇樛切。「呦」，音幽。「幽」，伊虯切。「泑」，伊糾切，又音幽。「幽」，伊虯切。這三例中，就有兩例的直音是相同的，另一例卻是呈現《廣韻》中查無「䎝」字的情況，而「虯」，渠幽切。今本《玉篇》中，亦有另一字和「䎝」同音，便是「璆」，但在《廣韻》中「璆」標居幽切，此外，就「虯，奇樛切」來說，《廣韻》中並無「樛」字。故無法以直音字例來判定尤幽是否有合併的現象。若就今本《玉篇》反切條例來說，楊素姿提出尤、幽兩韻在今本《玉篇》中應是合併的狀態。就詩人用韻來說，周祖謨、李榮、鮑明煒三位學者的研究指出，尤侯幽從齊梁陳隋和初唐是可以同用的情形。

〔註20〕轉引自楊素姿《大廣益會玉篇音系研究》（高雄：國立中山大學中國文學研究所博士研究論文，2001），頁375。

（十五）深 攝

深攝僅有侵及其相承韻部，四韻皆有字。以直音字之切語下字加以系聯所得的結果，和《廣韻》的分部相當，且其表現和《廣韻》同用獨用例中規定侵韻「獨用」的情況一致。

（十六）咸 攝

咸攝中共有覃、談、鹽、添、咸、銜、嚴、凡及其相承韻部，其中凡部無字；談部平、去聲無字；咸部平、上聲無字；嚴部上、去、入聲無字。以下就咸攝的特色加以討論。

咸、銜兩韻，從直音字例來看僅有銜韻，而咸韻無字，今本《玉篇》中銜韻的直音字例只有六例，而六例中的語音只有兩種，「臽」、「歛」、「鑱」皆音陷，平監切（匣銜平）。「驏」、「劃」、「艦」皆音監，公衫切（見銜平）又公陷切（見陷去），這兩類的音讀可以看出「陷」字的音讀橫跨了銜韻與陷韻，可見編者對這兩種音讀是無從分辨的，同時楊素姿也藉由反切的混用，證明咸韻平聲已經混入銜韻平聲。

《廣韻》嚴韻上聲儼、广二字，今本《玉篇》皆作宜檢切，而以「儼」為切語下字「檢」，在《廣韻》都是屬琰韻，這便造成了以琰韻切儼韻的情況，所以推測今本《玉篇》中的儼韻尚未完全獨立出來。這和楊素姿提出「儼韻在今本《玉篇》中尚未獨立」的說法一致。

嚴、凡兩韻合併，以直音字例來觀察，凡韻並無字，出現今本《玉篇》中嚴韻的例子僅有五例，共有兩種音讀，一是「觓」、「馱」音凡，扶嚴切。二是「籤」、「巖」、「玁」音嚴，魚枕切，由直音字及切語便可以很明顯地觀察到，在直音字例中嚴、凡已有合併現象，《廣韻》中則標嚴、凡同用，到了在中古後期，便將同用、互用的韻部合併成為一個較大的韻部，這是中古後期一個相當普遍的合韻現象。

今本《玉篇》的音系結構，大致上是處於在唐宋之間，這段時間內的語音現象可以從《切韻》以降的韻書中可以觀察出，當時韻書的編者對於韻書中所產生的類隔切，處理的方法是將反切加以更動，以成為符合當時音讀的切語，但語音是處在持續不斷變動的狀態，加上韻書編者是否能全面推翻從

《切韻》以來便持續使用的切語呢？或是以增加字音的方式，將當時的語音現象納入韻書中，如此便造成了韻書中可能含納了兩套語音系統，但就直音角度而言，要能夠成為直音字的先決條件，在於該字必須擁有穩定的語音外，且該字需簡明易讀，反之，對於太過艱難或是語音的本身擁有兩音以上的話，便不適合作為直音字來使用。

根據直音字的反切加以系聯，大致上的結果，和四十一聲類所分的情況沒有太大的出入，但卻有少數聲母有混切的情形，如：明微相混、神禪相混、喻為相混；韻母部分則有止攝中支脂之的合併；蟹攝中佳皆兩韻、卦怪夬的混淆、祭廢霽相混；山攝中仙韻及元韻混切；流攝中尤侯幽三部之間的關係；咸攝中咸銜兩韻相混、嚴凡合併等，這都是隱藏著時代變動時，語音變化產生的痕跡，輔以韻書、字書乃至詩人用韻現象，都可以發現一點蛛絲馬跡。

三、直音字例與音節呈現

在今本《玉篇》中所檢索到的直音字例，可以觀察到被注字與直音字之間，聲符是很重要的語音橋樑，聲符扮演著聯繫被注字與直音字之間的語音關係，而形成了聲符同時承載著被注字與直音字的音讀。

以下將今本《玉篇》所檢索到的直音字例，將以音節表方式呈現，音節表將完整地呈現出直音字與被注字的音節結構，其中包括了主要元音、輔音、介音以及韻尾，利用音節表上列 206 韻目旁列 41 聲類，這樣縱橫交錯的表格中，可以清楚地顯示出來每個字例聲韻調的成分，避免字書或是韻書偏重某一聲韻成分的缺點。

音節表，共分十六攝各以統攝之下諸韻，其中痕韻無字，故刪除不列出。表中大字為被注字，小字為直音字，另外，若整組唇、舌、牙、齒、喉、半舌、半齒音皆無字者，整列一併刪除；若有幫系、非系、端系、知系、見系、精系、莊系、照系、影系、來母、日母無字者，亦一併刪除，以免空白篇幅過多。

〈表廿八〉今本《玉篇》直音字例音節表

（一）通　攝

1. 東　韻

聲類	聲母	平 東	上 董	去 送	入 屋
唇音	幫		罅俸		
	滂				
	並	澠馮			
	明 微				桼木 霂木
	非				
	敷				
	奉	凮梵			服伏 茯伏 舩伏 鞴伏
舌音	端				
	透				鶄苗 豴秃
	定	峒同		筒洞	礌瀆 碡獨 髑獨
	泥				
	知				
	徹				
	澄			神仲	舳逐 騒逐
	娘				
牙音	見	谻工			穀穀
	溪				
	群	藭窮			
	疑				
齒音	精	蝬葼 嵏嵏			
	清				
	從	螺叢 藗藗			
	心	鵽菘 鮘菘			㑨夙 蝀速
	邪				
	照	毼終 莪終			
	穿				

聲類	聲母				
	神				
	審				
	禪				閏孰　蟄孰
喉音	影	螉翁			礇郁　蔫懊
	曉				
	匣	葓洪			翳斛
	喻				堉育
	為	狨雄			
半舌	來	矓籠　瓏聾	矓籠		祿鹿　綠祿　碌祿　簶祿
半齒	日	毧戎			

2. 冬　韻

聲類	聲母＼韻調	平 冬	上	去 宋	入 沃
唇音	幫				
	滂				
	並				鵫僕
	明　微				
	非				
	敷				
	奉			幒俸	
舌音	端				督篤
	透				
	定				
	泥				
牙音	見				牿梏
	溪				
	群				
	疑				
齒音	精				
	清				
	從	册琮			
	心				
	邪				

3. 鍾 韻

聲類	聲母＼韻調	平 鍾	上 腫	去 用	入 燭
唇音	幫				潷筆
	滂				
	並				
	明 微				
	非				
	敷	烽峰			
	奉				
舌音	知				
	徹				
	澄		陲重		
	娘				
牙音	見				
	溪				蛐曲
	群	駋邛			
	疑				
齒音	精				
	清				
	從				
	心				縩粟
	邪				
	照	柊鍾			
	穿				
	神				
	審	憃舂			
	禪				
喉音	影	雍邕			
	曉				
	匣				
	喻	㳿容 瓲容 瓾容	硧涌		鵒浴
	爲				
半舌	來	苗龍 鷥龍 瓏龍			
半齒	日				搙辱

（二）江　攝

江　韻

聲類	聲母	平 江	上 講	去 絳	入 覺
唇音	幫				礥剝
	滂				砅朴　趴朴
	並				爆雹　澷雹
	明　微	蘑尨			
	非				
	敷				
	奉				
	知				豩卓
	徹				
	澄				犻濁
	娘				
牙音	見	茳江		絳降	
	溪	駤腔			
	群				
	疑				
	莊				
	初				
	牀				
	疏				槊朔　溯朔　鑿朔
喉音	影				鵒轎
	曉				
	匣	絳降			
	喻				
	爲				

（三）止　攝

1. 支　韻

聲類	聲母	平 支	上 紙	去 寘
唇音	幫	睥碑		狓披　毟披
	滂			畢譬

	並		庫婢 犯婢	
	明 微	醚彌 虋麋		
	非			
	敷	狓披 毿披		
	奉			
舌音	知	鼁知		
	徹	驪离 狸离 酨离		
	澄			
	娘			
牙音	見	鵸奇		
	溪			
	群	劤祇 穀祇 鵸奇		離輢
	疑	騶宜 觚宜		
齒音	精	孜茲 嵫茲		
	清	酬雌	伵此	
	從			
	心			
	邪			
	莊			
	初	猿衰		
	牀			
	疏			
	照	鷟支 蟄支		
	穿			
	神			
	審		姼侈	
	禪	徥匙	媞是	
喉音	影	蜠透		
	曉			
	匣			
	喻	柂移		
	爲	潙爲		
半舌	來	臝羸		臝離
半齒	日			

2. 脂　韻

聲類	聲母	平 脂	上 旨	去 至
唇音	幫			魮祕 柴祕 柴祕 泚比
	滂		狓披 毴披	
	並			湏鼻 泚比
	明 微			袜媚
	非			
	敷			
	奉			
舌音	知	胝秪		
	徹			
	澄			縔稚
	娘			
牙音	見		牟尢 牿尢 澬軌	擧季
	溪			
	群	鮫葵	鮫揆 醔揆	
	疑		嫨美	
齒音	精			
	清			
	從			
	心	芰綏 菱綏 葰綏 陵雖		觯四
	邪			
	莊			
	初			
	牀			
	疏	獅師 鰤師 猨衰		硪史
	照			
	穿			
	神			
	審	鴯尸		
	禪			

聲類	聲母			
喉音	影	蚜伊 蚜伊		鶍懿
	曉			
	匣			
	喻	雜惟 騤夷 猭夷 鮧夷 輮夷		鱐唯
	爲			

3. 之 韻

聲類	聲母＼韻調	平 之	上 止	去 志
唇音	幫		沘比	
	滂			
	並	沘比 蚍毗		
	明（微）			
舌音	知			躓質
	徹			
	澄			
	娘			
牙音	見	基基	𪁉己	
	溪			
	群	碁其 棊其		
	疑		𫢉擬 𪔣擬	
齒音	精		秄子	
	清			
	從			
	心	偲思		
	邪			
	莊			
	初			
	牀		㑢俟	
	疏			
	照		砧止	
	穿	踟蟲 㹃蟲		
	神			
	審	謘詩		
	禪			

喉音	影	藍醫	庿倚	
	曉		狶喜	
	匣			
	喻			
	爲			
半舌	來			
半齒	日	洏而		

4. 微　韻

聲類	韻調　聲母	平 微	上 尾	去 未
唇音	幫			
	滂			
	並			
	明　微	薇微	浘尾	鮇未
	非	騑非		鯡沸
	敷			蠚費
	奉			蠚費
牙音	見	蘎機　機機	改紀	泊聒　酤活
	溪		屺起	
	群			
	疑			
喉音	影	浓衣		浓衣　鬑尉
	曉	犟暉　羲希		驕饑　犥饑
	匣			酤活
	喻			
	爲	湋韋　潿韋　圍圍		猬胃
半舌	來		哩里	
半齒	日			

（四）遇　攝

1. 魚　韻

聲類	韻調　聲母	平 魚	上 語	去 御
舌音	知	豬豬		

	徹			
	澄	魻宁	魻宁	藸除
	娘			
牙音	見	岠居		玃據 㺉據
	溪	驢虛 芸袪	牽去	牽去
	群	蘽渠	舋巨 駏巨	
	疑			
齒音	精			
	清			
	從			
	心	猵胥		
	邪			
	莊			
	初	犁初	濋楚 隥楚	
	牀			
	疏			
	照	曙諸		
	穿			
	神			
	審			
	禪			薯署
喉音	影			
	曉			
	匣			
	喻		壄野	舉預 蕷預 澦預
	爲			
半舌	來			
半齒	日	蘩如		

2. 模 韻

聲類 \ 韻調 聲母	平 模	上 姥	去 暮
唇音 幫			庯布
滂			怖怖

聲類	聲母	平	上	去
	並	膊蒲		鯆步　駇步　輔步
	明 微		馬姥	
	非			
	敷			
	奉			
舌音	端			
	透			菟兔
	定	庩荼　鷵圖		泍渡　鍍度
	泥	駑奴	蝥弩	
	知			
	徹			
	澄			
	娘			
牙音	見	㼭孤	鸓賈	祻故　祻固
	溪			㗁袴
	群			貜渠
	疑	裑吳　禑吳		
齒音	精		咀祖	
	清			
	從			
	心	酥蘇		
	邪			
	禪			
喉音	影	鷌烏		
	曉	魼呼		
	匣	狐乎	湨昊	魱互
	喻			
	爲			
半舌	來		壚魯　塿魯　艫魯　潴魯	

3. 虞　韻

聲類　韻調 　　聲母		平 虞	上 麌	去 遇
唇音	幫			
	滂			

	並			
	明 微	鰂無 蛑舞 蟆舞	砥武	鶩務
	非	躰斧 奰夫	釜甫 魋甫	
	敷	獚孚 藪孚		
	奉	蔍符	峓父 馼父 鳲父	砆附
舌音	端			
	透			
	定			
	泥			
	知	戜誅 騹誅 竈株		貾註
	徹			
	澄			
	娘			
牙音	見	犰几	瓗矩	
	溪	岖區 嶇區		
	群	獷劬 驪瞿		
	疑			
齒音	精			
	清			
	從			
	心			
	邪	孖敘 涂斜		
	照	鵨朱		貾註 鞋注
	穿			
	神			
	審			
	禪			
喉音	影			螠縊
	曉	翊詡		
	匣			
	喻	褕臾 鵮臾		
	為	酐于		
半舌	來		纀縷	
半齒	日	濡儒		

（五）蟹　攝

1. 齊　韻

聲類	聲母	平 齊	上 薺	去 霽
舌音	端	堤低　猩鞮	狾抵	
	透		禮體　弟體	
	定	鞮提　蕛提　葮提　苐題		
	泥			
牙音	見			緒髻
	溪	屏溪　碁溪	棨啓	
	群			
	疑			
齒音	精		嚌濟	嚌濟
	清			
	從	齊齊	鱭薺	
	心	栖西　猥憲		織歲
	邪			
喉音	影	鷖翳		
	曉			
	匣	猱奚　媁奚　獬攜		陛惠
	喻			
	為			
半舌	來	黎犁	蠡禮	蛚麗
半齒	日			

2. 佳　韻

聲類	聲母	平 佳	上 蟹	去 卦
唇音	幫		另牌	
	滂			
	並			
	明微			
	非			
	敷			
	奉			

齒音	莊			
	初			
	牀	犲柴		
	疏			

3. 皆 韻

聲類	韻調 聲母	平 皆	上 駭	去 怪
牙音	見	喈皆		玠界 岕介 扴介 魀介 砎介 誡介
	溪			
	群			
	疑			

4. 灰 韻

聲類	韻調 聲母	平 灰	上 賄	去 隊
唇音	幫			
	滂			
	並	俳裴		茷佩
	明 微	媒梅 腜媒		酥妹
	非			
	敷			
	奉			
舌音	端	硾垍		
	透	鰖妥		
	定			瀩鐓
	泥			
	知			
	徹			
	澄			
	娘			
喉音	影	椳煨		
	曉			䙋悔
	匣	鴎回 鞹槐		薈潰 圚闠
	喻			
	爲			

半舌	來	畾雷　靁雷		
半齒	日			

5. 咍　韻

聲類	韻調 聲母	平 咍	上 海	去 代
舌音	端			
	透	台胎		
	定	鮐苔　臺臺		玳袋
	泥			
	知			
	徹			
	澄			
	娘			
牙音	見	荄該		
	溪	獱開		
	群			
	疑	騃獃		硋礙
喉音	影			
	曉			
	匣		頦亥	
	喻			
	為			

（六）臻　攝

1. 真　韻

聲類	韻調 聲母	平 真	上 軫	去 震	入 質
唇音	幫	虋賓			
	滂				
	並	蘋頻　蘋頻　纈頻			
	明 微	鳲珉　鶌珉	獮閔　鷩愍		
	知				
	徹				
	澄	陳陳			狄秩　鞏秩
	娘				

牙音	見				洁吉
	溪				鞊詰
	群				
	疑				
齒音	精			濇晉 嶯晉	
	清				
	從	榛秦			
	心				藤悉
	邪				
	莊				
	初			䠿欄	
	牀				
	疏	𦳥詵			
	照	硈眞		軔震	螳窒 䫕質
	穿				
	神				
	審				鞊室
	禪				
喉音	影	姻因			壹一
	曉				
	匣				
	喻		㢻引	㢻引	
	爲				
半舌	來				嵊栗
半齒	日			劧刃	舶日

2. 諄 韻

聲類 \ 韻調 聲母	平 諄	上 準	去 稕	入 術
牙音 見	夠匀			
溪	箘囷			
群				
疑				

		平	上	去	入
齒音	精				
	清				
	從				
	心	鈞荀			
	邪	揗旬			
	莊				
	初				
	牀				
	疏				
	照	鶉淳			
	穿				
	神				絉術
	審				
	禪	鶉淳			㳻述
喉音	影				
	曉				
	匣				
	喻	夠匀			緯聿　翻聿
	為		蚖尹		
半舌	來	輪淪　碖輪　掄倫			
半齒	日				

3. 臻　韻

聲類	韻調＼聲母	平	上	去	入
		臻			櫛
唇音	非				祔弗　猷弗　韍弗
	敷				
	奉				
	明　微				

4. 文　韻

聲類	韻調＼聲母	平	上	去	入
		文	吻	問	物
唇音	幫				
	滂				

聲類	聲母	平	上	去	入
	並				
明　微		紋文　蚊文		莬問	
	非				
	敷	芬紛			鰊佛
	奉				鰊佛
牙音	見	鯤君			
	溪				
	群	帬羣			
	疑				
喉音	影				礚鬱
	曉	劏喧			
	匣	鵑貟			
	喻				
	爲				

5. 欣　韻

聲類	韻調　聲母	平　欣	上　隱	去　焮	入　迄
牙音	見				
	溪				
	群				
	疑				舡仡
喉音	影				
	曉			駽謍	
	匣				
	喻				
	爲				

（七）山　攝

1. 元　韻

聲類	韻調　聲母	平　元	上　阮	去　願	入　月
牙音	見				蹶厥
	溪				灡闋　碣闋

聲類	聲母	平	上	去	入
	群				㦬概　灡闞　礑闞
	疑	鶹元			
齒音	精				
	清				
	從				
	心	瑄宣			
	邪				
	莊				
	初				
	牀				
	疏				
	照				
	穿				
	神				
	審				
	禪				
喉音	影	娩駕			
	曉	舘喧			
	匣				
	喻				薝謁
	為				蛆曰　蟻曰

2.　魂　韻

聲類	韻調\聲母	平\魂	上\混	去\慁	入\沒
舌音	端	犜敦			
	透				
	定	魨豚		㪃遁	
	泥				
	知				
	徹				
	澄				
	娘				

牙音	見	杲昆			惛骨 貃鷗
	溪				
	群				
	疑				艵兀 軏兀
齒音	精				
	清				
	從				
	心			鰥巽	
	邪				
喉音	影				
	曉				泋忽 豩忽
	匣	輼渾			貃鷗
	喻				
	爲				

3. 寒 韻

聲類 \ 韻調 聲母	平 寒	上 旱	去 翰	入 曷
唇音 幫			靽半	
滂				
並				
明 微			澗浼	酥妹 硃抹
非				
敷				
奉				
舌音 端		亶亶	鴠旦	
透				蟽達
定				蟽達
泥	鸂難			
知				
徹				
澄				
娘				

聲類	聲母				
牙音	見	瀚汗			騧葛　騳葛
	溪				
	群				
	疑			莌犴	
齒音	精				
	清			㶚粲　鶿粲　涴粲	
	從				
	心				
	邪				
喉音	影				
	曉		浑罕		
	匣	𪒠寒　𪒠韓	㻾旱	瀚汗	
	喻				
	為				
半舌	來	襴蘭			
半齒	日				

4. 桓　韻

聲類	聲母 韻調	平　桓	上　緩	去　換	入　末
唇音	幫				
	滂				
	並				鈹跋　駊跋
	明　微				
	非				
	敷				
	奉				
舌音	端				
	透	猯湍　猯湍			
	定				
	泥				
	知				
	徹				
	澄				
	娘				

牙音	見				
	溪		漱款		
	群				
	疑				
喉音	影				
	曉	氄歡			
	匣	澴桓 萱桓			
	喻				
	爲				

5. 刪 韻

聲類	韻調 聲母	平 刪	上 潸	去 諫	入 黠
唇音	幫	礛班			
	滂				
	並				
	明 微				
	非				
	敷				
	奉				
牙音	見				
	溪				
	群				
	疑			莧豻	
	莊				
	初				
	牀				
	疏			姍訕	
喉音	影	蠻彎		鷃晏	圠軋
	曉				
	匣	糫環			磆滑
	喻				
	爲				

6. 山　韻

聲類	聲母	平 山	上 產	去 襉	入 鎋
牙音	見	鰥鰥	醦簡		
	溪				
	群				
	疑				
	莊				
	初				
	牀				
	疏	刪山			
喉音	影				
	曉				
	匣		睍限		緳鎋
	喻				
	爲				

7. 先　韻

聲類	聲母	平 先	上 銑	去 霰	入 屑
唇音	幫				
	滂	扁偏			
	並		扁辮		
	明 微				
	非				
	敷				
	奉				
舌音	端				
	透				
	定	庿佃		庿佃	
	泥				
	知				
	徹				
	澄				
	娘				

牙音	見		沃畎		
	溪	緯牵 獛牵			
	群				
	疑				
齒音	精	轏牋 驡牋			
	清				
	從				
	心	狖先		狖先	
	邪				
喉音	影	駯燕		駯燕	
	曉		灦顯		
	匣	匄玄			
	喻				
	爲				

8. 仙　韻

聲類	韻調 聲母	平 仙	上 獮	去 線	入 薛
唇音	幫				
	滂				
	並	獽便			
	明 微				
	非				
	敷				
	奉				
舌音	知				滋輟 駤輟
	徹				
	澄				轍徹
	娘				
牙音	見				
	溪				
	群				榤桀
	疑				

聲類	聲母				
齒音	精		鸞錢		
	清	韉遷　鄟遷			
	從	鸞錢　葲泉　蜠泉			
	心	孅蘚　茁仙	渲選　孅蘚		絏泄
	邪				
	照				
	穿				
	神				
	審			牖扇	
	禪				
喉音	影				
	曉				
	匣	鵑負			
	喻		院充		
	爲				
半舌	來				鴷列
半齒	日	鷉然			

（八）效　攝

1. 蕭　韻

聲類	聲母	平	上	去
		蕭	篠	嘯
舌音	端	刁凋　蓨凋　碉凋　鵰彫		
	透			
	定	鰷條		碑掉　珧掉
	泥			
	知			
	徹			
	澄			
	娘			
牙音	見	隝繞		
	溪			
	群			
	疑			
半舌	來	嫽遼	醪了	
半齒	日			

2. 宵　韻

聲類	聲母	平 宵	上 小	去 笑
唇音	幫		藨表	
	滂			
	並	麃瓢		
	明　微	鶓苗		
	非			
	敷			
	奉			
舌音	端			
	透			
	定	硗迢　嵽晀		
	泥			
	知			
	徹			
	澄		佻兆	
	娘			
牙音	見	快決　砄決　狄決　礐決		
	溪			
	群			
	疑			
齒音	精			
	清			
	從			
	心	鞘宵　鵤消　翁消	魚少小	
	邪			
喉音	影	緮要		
	曉	快決　砄決　狄決　礐決		
	匣			
	喻			
	爲			

3. 肴　韻

聲類	韻調 聲母	平 肴	上 巧	去 效
唇音	幫			
	滂			
	並			
	明 微	髦髦		
	非			
	敷			
	奉			
舌音	端			
	透			
	定			
	泥			
	知	嘲嘲		
	徹			
	澄			
	娘			
牙音	見		狡狡	澩教
	溪		阶巧 寫巧	
	群			
	疑			
喉音	影			
	曉			孝孝
	匣	殽爻 薂爻 茭爻 破爻 狡狡 佼絞		
	喻			
	為			

4. 豪　韻

聲類	韻調 聲母	平 豪	上 皓	去 號
唇音	幫			
	滂			

聲類	聲母			
	並			
	明 微	氂毛		鷽冒
	非			
	敷			
	奉			
齒音	精			
	清			蜡造
	從	簹曹	淖卓 蜡造	
	心			
	邪			
喉音	影			䳡懊 鐭隩
	曉			
	匣	號豪	滈浩	
	喻			
	為			

（九）果　攝

1. 歌　韻

聲類	韻調 聲母	平 歌	上 哿	去 箇
唇音	幫	砵磻	砵磻	
	滂			
	並	縒婆 繁婆		
	明 微			
舌音	端			
	透			
	定	舵陀		
	泥			
	知			
	徹			
	澄			
	娘			

牙音	見	柯哥　蝸哥		
	溪			
	群			
	疑		硪我	
齒音	精			
	清			
	從	箷艖		
	心	杪沙		
	邪			

2. 戈　韻

聲類	聲母＼韻調	平 戈	上 果	去 過
舌音	端		襪朵	
	透		鯆妥	
	定			
	泥			
牙音	見			
	溪			
	群			
	疑	舿訛		
齒音	精			
	清			
	從			
	心	猿蓑	劖鎖	
	邪			
喉音	影			
	曉			
	匣			
	喻			
	為			
半舌	來	螺騾		
半齒	日			

（十）假 攝

麻韻

聲類	聲母	平 麻	上 馬	去 禡
唇音	幫	蟲巴 舥抐		
	滂			
	並			
	明 微		碼馬 驞馬	獁罵
	非			
	敷			
	奉			
舌音	知			
	徹			
	澄	嗏茶		
	娘			
牙音	見	迦加 枷加	鷣賈	
	溪			
	群			
	疑	厈牙		研訝
齒音	精			
	清			
	從			
	心		蟂寫	
	邪			
	莊			
	初	叙叉		
	牀			
	疏	杪沙		
	照		騬者	
	穿			
	神			
	審			
	禪		妁杓 墅野	

喉音	影			
	曉			鮏化
	匣			
	喻	獬邪　鯏耶		鵁夜　躱夜
	為			

（十一）宕　攝

1. 陽　韻

聲類	聲母＼韻調	平　陽	上　養	去　漾	入　藥
輕唇音	非	邡方			
	敷				
	奉				
	泥				
舌音	知	蟏張			
	徹				
	澄		杖丈		
	娘				
牙音	見				
	溪	浇羌			
	群				
	疑				
齒音	精				雦雀
	清				
	從				
	心	駌相		駌相	
	邪		鰺象		
	莊	妝莊			
	初				
	牀				
	疏				
	照		鞝掌		
	穿	齨昌		淌唱	
	神				
	審	鵁商　醔傷　蕩湯			
	禪	醤普			

喉音	影				
	曉				
	匣				
	喻	騴羊 暢羊	蘘養 鞾養	瀁漾	繪藥
	為				
半舌	來	悢涼 梁良	魎兩	悢涼	犣略 蟉略
半齒	日				

2. 唐 韻

聲類	韻調 聲母	平 唐	上 蕩	去 宕	入 鐸
唇音	幫				
	滂				絔粕
	並				
	明 微				園莫 廋莫 磽莫
	非				
	敷				
	奉				
舌音	端	鐺當 璫當		鐺當 璫當	
	透				
	定	糖唐			
	泥				
	知				
	徹				斮坼
	澄				欔擇
	娘				
牙音	見	魧剛			
	溪	礦康 蜣康			
	群				
	疑				顎愕 顎愕
齒音	精				
	清				
	從				岝昨 潲昨 絟昨
	心				藗索

		平	上	去	入
	邪				
	莊				
	初				
	牀		顲		
	疏				㰼_索
	照				
	穿				
	神				
	審				
	禪				
喉音	影				
	曉				
	匣	篁_皇　艎_皇			
	喻				
	爲				
半舌	來	輬_郎			鮥_洛　鵅_洛　䲜_落

（十二）梗　攝

1. 庚　韻

聲類	韻調 聲母	平 庚	上 梗	去 映	入 陌
唇音	幫				
	滂				舥_霸　礹_霸
	並	犤_彭			
	明　微				絔_百
	非				
	敷				
	奉				
舌音	端				
	透				
	定		㟄_霆		
	泥				
牙音	見	狹_庚			崞_郭　碱_摑　茖_格
	溪				硌_客
	群				㦴_屐
	疑				

齒音	精				
	清				
	從			崢爭	
	心				
	邪				
	莊				
	初				
	牀				
	疏	笙生 洼生 䲹生			
喉音	影	渶英 碤英			
	曉				
	匣	橫橫			
	喻				
	為			縈詠	

2. 耕　韻

聲類	韻調 聲母	平 耕	上 耿	去 諍	入 麥
唇音	幫				
	滂				
	並				
	明　微	茵盲 萱盲 䖟盲			
齒音	精				
	清				
	從	崢爭			
	心				
	邪				
喉音	影	圌泓			戹厄
	曉				
	匣	浤宏 浤宏 硡宏			
	喻				
	為				

3. 清　韻

聲類	聲母	平清	上靜	去勁	入昔
唇音	幫	笄井	鼈屏		
	滂				
	並			鮃平　評平	魾關
	明　微				
舌音	知	湞貞　湞貞			
	徹				
	澄				
	娘				
牙音	見				
	溪				
	群	焭瓊			
	疑				
齒音	精				鶺積
	清				
	從		妌靜		
	心				蒠悉
	邪				席夕
	莊				
	初				
	牀				
	疏				
	照	瞖征　臏征			
	穿				蚇尺
	神				
	審				
	禪	鵡成			銛石
喉音	影	瓔纓　攖嬰			
	曉				
	匣				
	喻	濚盈　瀯營			襗亦　斁亦　狱役
	爲				

4. 青 韻

聲類	聲母	平 青	上 迴	去 徑	入 錫
唇音	幫				鼊壁
	滂				
	並				
	明 微				蓂覓 蜆覓 䁵覓
	非				
	敷				
	奉				妁杓 酈蹢
舌音	端				
	透				趯惕
	定	嵉霆			滌迪 鸐苖
	泥				惄溺
	知				
	徹				
	澄				
	娘				
牙音	見				
	溪				
	群				
	疑				
齒音	精				
	清				鑿戚 鏨戚 鹻戚
	從				
	心	腥星			
	邪				
喉音	影				
	曉				
	匣	蛵刑 侀形			
	喻				
	爲				
半舌	來	鼕靈			瀝歷 靂歷 轣歷
半齒	日				

（十三）曾　攝

1. 蒸　韻

聲類	聲母	平 蒸	上 拯	去 證	入 職
唇音	幫				湢逼　驅逼　禪畢
	滂				鵯匹　鷗匹
	並				泌比
	明　微				
	非				
	敷				
	奉	凴馮			
舌音	知				
	徹				
	澄				崱直
	娘				
齒音	精				㮨即
	清				
	從				
	心				鶂息　醿桑
	邪				
	莊				汧仄
	初				
	牀				
	疏				嗇色
	照	䥫拯　軙拯　撜蒸　拯蒸	抍蒸	甑證	
	穿				
	神				
	審				
	禪				
喉音	影				
	曉				
	匣				
	喻				妖翼　庝弋
	為				箴域　鷈域　轆域

半舌	來				勳力 劓力 犳力
半齒	日	艿仍			

2. 登　韻

聲類	韻調 聲母	平	上	去	入
		登	等	嶝	德
舌音	端	豋登			
	透				
	定				犆特
	泥				
齒音	精				
	清				
	從				蠈賊
	心				
	邪	㣛繒			

（十四）流　攝

1. 尤　韻

聲類	韻調 聲母	平	上	去
		尤	有	宥
輕唇音	非		缹缶	䑧富
	敷			𡏯覆
	奉	烰浮 䃽浮 𤘺浮 𪀗浮	䳏婦 䲙婦	𡏯覆
舌音	知			
	徹	䣊抽		
	澄		葤紂	
	娘			
牙音	見		疚灸 𢼊久	疚灸
	溪		𣲚丘 𧲣丘	
	群	𢈈求 鯄求 䂬鯄	𩾓舅	
	疑			
齒音	精			
	清			
	從			
	心	鱃羞 蟰脩		

	邪		
	莊	㔿由　觸鄒	
	初	酨搊	
	牀		
	疏	毿搜	
	照	鰌舟　紬舟　𩲡周　騆周	犝帚　裯帚
	穿		
	神		
	審		
	禪	紬酬　鱸鱸	浸受　祹受　翿受	綬售
喉音	影	慶憂	
	曉		
	匣		
	喻	邌遙	
	爲	犹尤　郵尤　駥尤	
半舌	來	琉留　瑠留　霤流　鰡流　蟉流　騮流	㖽柳	
半齒	日	蝚柔	

2. 侯　韻

聲類	韻調　聲母	平　侯	上　厚	去　候
唇音	幫			
	滂			
	並			
	明　微			姆茂　姶茂　蝥牟　𧊛牟
	非			
	敷			
	奉			
舌音	端	兜兜　𨈬𨈬		
	透			
	定	𩾏投　毀投		𥁍豆　荳豆　梪豆　鋀豆　洆豆　梪豆　毥豆
	泥			

	牙音	見		豿苟 珣狗	
		溪		叩口 釦口	
		群			
		疑			
喉音		影			
		曉		犼吼	
		匣	睺侯		
		喻			
		爲			
半舌		來	嘍婁 塿婁 甊樓		
半齒		日			

3. 幽 韻

聲類	韻調 聲母	平 幽	上 黝	去 幼
牙音	見			
	溪			
	群	犓虯		
	疑			
喉音	影	呦幽		
	曉			
	匣			
	喻			
	爲			

（十五）深 攝

侵 韻

聲類	韻調 聲母	平 侵	上 寢	去 沁	入 緝
舌音	端				
	透				
	定				
	泥				
	知				馬埶

聲類	聲母				
	徹				
	澄				
	娘				
牙音	見				
	溪				
	群	縿紟		縿紟	
	疑				蔣炭
齒音	精				
	清				
	從				鑷集
	心				
	邪	𬇵尋			䚞習　艦習
半齒	日	雋壬　筌任　庄任			

（十六）咸　攝

1. 覃　韻

聲類	韻調 聲母	平 覃	上 感	去 勘	入 合
舌音	端				傝荅　韰荅
	透	濟貪			謦鎝
	定	庞覃　舡覃			鵠沓　龍龖沓
	泥				
牙音	見		灨感		
	溪		欿坎		
	群				
	疑				
喉音	影				
	曉	酓峆			
	匣				
	喻				
	爲				
半舌	來				㗁拉

2. 談　韻

聲類	韻調 聲母	平 談	上 敢	去 闞	入 盍
舌音	端				
	透		醓毯		
	定				
	泥				
	知				
	徹				毾㲪　毾㲪
	澄				
	娘				
牙音	見				
	溪				
	群				
	疑				
半舌	來		醴覽		繿臘　磼臘　臘臘

3. 鹽　韻

聲類	韻調 聲母	平 鹽	上 琰	去 豔	入 葉
舌音	知	覘霑			
	徹				
	澄				
	娘				
齒音	精				
	清				
	從		潛漸		
	心	獮纖			
	邪				
	照				
	穿				呫怗
	神				
	審				
	禪				

喉音	影		渰_奄		
	曉				
	匣				
	喻				
	爲				

4. 添　韻

聲類	韻調 聲母	平 添	上 忝	去 㮇	入 怗
舌音	端				
	透				蟄_帖　㩉_帖
	定				
	泥		唸_念		帘_捻
	知				
	徹				
	澄				
	娘				
牙音	見	鶼_兼			
	溪				
	群				
	疑				
喉音	影				
	曉				
	匣				荅_協
	喻				
	爲				

5. 咸　韻

聲類	韻調 聲母	平 咸	上 賺	去 陷	入 洽
牙音	見			艦_監　覽_監	
	溪				
	群				
	疑				

		平	上	去	入
	莊				
	初				戢插 貓插
	牀				
	疏				
喉音	影				
	曉				
	匣	騞咸 鸒咸 醎咸			
	喻				
	爲				

6. 銜 韻

聲類	聲母	平 銜	上 檻	去 鑑	入 狎
唇音	幫				
	滂				
	並	名陷 猷陷 騷陷			
	明 微				
牙音	見	艦監 剝監			
	溪				
	群				
	疑				
喉音	影				
	曉				
	匣		壏檻 轞檻 艦檻 玁檻		陜狎
	喻				
	爲				

7. 嚴 韻

聲類	聲母	平 嚴	上 儼	去 釅	入 業
輕唇音	非				
	敷				
	奉	舩凡			

牙音	見				砝劫　蚋劫
	溪				
	群				
	疑	籤嚴　灘嚴　玁嚴			鶂業　鱟業

8. 凡　韻

聲類	韻調 聲母	平 凡	上 范	去 梵	入 乏
輕唇音	非				
	敷			岠泛	
	奉		範犯　范犯　笵范 帆范　薝范	汎梵	

　　從上面所整理的表格可以發現今本《玉篇》韻部大部分和《廣韻》相同，但本文於此使用了較後期「韻攝」的觀念來做表格的分類，主要是由於今本《玉篇》中，已經可以看出有「韻攝」分界出現，加上先前提出的發現語音變化，如：神禪混切、止攝的相混等。這些都是由《廣韻》206 韻逐漸演變到 16 韻攝概念的形成。

第二節　音讀內容對立及分析

　　上一節已經將今本《玉篇》所出現的 1,188 例，根據四十一聲類、兩百零六韻的系統加以歸納，所得到的結果便能夠反映出今本《玉篇》直音的語音系統。

　　本節將今本《玉篇》直音字例對照於《廣韻》並且加以歸納及分析。由於《廣韻》及今本《玉篇》的編者群大部分相同，加上所刊行的時代亦十分地接近，所以《廣韻》與今本《玉篇》的收錄字雷同的比例亦大，這些同時存在的字例，所具有的音韻特色及其所代表的時代意義，更加能夠彰顯宋代時音的面貌。以下將今本《玉篇》與《廣韻》同時存在的直音字例，加以歸納並分析，並說明直音字例在今本《玉篇》與《廣韻》兩者之間的差異。

一、音讀內容呈現

　　今本《玉篇》與《廣韻》同時存在的直音字例有 403 例，不過這已經扣除

與《名義》同時存在的 281 例字例，也就是這 403 例是只限於同時出現在今本《玉篇》與《廣韻》之中。和《廣韻》並存的 403 條字例，類型分有兩種：一為正讀「音某」型的直音字例，另一為「正音某＋又音某」型的直音字例；正讀「音某」即指一字一音的標注方式，「正音某＋又音某」則指一字兩音的形式下，直音字或出現在正讀或出現在又讀，或兩者皆出現的情形。在今本《玉篇》三卷中分佈的情形如下：

〈表廿九〉今本《玉篇》與《廣韻》共有直音字例標音形式統計表

編號	直音字例分類	上 卷	中 卷	下 卷	總 計
1.	音某	29	85	150	264
2.	正音某＋又音某	43	54	42	139
	總計	72	139	192	403

由上表可知兩種類型都以上卷數量為最少，其次是中卷、最多的是上卷。「音某」型的直音字例，又以下卷最多，幾乎是上卷及上卷相加的字例總數的兩倍。反觀，「正音某＋又音某」型的直音字例在各卷的數量　還算是相當平均。

但為何「音某」型的直音字例在下卷會特別地多呢？應該是受到部首分配的影響，由於下卷的部首，多為器物、鳥獸蟲魚之名，這些部首字的增衍在宋代就呈現大幅的成長，這個現象，同時也反映出宋代社會經濟發達的現象。

以下就「音某」型與「正音某＋又音某」型兩大類，再以今本《玉篇》分上中下三卷，一一羅列出，並於表格之後以《廣韻》為對照的對象，以字例與直音字來相比，其中可以發現有今本《玉篇》與《廣韻》有所相異之處，以下便列表示之：

（一）「音某」型

〈表卅〉今本《玉篇》與《廣韻》共有字例：「音某」型（上卷）

編號	部首次第	字例	今本《玉篇》		《廣韻》	
			正讀	對應反切	字例反切	直音字反切 [註21]
1.	示部 3	繹	亦	以石切	羊益切	伊昔切

〔註21〕「直音字反切」是指今本《玉篇》的直音字在《廣韻》中的切語。

2.		縪	畢	俾謐切	卑吉切	卑吉切
3.	玉部 7	玽	狗	古后切	古厚切	古厚切
4.		瑄	宣	思元切	須緣切	須緣切
5.	土部 9	圠	軋	於黠切	烏黠切	烏黠切
6.		壏	檻	下斬切	胡黤切	胡黤切
7.		堉	育	余六切	余六切	余六切
8.	部 14	畾	雷	力回切	魯回切	魯回切
9.	黃部 15	黇	霑	知廉切	張廉切	張廉切
10.	邑部 20	鄻	遷	且錢切	七然切	七然切
11.	人部 23	倏	夙	思六切	息逐切	息逐切
12.	女部 35	嫅	溪	口兮切	胡雞切	胡雞切
13.		姻	因	於人切	於眞切	於眞切
14.		妗	久	居柳切	舉有切	舉有切
15.		姆	茂	莫遘切	莫候切	莫候切
16.		改	紀	居擬切	居理切	居理切
17.		嬍	美	亡鄙切	無鄙切	無鄙切
18.		媒	梅	莫回切	莫杯切	莫杯切
19.		婉	鴛	於元切	於袁切	於袁切
20.		妔	翼	余力切	與職切	與職切
21.	頁部 36	顎	愕	五各切	五各切	五各切
22.		顝	愕	五各切	五各切	五各切
23.	面部 41	靧	悔	呼對切	荒內切	荒內切
24.		靋	溺	無此字	奴歷切	奴歷切
25.	鼻部 46	齀	兀	五忽切	五忽切	五忽切
26.		齀	兀	五忽切	五忽切	五忽切
27.	齒部 59	齤	歷	郎的切	郎擊切	郎擊切
28.	口部 56	呦	幽	伊虯切	於虯切	於虯切
29.	傘部 78	傘	散	無此字	蘇旱切	蘇旱切又蘇汗切

以上 29 例，今本《玉篇》與《廣韻》所標示之音讀，皆相同。

〈表卅一〉今本《玉篇》與《廣韻》共有字例：「音某」型（中卷）

編號	部首次第	字例	今本《玉篇》		《廣韻》	
			正讀	對應反切	字例反切	直音字反切
1.	木部 157	楪	桀	奇列切	渠列切	渠列切
2.		棨	啓	口禮切	康禮切	康禮切
3.		柯	哥	古何切	古俄切	古俄切
4.		桨	木	莫穀切	莫卜切	莫卜切
5.	艸部 162	茖	格	柯額切	古伯切	古伯切
6.		葓	洪	胡工切	戶公切	戶公切
7.		茳	江	古雙切	古雙切	古雙切
8.		葰	綏	先唯切	息遺切	息遺切
9.		蒘	如	仁舒切	人諸切	人諸切
10.		蕖	渠	強魚切	強魚切	強魚切
11.		薹	臺	徒來切	徒哀切	徒哀切
12.		蘋	頻	毗賓切	符真切	符真切
13.		薵	登	都稜切	都滕切	都滕切
14.		菗	紂	除柳切	除柳切	除柳切
15.		芬	紛	孚云切	撫文切	撫文切
16.		萓	桓	胡端切	胡官切	胡官切
17.		薇	機	居衣切	居依切	居依切
18.		蔦	烏	於乎切	哀都切	哀都切
19.		茒	仙	司連切	相然切	相然切
20.		蔩	凋	丁聊切	都聊切	都聊切
21.		芿	仍	如陵切	如乘切	如乘切
22.		蔓	寢	且審切	七稔切	七稔切
23.		蔪	漸	慈斂切	慈染切	慈染切
24.		薯	署	常恕切	常恕切	常恕切
25.		蕷	預	餘據切	羊洳切	羊洳切
26.		蒸	悉	思栗切	息七切	息七切
27.		莩	符	父于切	防無切	防無切
28.		菱	綏	先唯切	息遺切	息遺切
29.		芰	綏	先唯切	息遺切	息遺切
30.		藪	孚	撫俱切	芳無切	芳無切

31.		蘋	頻	毗賓切	符眞切	符眞切
32.		蘍	爻	戶交切	胡茅切	胡茅切
33.		莬	問	亡糞切	亡運切	亡運切
34.		蘮	祇	巨支切	巨支切	巨支切
35.		薾	題	達兮切	杜奚切	杜奚切
36.		藑	瓊	渠營切	渠營切	渠營切
37.		甊	樓	落侯切	落侯切	落侯切
38.		莞	兗	俞轉切	以轉切、渠篆切	以轉切
39.		藨	表	碑矯切	陂嬌切	陂嬌切
40.		茷	佩	蒲對切	蒲昧切	蒲昧切
41.		萱	潰	胡對切	祛狶切、胡對切	胡對切
42.		藤	悉	思栗切	息七切	息七切
43.	竹部 166	簏	祿	力木切	盧谷切	盧谷切
44.	米部 200	糫	環	下關切	戶關切	戶關切
45.		粊	秘	悲冀切	兵媚切	兵媚切
46.		柴	秘	悲冀切	兵媚切	兵媚切
47.	鼓部 234	鼜	戚	千的切	倉歷切	倉歷切
48.		鼜	戚	千的切	力多切	倉歷切
49.		鼛	帖	他頰切	他協切	他協切
50.	豆部 236	餖	兜	當侯切	當侯切	當侯切
51.	瓦部 242	甋	容	俞鍾切	餘封切	餘封切
52.	壺部 252	壹	一	於逸切	於悉切	於悉切
53.	戈部 262	戣	誅	知俞切	陟輸切	陟輸切
54.	金部 269	鉐	石	市亦切	常隻切	常隻切
55.		鈸	跋	步末切	蒲撥切	蒲撥切
56.		釦	口	苦茍切	苦后切	苦后切
57.	車部 282	轄	唐	達當切	徒郎切	徒郎切
58.	舟部 283	舤	凡	扶嚴切	符咸切	符咸切
59.		觸	鄒	仄牛切	側鳩切	側鳩切
60.		艭	籠	力公切	力鍾切	力鍾切
61.		艒	習	似立切	似入切	似入切
62.		艪	魯	力古切	郎古切	郎古切
63.		舤	伏	扶腹切	房六切	房六切
64.	水部 285	滷	魯	力古切	郎古切、昌石切、徒歷切	郎古切

65.		渰	奄	倚檢切	衣儉切	衣儉切
66.		汰	泰	託賴切	他蓋切	他蓋切
67.		瀚	汗	古寒切	侯旰切	侯旰切
68.		泀	靷	余振切	羊晉切	羊晉切
69.		渲	選	先㳙切	息絹切	息絹切
70.		滌	迪	徒的切	徒歷切	徒歷切
71.		灨	感	古坎切	古禫切、古暗切	古禫切
72.		潷	韋	于非切	雨非切	雨非切
73.		潿	韋	于非切	雨非切	雨非切
74.		泒	孤	古乎切	古胡切	古胡切
75.		洏	而	人之切	如之切	如之切
76.		湢	逼	碑棘切	彼側切	彼側切
77.		沘	仄	壯力切	阻力切	阻力切
78.		潴	豬	徵居切	陟魚切	陟魚切
79.		浤	宏	胡萌切	戶萌切	戶萌切
80.		漸	軌	居美切	居洧切	居洧切
81.		汱	畎	古泫切	姑泫切	姑泫切
82.		洁	吉	居一切	居質切	居質切
83.		澦	預	餘據切	羊洳切	羊洳切
84.	鬼部 301	魎	兩	力掌切	良獎切	良獎切
85.	日部 304	昆	昆	古魂切	古渾切	古渾切

以上 85 例，有 84 例是屬於音讀相同，僅有 1 例「莧」，今本《玉篇》與《廣韻》的音讀表現是有相異之處，詳細的差異分析，將於下文討論之。

〈表卅二〉今本《玉篇》與《廣韻》共有字例：「音某」型（下卷）

編號	部首次第	字例	今本《玉篇》		《廣韻》	
			正讀	對應反切	字例反切	直音字反切
1.	山部 343	崱	直	除力切	除力切	除力切
2.		嵊	栗	力質切	力質切	力質切
3.	广部 347	麼	莫	無各切	慕各切	慕各切
4.		席	夕	辭積切	祥易切	祥易切
5.	石部 351	磎	溪	口兮切	苦奚切	苦奚切
6.		碁	其	巨之切	渠之切	渠之切又音基：居之切

7.		硠	輪	力均切	盧本切、盧困切	力迍切
8.		硁	爻	戶交切	胡矛切	胡矛切
9.		砩	武	亡禹切	文甫切	文甫切
10.		砑	訝	魚嫁切	吾駕切	吾駕切
11.		砃	迭	徒結切	徒結切	徒結切
12.		礣	鬱	於屈切	紆物切	紆物切
13.		硈	滑	戶八切	戶八切	戶八切
14.		礊	孰	市六切	殊六切	殊六切
15.		礆	戚	千的切	倉歷切	倉歷切
16.		礆	摑	古穫切	古獲切	古獲切
17.		砝	劫	居業切	居怯切	居怯切
18.		磬	篤	丁毒切	冬毒切	冬毒切
19.		礐	略	力灼切	離灼切	離灼切
20.	阜部 354	陫	裴	步回切	浮鬼切、扶涕切	符非切、薄回切
21.	馬部 357	驧	劬	渠俱切	其俱切	其俱切
22.		駏	巨	渠呂切	其呂切	其呂切
23.		驢	虛	丘居切	朽居切	朽居切
24.		馸	咸	胡讒切	胡讒切	胡讒切
25.		驕	邛	渠恭切	渠容切	渠容切
26.		駇	父	扶府切	扶雨切	扶雨切
27.		驕	餼	虛氣切	許既切	許既切
28.		駷	逐	除六切	直六切	直六切
29.		驥	跋	步末切	蒲撥切	蒲撥切
30.		駜	逼	碑棘切	彼側切	彼側切
31.		騮	流	呂州切	力求切	力求切
32.		駂	步	蒲故切	薄故切	薄故切
33.	牛部 358	牃	叶	胡牒切	胡頰切	胡頰切
34.		特	特	徒得切	徒得切	徒得切
35.		牚	拉	力苔切	盧合切	盧合切
36.		榛	秦	疾津切	匠鄰切	匠鄰切
37.		牪	峰	孚容切	敷容切	敷容切
38.		犔	餼	虛氣切	許既切	許既切
39.	羊部 360	攊	歷	郎的切	郎擊切	郎擊切
40.	犬部 364	杭	即	子弋切	子力切	子力切

41.		狇	母	無「母」字	莫厚切	莫厚切
42.		獅	師	所飢切	疏夷切	疏夷切
43.		犰	几	居履切	居履切	居履切
44.		狓	披	敷羈切	敷羈切	敷羈切
45.		猘	制	之世切	居例切	征例切
46.	豸部 366	㺊	衛	韋穢切	于歲切	于歲切
47.	龍部 381	瀧	龍	力恭切	力鍾切	力鍾切
48.	虎部 383	號	豪	戶刀切	胡刀切、胡到切	胡刀切
49.	豸部 385	豵	邕	於龍切	於容切	於容切
50.		貐	帚	之酉切	之九切	之九切
51.		貗	渠	強魚切	強魚切	強魚切
52.		豿	苟	公后切	古厚切、許角切	古厚切、紀力切
53.	鳥部 386	鵟	菘	思雄切	息弓切	息弓切
54.		鷓	落	郎閣切	盧各切	盧各切
55.		鷆	域	爲逼切	雨逼切	雨逼切
56.		鷜	縷	力主切	力主切	力主切
57.		鷡	無	武于切	武夫切	武夫切
58.		鳷	支	章移切	章移切	章移切
59.		鮐	苔	徒來切	徒哀切	徒哀切
60.		鷞	商	舒羊切	式羊切	式羊切
61.		鷌	馬	莫把切	莫下切	莫下切
62.		鷕	巧	口卯切	苦教切	苦教切
63.		鶝	父	扶府切	扶雨切	扶雨切
64.		鷃	晏	於諫切	烏澗切	烏澗切
65.		鶤	粲	且旦切	蒼案切	蒼案切
66.		魪	介	居薤切	古拜切	古拜切
67.		鷘	息	思力切	相即切	相即切
68.		䳞	力	呂職切	林直切	林直切
69.		鼻	力	呂職切	林直切	林直切
70.		鵸	奇、犄	居儀切、竭羈切／於綺切、巨義切	渠羈切	渠羈切、居宜切／於綺切、奇寄切、於義切
71.		鵺	業	魚劫切	魚怯切	魚怯切
72.		鰡	流	呂州切	力求切	力求切

73.		鱓	業	魚劫切	魚怯切	魚怯切
74.		鰷	條	徒彫切	徒聊切	徒聊切
75.		鮤	葵	渠追切	渠追切	渠追切
76.		鰤	師	所飢切	疏夷切	疏夷切
77.		鮶	君	居云切	舉云切	舉云切
78.		鱵	巽	先寸切	思卿切	蘇困切
79.		鮹	小	思悄切	私兆切	私兆切
80.		鱭	齊	在兮切	徂禮切	徂禮切
81.		鱉	愍	眉隕切	眉殞切	眉殞切
82.		魬	販	方万切	扶板切	方願切
83.		魱	互	胡故切	戶吳切	胡誤切
84.		魤	化	許罵切	呼霸切	呼霸切
85.		鯲	尉	於貴切	於胃切	於胃切
86.		鯡	沸	方味切	方味切	方味切
87.		鰈	奈	那賴切	奴帶切	奴帶切
88.		鮇	未	亡貴切	無沸切	無沸切
89.		鱌	象	似養切	徐兩切	徐兩切
90.	虫部 401	蛜	伊	於脂切	於脂切	於脂切
91.		蝌	侯	胡遘切	戶鉤切	戶鉤切
92.		蚥	甫	方禹切	方矩切	方矩切
93.		蜎	泉	自緣切	疾緣切	疾緣切
94.		螠	縊	於皷切	於賜切	於賜切
95.		蚇	尺	齒亦切	昌尺切	昌尺切
96.		蛠	劫	居業切	居怯切	居怯切
97.		蠈	賊	昨則切	昨則切	昨則切
98.		蜹	覓	莫狄切	莫狄切	莫狄切
99.		蝝	祿	力木切	盧谷切	盧谷切
100.		螺	騾	力戈切	落戈切	落戈切
101.		蚵	康	苦岡切	苦岡切	苦岡切
102.		蝚	柔	如周切	耳由切	耳由切
103.		蠐	支	章移切	章移切	章移切
104.		蠻	彎	於關切	烏關切	烏關切
105.		蝬	葼	子公切	子紅切	子紅切
106.		蛘	養	餘掌切	餘兩切	餘兩切

107.		螜	弩	奴戶切	奴古切	奴古切
108.		蟖	色	師力切	所力切	所力切
109.		蚖	尹	于準切	於準切	於準切
110.	黽部406	鼊	壁	補歷切	北激切	北激切
111.	貝部408	贙	欙	楚鎮切	初觀切	初觀切
112.		赴	朴	普角切	匹角切	匹角切
113.	羽部409	翽	臘	盧盍切	盧蓋切	盧蓋切
114.		狄	秩	除室切	直一切	直一切
115.		翻	聿	以出切	餘律切	餘律切
116.	皮部421	皵	荅	都合切	都合切	都合切
117.	革部423	韜	羊	余章切	與章切	與章切
118.		韀	牋	子田切	則前切	則前切
119.		韍	伏	扶腹切	房六切	房六切
120.		鞘	宵	思搖切	所交切、私妙切	相邀切
121.		韆	遷	且錢切	七然切	七然切
122.		靽	半	布旦切	博漫切	博漫切
123.		鞼	槐	戶灰切	求位切	戶乖切、戶恢切
124.		鞸	室	舒逸切	式質切	式質切
125.	韋部424	韃	注	之裕切	之戍切	之戍切
126.		韄	圻	恥格切	丑格切	丑格切
127.		韟	祕	悲冀切	兵媚切	兵媚切
128.	糸部425	緦	思	息茲切	息茲切	息茲切
129.		紋	文	亡分切	翁無切	翁無切
130.		縴	牽	口田切	苦堅切	苦堅切
131.		纈	頻	毗賓切	符眞切	符眞切
132.		緒	鐉	下戛切	胡瞎切	胡瞎切
133.		緯	聿	以出切	餘律切	餘律切
134.		䋲	昨	才各切	在各切	在各切
135.		縭	臘	盧盍切	盧盍切	盧盍切
136.		緻	稚	除致切	直立切	直立切
137.	巾部432	帬	臺	巨云切	渠云切	渠云切
138.		岕	介	居薤切	古拜切	古拜切
139.		幢	俸	補孔切	扶用切	扶用切
140.		紗	沙	素何切	彌遙切	所加切、所嫁切

141.		岞	昨	才各切	在各切	在各切
142.	衣部 435	橫	橫	胡觥切	戶盲切	戶盲切
143.		枞	鍾	之容切	職容切	職容切
144.	口部 468	圜	莫	無各切	慕各切	慕各切
145.	子部 527	孖	茲	子支切	子之切	子之切
146.	酉部 539	酥	蘇	先胡切	素姑切	素姑切
147.		醎	咸	胡讒切	胡讒切	胡讒切
148.		酲	征	之盈切	諸盈切	諸盈切
149.		醋	媒	莫回切	莫杯切	莫杯切
150.		酋	搊	楚尤切	楚鳩切	楚鳩切

以上 150 例，有 146 例是屬於音讀相同，有 4 例「鞘」、「炒」、「鞔」、「鵨」，今本《玉篇》與《廣韻》的音讀表現及數量上都有相異之處，詳細的差異分析，將於下文討論之。

（二）「正讀＋又讀」型

〈表卅三〉今本《玉篇》與《廣韻》共有字例：「正讀＋又讀」型（上卷）

編號	部首次第	字例	今本《玉篇》			《廣韻》	
			正讀	又讀	直音字對應反切	字例反切	直音字反切
1.	示部 3	祤	于矩切	訏	虛甫切	王矩切、況羽切	況羽切
2.	玉部 7	璹	渠營切又羊水切	畦	胡圭切	以睡切	戶圭切
3.	土部 9	堲	在力切	唧	子栗切	疾資切、資悉切、子力切、秦力切	資悉切、子力切
4.		坢	扶厥切	跋	步末切	房越切、蒲撥切	蒲撥切
5.		坓	蒲京切	病	皮命切	皮命切	皮命切
6.	里部 12	釐	力之切	禧	許其切	里之切	許其切
7.	邑部 20	邨	且孫切	豚	徒昆切	徒渾切、亦音村：比尊切	徒渾切
8.		鄇	胡豆切	侯	胡鉤切	戶鉤切	戶鉤切
9.		鄔	於古切	烏	於乎切	哀都切、安古切、依倨切	哀都切

10.		邮	與鳩切	笛	徒的切	以周切、徒歷切	徒歷切
11.		駖	莫霸切	馬	莫把切	莫下切、莫駕切	莫下切
12.		邪	以遮切	斜	徐呂切	以遮切、似嗟切	以遮切、似嗟切
13.	人部23	係	向計切	計	居詣切	古詣切	古詣切
14.		僩	下板切	簡	居限切	下赧切、又音簡	古限切
15.		弔	丁叫切	的	丁激切	多嘯切、又音的：都歷切	都歷切
16.		佛	孚勿切	弼	皮密切	符弗切	房密切
17.		倢	才獵切	接	子葉切	疾葉切	即葉切
18.	女部35	妃	芳菲切	配	普對切	芳菲切、滂佩切	滂佩切
19.		妁	之若切	杓	甫邊切	之若切、市若切	市若切
20.		姣	戶交切	狡	古卯切	胡茅切、古巧切	古巧切
21.		婬	是支切	侈	昌是切	是支切、承紙切、尺氏切	尺氏切
22.		娓	亡利、眉鄙二切	尾	無匪切	無匪切、明祕切、武悲切	五匪切
23.		嫋	以灼切	爍	式濁切	以灼切、書藥切	書藥切
24.		姪	徒結切	帙	除乙切	直一切、又音迭：徒結切	直一切
25.		妬	恥下、竹亞二切	珠	丹故切	丑下切、當故切、陟駕切	當故切
26.		婼	丑略切	兒	如支切	汝移切、人賒切、又惹、弱二音；丑略切、徹藥	汝移切
27.		嬙	在梁切	色	師力切	在良切、所力切	所力切
28.	頁部36	顆	靡卷切	俯	弗武切	方矩切、他弔切	方矩切
29.	目部48	瞑	眉田切	麵	亡見切	莫賢切、又音麵：莫甸切	莫甸切
30.		䁠	亡幸切	萌	麥耕切	武庚切、莫耕切、莫幸切、莫耕切	莫耕切
31.		瞸	火協切	牒	徒頰切	徒協切、呼牒切	徒協切
32.		瞴	口侯切	歐	於口切	烏侯切	烏侯切
33.	髟部65	髼	且代切	采	且在切	倉宰切、倉代切	倉宰切

34.	手部 66	撓	乃飽、乃教二切	蒿	呼豪切	呼豪切	呼本切
35.	骨部 79	髈	浦朗切	旁	步郎切	步光切、匹朗切	步光切
36.	肉部 81	膍	羊改切	與	余舉切	與改切	余呂切又余舉二音
37.	心部 87	愞	乃　切	線	思箭切	私箭切、奴協切	奴協切
38.		惹	人者切	若	如灼切	人者切、而灼切	人者切、而灼切
39.		懍	巨錦切	金	居音切	居吟切	居吟切
40.		懆	蘇勞切	草	七老切	蘇遭切、采老切	采老切
41.	言部 90	說	始悅切又余輟切	稅	尸銳切	舒芮切、弋雪切、失爇切	舒芮切
42.	冊部 107	扁	補淺切	篇、辯	匹連切／步殄切	芳連切、方典切、薄泫切、符善切	芳連切／薄泫切
43.	辵部 127	邎	以周切	遙	翼招切	餘昭切、以周切	餘昭切

以上 43 例，其中有 32 例，今本《玉篇》與《廣韻》所標之音讀同音，其餘的有 11 例，分別為「璕」、「烝」、「鼇」、「佛」、「係」、「郲」、「倢」、「嘔」、「髈」、「膍」、「扁」是在音讀上或是音讀數量上有所差異，詳細差異的分析，將於下文討論。

〈表卅四〉今本《玉篇》與《廣韻》共有字例：「正讀＋又讀」型（中卷）

編號	部首次第	字例	今本《玉篇》			《廣韻》	
			正讀	又讀	直音字對應反切	字例反切	直音字反切
1.	疒部 148	疒	女戹切	牀	仕良切	士莊切、尼戹切	士莊切
2.		瘉	弋乳切	俞	弋朱切	羊朱切、以主切	羊朱切
3.	歹部 150	殟	烏歿切	溫	於魂切	烏渾切、烏沒切	烏渾切
4.	穴部 154	窬	徒東切	洞	達貢、徒董二切	徒紅切	徒紅切
5.	木部 157	槥	為綴、才芮二切	歲	思惠切	相銳切、于遂切、祥歲切	相銳切
6.		朾	徒丁切	汀	他丁切	中莖切、宅耕切	他丁切

7.		杍	力子切	子	咨似切	即里切	即里切
8.		柣	馳栗切	佚	余一切	直一切、千結切	夷質切
9.	艸部 162	荄	古來切	皆	古諧切	古諧切、古哀切	古諧切
10.		蓼	力鞠切	了	力鳥切	盧鳥切、力竹切	盧鳥切
11.		虆	力垂切	累	力佳切	力追切	力委切、良僞切
12.		莆	蒲故切	蒲	薄胡切	薄胡切、蒲故切	薄胡切
13.		蕖	渠與切	渠	強魚切	強魚切、其呂切	強魚切
14.		蕍	庾俱切	育	余六切	羊朱切、余六切	余六切
15.		荑	大奚切	夷	弋脂切	以脂切、杜奚切	以脂切
16.		莓	亡救、亡佩二切	梅	莫回切	莫杯切、莫佩切、亡救切	莫杯切
17.		葶	都挺切	亭	大丁切	特丁切、都挺切	特丁切
18.		萷	子賤、子踐二切	前	在先切	子賤切	昨先切
19.		菏	乎哥切	柯	古合切	古俄切、胡歌切	古俄切
20.		菿	都角切	到	多報切	竹角切、陟孝切、都導切	都導切
21.		蒔	石至切	時	市之切	市之切、陟吏切	市之切
22.		蓫	抽陸切	逐	辭類切	直六切、許竹切、丑六切	直六切
23.		董	童	多動切	徒東切	徒紅切	徒紅切
24.		蕎	居妖切	喬	巨嬌切又居喬切	舉喬切、巨嬌切	舉喬切、巨嬌切
25.		薔	所力切	牆	疾將切	在良切、所力切	在良切
26.		蘢	盧功切	龍	力恭切	盧紅切、力鍾切	力鍾切
27.	竹部 166	籋	躡	捻	女涉切／乃協切	奴協切	泥輒切／奴協切
28.	米部 200	糔	息酉切	脩	息流切	息有切	息流切
29.		粞	桑來切	西	先兮切	先稽切、蘇來切	先稽切
30.	金部 269	錯	七各切	厝	千故切	倉故切、倉各切	倉故切、倉各切
31.		錍	匹米切	卑	補支切	府移切、匹迷切	府移切
32.		鏤	力俱切	漏	力豆切	力朱切、盧候切	盧候切

33.		鐼	扶分切	訓	許運切	符分切、許運切	許運切
34.		鐙	登	多鄧切	都滕切	都鄧切	無「登」字
35.		鈿	徒練切	田	徒堅切	徒年切、堂練切	徒年切
36.	水部285	沽	公奴切	顧	古布切	古胡切、公戶切、古暮切	古暮切
37.		泑	伊糾切	幽	伊虯切	於虯切、於糾切	於虯切
38.		滈	許角切	浩	胡道切	胡老切、許角切	胡老切
39.		滹	許乎切	滸	呼古切	荒烏切	呼古切
40.		澌	息咨切	賜	思漬切	斯義切	斯義切
41.		潏	古穴切	聿	以出切	食聿切、餘律切、古穴切	餘律切
42.		沏	資悉切	節	子結切	資悉切	子結切
43.		泌	步必切	祕	悲冀切	兵媚切、毗比切、鄙密切	兵媚切
44.		洋	以涼切	祥	似羊切	與章切、似羊切	似羊切
45.		淥	力木切	綠	力足切	盧谷切、力玉切	力玉切
46.		湓	丞寸切	盆	步魂切	蒲奔切、匹問切	蒲奔切
47.		灉	紆用切	雍	於容切	於容切、於用切	於容切
48.		澗	戶感切	閃	式斂切又居莧切又音閑：駭山切	失冉切	失冉切
49.		灛	戶感切	閃	戶感切	賞敢切、他紺切	失冉切、舒贍切
50.		漚	於候切	謳	於侯切	烏侯切、烏候切	烏侯切
51.		蕩	達朗切	湯	他郎切	吐郎切、徒朗切、他浪切	吐郎切
52.		瀌	扶彪切	鑣	彼苗切	甫嬌切、皮彪切	甫嬌切
53.		濼	力谷、力各二切	粕	普各切	盧谷切、普木切、博沃切、以灼切、盧各切、匹各切、郎擊切	匹各切
54.	韋部296	涷	都洞切	東	德紅切	德紅切、多貢切	德紅切

　　以上54例，其中有46例，今本《玉篇》與《廣韻》所標之音讀同音，其餘的有8例，分別為「窌」、「莆」、「籥」、「糧」、「滹」、「澌」、「沏」、「澗」是

在音讀上或是音讀數量上有所差異，詳細差異的分析，將於下文討論。

〈表卅五〉今本《玉篇》與《廣韻》共有字例：「正讀＋又讀」型（下卷）

編號	部首次第	字例	今本《玉篇》			《廣韻》	
			正讀	又讀	直音字對應反切	字例反切	直音字反切
1.	山部343	崔	才回切	催	且回切	倉回切、昨回切	昨回切
2.	馬部357	驋	北末切	潑	浦末切	北莫切	無「潑」字
3.		駈	力魚切	慮	力據切	力居切	良倨切
4.		騽	于逼切	淢	呼域切	雨逼切	況逼切
5.	牛部358	牰	烏后切	口	苦苟切	苦后切	苦后切
6.	犬部364	狌	所庚切	星	先丁切	所庚切	桑經切
7.		狿	丑延切	延	余旃切	予線切	以然切、予線切
8.		獩	五閒切	簡	居限切	五閑切	古限切
9.		狋	魚肌切	權	具員切	牛肌切、巨員切	巨員切
10.		獂	丸	元	胡官切／五袁切	愚袁切	胡官切／愚袁切
11.	豕部366	豽	裙	九云切	居云切	居運切	舉云切
12.	鹿部372	麤	古田切	罄	可定切	古賢切	苦定切
13.		麜	古田切	罄	可定切	古賢切	苦定切
14.	虎部383	艫	式六切	育	余六切	式竹切、余六切	余六切
15.		觷	徒登切	彤	徒多切	徒紅切、徒冬切、徒登切	徒多切
16.	鳥部386	鸀	徒角切	燭	之欲切	直角切	之欲切
17.		鶩	亡附切	目	莫六切	亡遇切、莫卜切	莫六切
18.		鷚	府袤切	煩	父員切	附袁切	附袁切
19.	魚部397	鮩	步杏切	並	毗茗切	蒲猛切、迥切、毗比切	蒲迥切
20.		鰿	倉合切	錯	七各切	七雀切	倉各切
21.		鰖	火嫣切	爲	于嫣切	蓮支切又許爲切	遠支切又王僞切
22.		鯖	倉經切	征	之盈切	諸盈切、倉經切	諸盈切
23.		鯢	額	頡	雅格切／紅結切	五陌切	五陌切／古黠切、胡結切

24.	虫部 401	蜈	異	弋	餘志切／夷力切	與職切	羊吏切／與職切
25.		蜎	官	綰	古丸切／烏版切	古滿切	古丸切／烏版切、烏患切
26.		蝃	知劣切	拙	之說切	都計切、職悅切	職悅切
27.		蝥	務	牟	亡句切／亡侯切	武夫切、莫交切、莫浮切、亡遇切	亡遇切／莫浮切
28.		蛑	*	牟	亡侯切	莫浮切	莫浮切
29.		蜓	大典切	廷	徒廳切、徒聽切	特丁切、徒典切、徒鼎切	徒典切、徒徑切
30.	黽部 406	鼩	其拘切	鉤	古侯切	其俱切、古侯切	古侯切
31.	毛部 416	氂	毛	犛、貓	莫刀切／莫交切／媒朝切	里之切、莫袍切	莫袍切／里之切、落哀切、莫交切／莫交切、武瀌切
32.	糸部 425	統	他綜切	桶	他董切	他綜切	他孔切、徒揔切
33.		絇	俱遇切	衢	近虞切	其俱切、九遇切	其俱切
34.		緐	扶元切	婆	蒲河切	附袁切、薄官切、薄波切	薄波切
35.	巾部 432	忓	許偃切	幹	柯旦切	古案切	古案切
36.	衣部 435	衹	之移切	岐	巨支切	章移切、巨支切	巨支切
37.	囗部 468	卣	酉	由	弋帚切／側持切	以周切、與久切	與久切／以周切
38.	子部 527	孛	薄背切	勃	蒲沒切	蒲昧切、蒲沒切	蒲沒切
39.	卯部 533	卯	子兮切	卿	去京切	莫飽切	去京切
40.	酉部 539	醍	他禮切	提	徒兮切	陟離切	是支切、杜奚切
41.		醋	措	才各切	且故切	倉故切	倉故切
42.		醍	他禮切	提	徒兮切	杜奚切、他禮切	是支切、杜奚切

以上 42 例，其中有 19 例今本《玉篇》與《廣韻》所標之音讀同音，其餘的有 23 例，分別爲「驋」、「騌」、「騴」、「犳」、「狌」、「狿」、「猸」、「獂」、「貚」、「麜」、「麛」、「鶓」、「鷃」、「鰆」、「鰈」、「蜈」、「蜎」、「統」、「卯」、

「醋」、「帄」、「繁」、「智」是在音讀上或是音讀數量上有所差異。若是比較今本《玉篇》與《廣韻》的音讀現象，其中兩者的字例音讀完全相同的有 358 例，這些些字例的音讀數量及音值相同，但反切用字不一定完全相同，在反切用字上今本《玉篇》傾向使用固定一群用字，《廣韻》所使用的反切用字就來得比今本《玉篇》要豐富許多。詳細差異的分析，將於下文討論。

以下將以這 403 例中在《廣韻》呈現的語音內容和今本《玉篇》對照，可以發現幾個現象，再來就今本《玉篇》內部而言，直音字例本身所具備的特色和前面所討論過從原本《玉篇》、《名義》以來，賦予直音字例的語音特色。以下將就這兩大部分加以討論。

二、與《廣韻》語音對應

這 403 例經過比較可以發現今本《玉篇》與《廣韻》所記載的語音有重複之處，儘管今本《玉篇》與《廣韻》各自記錄了幾種音讀，也就是兩者之間總會有一個音讀是相同的，但相對來說兩者還是有不同的地方，這也可能顯示了以直音字例來分析的今本《玉篇》語音系統，一定程度上反映了當時代的語音性質，或許也一定程度地矯正了《廣韻》通論南北的語音型態，或是說《廣韻》保存了較接近《切韻》的音讀。如「鞘」，今本《玉篇》：「鞘，音宵。鞭鞘。」〈革部 423〉，而《廣韻》有二音：所交切（疏肴平）、私妙切（心笑去）兩者聲母、韻調皆不同。

第二個區別在於音讀數的多寡，今本《玉篇》的字例，最多同時出現三種音讀，大部分是一種或兩種音讀，但《廣韻》則可以出現四種音讀以上，可見兩者對於音讀的選取標準不同，今本《玉篇》著重在當時的語音現象；《廣韻》則兼納了南北通音。

因此，在這共有的 403 例中，今本《玉篇》的直音字例與《廣韻》的語音對應，將分為三種類型：一為音讀對應相同，這必須連音讀數目及音值皆同。二為音讀對應部分相同，即指今本《玉篇》與《廣韻》因為音讀數量不同，但比對之後，必有相同的音讀出現。三是音讀對應完全不同，即指不論是音讀數量等同與否，兩者之間並無相同的音讀出現，以下就這三種類型，分別列表如下：

〈表卅六〉今本《玉篇》與《廣韻》音讀對應統計表

	音讀對應相同	音讀對應不同	音讀對應完全不同	總計
數量	357	34	14	403
比例	90.8%	7.3%	1.9%	100%

音讀相同的部分今本《玉篇》雖然以直音字例呈現，但檢索對照《廣韻》的切語可以發現聲韻調是一致的，故此處便不詳細討論而以下就音讀對應不同及音讀對應完全不同這兩個特色加以說明：

（一）音讀對應部分相同

本節一開始已經提過今本《玉篇》和《廣韻》刊行的時間十分接近，編者群成員也幾乎相同，但比對兩者的字例可以發現《廣韻》的音讀數量，比今本《玉篇》要多至少一個以上的音讀，也就是《廣韻》的音讀，除了已涵括今本《玉篇》所記錄的音讀外，還記錄了其他的音讀。

本文所對照《廣韻》的音讀，包括了今本《玉篇》中的被注字與直音字，若未細分被注字與直音字在《廣韻》的音讀，表示在《廣韻》中被注字與直音字同音；若有分，則表示被注字與直音字在《廣韻》中的音讀已有變化。

經過整理對照後，音讀對應不同的情形，共計有 34 例，以下依序討論之：

1.「𡎐」

今本《玉篇》：「𡎐，蒲京切，說文曰，地平也。亦作坪，又音病。」〈土部 9〉「𡎐」在今本《玉篇》標有兩音：蒲京切（並庚平）、又音「病」：皮命切（並映入）。

「𡎐」在《廣韻》的音讀：皮命切（並映入）。「𡎐」於今本《玉篇》中有兩音，然而在《廣韻》中僅有一音，而今本《玉篇》的又音與《廣韻》的音讀相同。

2.「釐」

今本《玉篇》：「釐，力之切，書傳云，釐，理也。方言云，貪也。蒼頡曰，賜也，亦祭魚肉也。又音禧。」〈里部 12〉「釐」字的兩個音讀爲：力之切（來之平）、又音「禧」，許其切（曉之平）。

「釐」在《廣韻》的音讀：里之切（來之平）。「釐」於今本《玉篇》中有

兩音，然而在《廣韻》中僅有一音，而兩者的正讀皆相同。

3.「郈」

今本《玉篇》：「郈，胡豆切，晉地名。又音侯。」〈邑部 20〉「郈」在今本《玉篇》標有兩音：胡豆切（匣候去）、又音「侯」：胡鉤切（匣侯平）。

「郈」在《廣韻》的音讀：戶鉤切（匣侯平）。「郈」在今本《玉篇》中有兩音，《廣韻》僅有一音，然今本《玉篇》的又讀與《廣韻》的讀音相同。

4.「係」

今本《玉篇》：「係，向記切。爾雅曰，繼也。又音計。」〈人部 23〉，「係」在今本《玉篇》中有兩音：向記切（曉霽去）、又音「計」：居詣切（見霽去）。「係」

「係」在《廣韻》的音讀：古詣切（見霽去）。「係」在今本《玉篇》中有兩音，《廣韻》僅有一音，然今本《玉篇》的又讀與《廣韻》的讀音相同。

5.「佛」

今本《玉篇》：「佛，孚勿切，仿佛也，又符弗切，又音弼。」〈人部 23〉，「佛」三種音讀：孚勿切（奉櫛入）、符弗切（奉物入），弼，皮密切（並質入）。

「佛」在《廣韻》中的音讀：符弗切（奉物入），「佛」在今本《玉篇》中有三種音讀，於《廣韻》中僅有一種音讀，而兩者的正讀皆相同。

6.「倢」

今本《玉篇》：「倢，才獵切。詩云，征夫倢倢，倢倢，樂事也。本亦作捷，又音接，倢伃也。」〈人部 23〉「倢」有兩音：才獵切（從葉入）、又音「接」，子葉切（精葉入）。

「倢」在《廣韻》的音讀：疾葉切（從葉入），今本《玉篇》的正讀與《廣韻》相同，但今本《玉篇》標有兩種音讀。

7.「𥇴」

今本《玉篇》：「𥇴，口侯切，又音歐。」〈目部 48〉「𥇴」在今本《玉篇》有兩音：口侯切（溪侯平）、又音「歐」：於口切（影侯平）。

「𥇴」在《廣韻》的音讀：烏侯切（影侯平）。「𥇴」在今本《玉篇》中有兩音，《廣韻》僅有一音，然今本《玉篇》的又讀與《廣韻》的讀音相同。

8.「髈」

今本《玉篇》:「髈，浦朗切，股也。又音旁，脅也。」〈骨部 79〉「髈」在今本《玉篇》中有兩音:浦朗切（滂蕩上）、又音旁，步郎切（並唐平）。

「髈」在《廣韻》有兩音:步光切（並唐平）、匹朗切（滂蕩上）。「髈」在今本《玉篇》標浦朗切與《廣韻》同音。另一音，步郎切與步光切，則僅有開合之別。

9.「腴」

今本《玉篇》:「腴，羊改切，肥也。又音與。」〈肉部 81〉「腴」在今本《玉篇》中有兩音:羊改切（喻海上）、又音「與」，余舉切（喻語上）。

「腴」在《廣韻》的音讀:與改切（喻海上）。「腴」在今本《玉篇》中有兩音，《廣韻》僅有一音，然兩者的正讀皆相同。

10.「窗」

今本《玉篇》:「窗，徒東切，通耤也，又音洞。」〈穴部 154〉在今本《玉篇》有兩音:徒東切（定東平），又音「洞」達貢切（透送去）、徒董切（定董上）。

「窗」在《廣韻》的音讀:徒紅切（定東平）。「窗」在今本《玉篇》中有兩音，《廣韻》僅有一音，然兩者的正讀皆相同。

11.「葥」

今本《玉篇》:「葥，子賤、子踐二切，王蕘草，可爲帚，又音前。」〈艸部 162〉在今本《玉篇》有三音:子賤切（精線去）、子踐切（精獮上）、又音「前」在先切（從先平）。

「葥」在《廣韻》的音讀:子賤切（精線去）。「葥」在今本《玉篇》中有三音，《廣韻》僅有一音，然兩者有子賤切的音讀是相同的。

12.「莌」

今本《玉篇》:「莌，音兖。壅養苗也。」〈艸部 162〉「兖」今本《玉篇》:俞轉切（喻獮上）。

「莌」在《廣韻》標有二音:以轉切（喻獮上）、渠篆切（群獮上）。「莌」在今本《玉篇》中僅有一種音讀，《廣韻》標有兩音，然兩者有俞轉切／以轉切的音讀是相同的。

13. 「簃」

今本《玉篇》：「簃，音躡，箌也。又音捻。」〈竹部 166〉「簃」在今本《玉篇》中有兩音：音「躡」女涉切（娘葉入）、又音「捻」乃協切（泥怗入）。

「簃」在《廣韻》的音讀：奴協切（泥怗入）。「簃」在今本《玉篇》中有兩音，《廣韻》僅有一音，且今本《玉篇》的又讀與《廣韻》音讀相同。

14. 「糔」

今本《玉篇》：「糔，息酉切，又音脩。」〈米部 200〉「糔」在今本《玉篇》中有兩音：息酉切（心有上），又音「脩」息流切（心尤平）。

「糔」在《廣韻》的音讀：息有切（心有上）。「糔」在今本《玉篇》中有兩音，《廣韻》僅有一音，且兩者的正讀皆相同。

15. 「滹」

今本《玉篇》：「滹，許乎切，水進也，又音滸。」〈水部 285〉許乎切（曉模平）。又音「滸」呼古切（曉姥上）。

「滹」在《廣韻》的音讀：荒烏切（曉模平）。「滹」在今本《玉篇》中有兩音，《廣韻》僅有一音，然兩者的正讀皆相同。

16. 「澌」

今本《玉篇》：「澌，息咨切，水名，又音賜，水盡。」〈水部 285〉「澌」今本《玉篇》標有兩音：息咨切（心脂平）、又音「賜」思漬切（心寘去）。

「澌」在《廣韻》的音讀：斯義切（心寘去）。「澌」在今本《玉篇》中有兩音，《廣韻》僅有一音，然今本《玉篇》的又讀與《廣韻》音讀相同。

17. 「沏」

今本《玉篇》：「沏，資悉切，又音節，水出也。」〈水部 285〉「沏」今本《玉篇》標有兩音：資悉切（精質入）、又音「節」：子結切（精屑入）。

「沏」在《廣韻》的音讀：資悉切（精質入）。「沏」在今本《玉篇》中有兩音，《廣韻》僅有一音，然兩者的正讀皆相同。

18. 「澗」

今本《玉篇》：「澗，戶感切，流摵，又音閃。」〈水部 285〉「澗」在今本《玉篇》標有兩音：戶感切，（匣感上）、又音「閃」：式斂切（審琰去）、又居莧切（見襉去）、又音「閑」：駭山切（匣山平）。

「潣」在《廣韻》的音讀：失冉切（審琰去）。「潣」在今本《玉篇》中有兩音，《廣韻》僅有一音，且今本《玉篇》的又讀與《廣韻》音讀相同。

19.　「𩦱」

今本《玉篇》：「𩦱，北末切，馬走，又音潑。」〈馬部 357〉。在今本《玉篇》有兩音：北末切（幫末入）、又音「潑」浦末切（滂末入）。

「𩦱」在《廣韻》的音讀：北莫切（幫末入），但《廣韻》無潑字。「𩦱」在今本《玉篇》中有兩音，《廣韻》僅有一音，然兩者的正讀皆相同。

20.　「驉」

今本《玉篇》：「驉，力魚切，又音慮。」〈馬部 357〉。在今本《玉篇》有兩音：力魚切（來魚平）、又音「慮」力據切（來御去）。

「驉」在《廣韻》的音讀：力居切（來魚平）。「驉」在今本《玉篇》中有兩音，《廣韻》僅有一音，然兩者的正讀皆相同。

21.　「騔」

今本《玉篇》：「騔，于逼切，馬名，又音淢。」〈馬部 357〉。在今本《玉篇》中有兩音：于逼切（為職入）、又音「淢」，呼域切（曉職入）。

「騔」在《廣韻》的音讀：雨逼切（為職入）。「騔」在今本《玉篇》中有兩音，《廣韻》僅有一音，然兩者的正讀皆相同。

22.　「牰」

今本《玉篇》：「牰，烏后切，又音口。」〈牛部 358〉「牰」在今本《玉篇》有兩音：烏后切（影厚上）、又音「口」苦茍切（溪厚上）。

「牰」在《廣韻》的音讀：苦后切（溪厚上）。「牰」在今本《玉篇》中有兩音，《廣韻》僅有一音，然今本《玉篇》的又讀與《廣韻》音讀相同。

23.　「狌」

今本《玉篇》：「狌，同上。」即同「猩」，「猩，所庚切，猩猩如狗，面似人也，又音星，犬吠聲。」〈犬部 364〉「狌」在今本《玉篇》有兩音：所庚切（疏耕平）、又音「星」先丁切（心青平）。

「狌」在《廣韻》的音讀：所庚切（疏耕平）。「狌」在今本《玉篇》中有兩音，《廣韻》僅有一音，然兩者的正讀皆相同。

24.「㹫」

今本《玉篇》:「㹫,五閒切,又音簡,犬爭皃。」〈犬部 364〉「㹫」在今本《玉篇》中有兩音:五閒切(疑山平)、又音「簡」[註22]:居限切(見產上)。

「㹫」在《廣韻》的音讀:五閑切(疑山平)和《玉篇》五閒切相同。「㹫」在今本《玉篇》中有兩音,《廣韻》僅有一音,且兩者的正讀皆相同。

25.「獌」

今本《玉篇》:「獌,音丸,豕屬,又音元。」〈犬部 364〉「獌」在今本《玉篇》有兩音:音「丸」胡官切(匣桓平)、又音「元」五袁切(疑元平)。

「獌」在《廣韻》的音讀:愚袁切(疑元平),和「元」同音。「獌」在今本《玉篇》中有兩音,《廣韻》僅有一音,且今本《玉篇》的又讀與《廣韻》的音讀相同。

26.「麍」、「麜」

今本《玉篇》:「麍,古田切,鹿絕有力也,又音磬。」〈鹿部 372〉「麜,同上。」〈鹿部 372〉即同「麍」,故此處「麍」、「麜」兩字合併討論。「麍」在今本《玉篇》有兩音:古田切(見先平)、又音「磬」可定切(溪徑去)。

「麍」在《廣韻》的音讀:古賢切(見先平)。「麍」、「麜」在今本《玉篇》中有兩音,《廣韻》僅有一音,且兩者的正讀皆相同。

27.「鴲」

今本《玉篇》:「鴲,府表切,又音煩。」〈鳥部 386〉「鴲」在今本《玉篇》有兩音:府表切(非元平)、又音「煩」:父員切(奉元平)。

「鴲」在《廣韻》的音讀:附袁切(奉元平)。「鴲」在今本《玉篇》中有兩音,《廣韻》僅有一音,且今本《玉篇》的又讀與《廣韻》的音讀相同。

28.「鵸」

今本《玉篇》:「鵸,奇、輢二音,鳥名也。」〈鳥部 386〉「鵸」在今本《玉篇》有兩音:「奇」居儀切(見支平)、竭羈切(群支平)。「輢」於綺切(影覺入)、巨義切(群寘去)。

〔註22〕在今本《玉篇》中「閒」、「間」兩字常常相混,且形音密切,故「簡」會寫成「簡」。因此,「㹫,五閒切,又音簡。」「簡」與「㹫」可視為具有相同聲符的關係。

「鵝」在《廣韻》的音讀：渠羈切（群支平）。「鵝」在今本《玉篇》中有
兩音，《廣韻》僅有一音，且兩者有相同的讀音同時存在。

29.「鰼」

今本《玉篇》：「「鰼，倉合切，又音錯。」〈魚部397〉「鰼」在今本《玉篇》
有兩音：倉合切（清合入）、又音「錯」：七各切（清鐸入）。

「鰼」在《廣韻》也有兩音：七雀切（清藥入）、倉各切（清鐸入）。今本
《玉篇》的正讀與《廣韻》的韻部不同，一為合韻，一為藥韻；但今本《玉篇》
的又讀和《廣韻》音讀相同。

30.「鰃」

今本《玉篇》：「鰃，音額又音頡，魚。」〈魚部397〉「鰃」在今本《玉篇》
有兩音：音「額」雅格切（疑陌入）、又音「頡」紅結切（匣屑入）。

「鰃」在《廣韻》的音讀：五陌切（疑陌入）。「鰃」在今本《玉篇》中有
兩音，《廣韻》僅有一音，但兩者的正讀皆相同。

31.「螚」

今本《玉篇》：「螚，音異，又音弋，蟲。」〈虫部401〉「螚」在今本《玉
篇》中有兩音：音「異」餘志切（喻志去）、又音「弋」夷力切（喻職入）。

「螚」在《廣韻》的音讀：與職切（喻職入）。「螚」在今本《玉篇》中有
兩音，《廣韻》僅有一音，但今本《玉篇》的又讀與《廣韻》相同。

32.「統」

今本《玉篇》：「統，他綜切，又音桶，總也。」〈糸部425〉「統」在今本
《玉篇》中有兩音：他綜切（透宋去）、又音「桶」他董切（透董上）。

「統」在《廣韻》的音讀：他綜切（透宋去）。「統」在今本《玉篇》中有
兩音，《廣韻》僅有一音，且兩者的正讀皆相同。

33.「繁」

今本《玉篇》：「繁，扶元切，多也，盛也。又音婆，姓也。」〈糸部425〉
「繁」在今本《玉篇》有兩音：扶元切（奉元平）、又音「婆」：蒲河切（並歌
平）。

「繁」在《廣韻》有三音：附袁切（奉元平）、薄官切（並桓平）、薄波切
（並戈平）。今本《玉篇》正讀與《廣韻》有相同的音讀，其餘則有韻調不同，

一爲歌韻，一爲戈韻，是開合之別。

34.「醋」

今本《玉篇》：「醋，才各切，報也，進酒於客曰獻，客荅主曰醋。今音措。」〈酉部 499〉「醋」在今本《玉篇》中有兩音：才各切（從鐸入）、今音「措」且故切（清暮去）。

「醋」在《廣韻》的音讀：倉故切（清暮去）。「醋」在今本《玉篇》中有兩音，《廣韻》僅有一音，然今本《玉篇》的今音與《廣韻》音讀相同。

而以上所列的 35 例所呈現的情形，有 21 例是《廣韻》與今本《玉篇》的正讀同音，分別是：「鰲」、「倛」、「髈」、「腜」、「窩」、「萷」、「茪」、「糫」、「澕」、「汒」、「駿」、「騃」、「駴」、「狌」、「獮」、「麂」、「霹」、「鵠」、「鰈」、「統」、「繁」。

今本《玉篇》的又讀與《廣韻》同音，其中有 14 例，分別是：「至」、「佛」、「係」、「徚」、「嘔」、「繭」、「漸」、「潤」、「犯」、「獂」、「鸏」、「鮓」、「蟆」、「醋」，約佔超過一半的數量。

可見今本《玉篇》所收錄之正讀與又讀都是具有普遍性的音讀，而非是某一地區的方言現象，這也表現出編者在面對語音取捨時，對於字例音讀選擇時的直覺語感。

（二）音讀對應完全不同

音讀對應完全不同的部分指的是今本《玉篇》與《廣韻》對於同樣的字例所標示的音讀不完全相同，甚或完全不同；有些今本《玉篇》有兩音的字例，《廣韻》卻只有一個讀音，或今本《玉篇》僅有一音的字例，《廣韻》卻有兩種音讀以上，但不同的部分，仔細比較可以發現有聲韻調部分相近的部分，或兩者的音讀，在聲韻調上都有不同程度的差異，在今本《玉篇》與《廣韻》音讀不同的字例，據統計共有 14 例，以下將逐一說明。

1.「瓃」

今本《玉篇》：「瓃，同上〔註23〕，又音畦，又羊水切，美貌。」〈玉部 7〉

〔註23〕《玉篇》中常可以見到「同上」，意思是表示和之前介紹的字的意義及語音是相同的，若有其他語音的情形，則標以「又某某切」及「又音某」。

「瓗」共有三種音讀，渠營切（群清平）、又音畦：胡圭切（匣齊平），又羊水切（喻旨上）。《廣韻》，「瓗」僅有一音，以睡切（喻寘去）。今本《玉篇》的又讀與《廣韻》音讀相近，僅有聲調上去之別，但今本《玉篇》比《廣韻》的音讀數要多兩音。

2. 「扁」

今本《玉篇》：「扁，補淺切，署門戶之文也，又音篇，音辯。」〈冊部 107〉「扁」在今本《玉篇》有三音：補淺切（幫獮上）、又音「篇」：匹連切（滂仙平）、音「辯」：步殄切（並銑上）。「扁」在《廣韻》有四音：芳連切（滂仙平）、方典切（幫銑上）、薄泫切（並銑上）、符善切（並獮上）。今本《玉篇》與《廣韻》同時有一個同音：匹連切（芳連切）。《廣韻》又比今本《玉篇》多一音，且比較其他的音讀，可以發現聲母、韻調相近，但仍有不同。

3. 「狿」

今本《玉篇》：「狿，丑延切，又音延。」〈犬部 364〉「狿」在今本《玉篇》有兩音：丑延切（徹仙平），又音「延」：余旃切（喻仙平）。「狿」在《廣韻》僅有一音，予線切（為線去）。今本《玉篇》與《廣韻》的聲母不同，今本《玉篇》與《廣韻》聲母發音部位相同，韻調則是相承。

4. 「豽」

今本《玉篇》：「豽，音裙，又九云切。」〈豸部 366〉「豽」在今本《玉篇》有兩音：音「裙」居云切（見文平）、又九云切（見文平）。「豽」在《廣韻》：居運切（見問去）。今本《玉篇》與《廣韻》的韻調不同。

檢索《廣韻》「裙」標舉云切（見文平），可見今本《玉篇》與《廣韻》皆認為「裙」字屬文韻。另一方面，今本《玉篇》與《廣韻》對於聲符為「君」的字群，多半分佈於文韻與問韻之間，也就是从「君」得聲的字，不是屬文韻便是問韻。如；「宭」：九文、仇文二切、「涒」：他昆切（透問去）、「捃」：居運切（見問去）。

值得注意的是今本《玉篇》雖用直音與反切來標示「豽」的兩個音讀，但經過分析卻發現兩個音讀的音值是相同的，查索《廣韻》問韻中，有一字「攟」與「豽」字同音，且「攟」字下有「捃，同上。」可見在《廣韻》中「攟」、「捃」音義相同，僅有字形之別，因此，有可能是今本《玉篇》誤將

「捃」寫爲「桾」，而造成偏旁訛誤的情形。

5.「鸇」

今本《玉篇》：「鸇，徒角切，山鳥也，又音燭，鸇鵴鳥。」〈鳥部 386〉「鸇」在今本《玉篇》有兩音：徒角切（定覺入）、又音「燭」：之欲切（照燭入）。「鸇」在《廣韻》的音讀：直角切（澄覺入）。「燭」在《廣韻》的音讀：之欲切（照燭入）。今本《玉篇》的正讀與《廣韻》的聲母不同，一爲定母，一爲澄母。

6.「蜎」

今本《玉篇》：「蜎，音官又音綰。」〈虫部 401〉「蜎」在今本《玉篇》有兩音：音「官」古丸切（見桓平）、又音「綰」烏版切（影潸上）。「蜎」在《廣韻》僅有一音：古滿切（見緩上）。今本《玉篇》與《廣韻》的韻調不同，且《廣韻》的音讀數較少。

7.「鞘」

今本《玉篇》：「鞘，音宵。鞭鞘。」〈革部 423〉「宵」在今本《玉篇》標思搖切（心宵平）。「鞘」《廣韻》有二音：所交切（疏肴平）、私妙切（心笑去）。今本《玉篇》與《廣韻》的聲母、韻調皆不同。

8.「鞔」

今本《玉篇》：「鞔，音槐。鬼布。」〈革部 423〉「鞔」在今本《玉篇》標音「槐」戶灰切（匣灰平）。「鞔」在《廣韻》標：求位切（群至去）。今本《玉篇》與《廣韻》的聲母及韻調不同，一爲匣母，一爲群母。韻調，則一爲灰韻、一爲至韻。

9.「帉」

今本《玉篇》：「帉，音沙，細絲。」〈巾部 432〉「沙」今本《玉篇》：素何切（心歌平）。「帉」《廣韻》彌遙切（明宵平）；「沙」有兩音：所加切（疏麻平）、所嫁切（疏禡去）。今本《玉篇》與《廣韻》的聲母、韻調皆不同。

10.「帟」

今本《玉篇》：「帟，同上，又音幹，布袋。」〈巾部 432〉「帟」在今本《玉篇》有兩音：同「幰」許偃切（曉阮上）、又音「幹」：柯旦切（見翰去）。「帟」、「幹」兩字於《廣韻》同音：古案切（見翰去）。今本《玉篇》與《廣韻》的

聲母、韻調皆不同。

11.「卯」

今本《玉篇》:「卯,子兮切,又音卿。」〈卯部533〉「卯」在今本《玉篇》有兩音:子兮切（精齊平）、又音「卿」去京切（溪耕平）。「卯」在《廣韻》僅有一音:莫飽切（明巧上）。今本《玉篇》與《廣韻》的聲母、韻調皆不同。

12.「醬」

今本《玉篇》:「醬,同上。」〈酉部539〉即同「醍,他禮切,酒紅色,又音提。」故「醬」字在今本《玉篇》標有兩音:他禮切（透薺上）、又音「提」徒兮切（定齊平）。「醬」在《廣韻》僅有一音:陟離切（知支平）。今本《玉篇》與《廣韻》的聲母、韻調皆不同。

在這12例中可以發現到,今本《玉篇》和《廣韻》的音讀現象的差異,除了「鰌」字分屬合韻與藥韻的不同、「鞁」字分屬灰韻與至韻的不同及「卯」、「杪」字的聲母與韻調相距較遠,難以解釋之外,其餘的例子。可以看到有牙與喉音混用、精系與莊系混用、端系與知系不分、歌韻與戈與開合對立、定母與澄母混切、之韻與齊韻的混切;聲調部分,有平、去聲的相承、平、上聲的相承,可以看到,平聲不與入聲發生關係。

牙、喉音的混用,主要從「瓃」字可以看到。今本《玉篇》標聲母為匣母,《廣韻》則標喻母,喻母在中古標為零聲母,因為聲母已經失落,在方言中也屬零聲母,今本《玉篇》標匣母,在中古匣母屬次濁喉音,但對應《廣韻》零聲母,推想可能是匣母已經進入弱化為零聲母的開端。

由「醬」字來看可看出端系與知系不分,與之、齊韻的混用。「醬」字今本《玉篇》屬透母薺韻,《廣韻》屬知母支韻。看似今本《玉篇》保留較古的語音,到了《廣韻》端系與知系已經分離,故標為知母,是屬存古的現象。但透過分析擬音便知,今本《玉篇》擬為[tiɛi],《廣韻》擬為[θje]。顯然是今本《玉篇》[t-]、[i]兩者互相影響,演變成讀為[θ],而[i]仍然有殘留,加上處於韻尾及介音皆為的[i],兩者易產生排斥進而失落了韻尾的[i],如此一來,齊韻[-iɛi]自然變成了支韻[-je]。

同樣定母與澄母也是相同的情形,由「鶗」字來看,今本《玉篇》標定母,《廣韻》標澄母,亦是存古現象。

歌、戈對立，由「繁」字來看，今本《玉篇》標歌韻，《廣韻》標戈韻，「繁」字的聲母，兩者皆為並母，屬雙脣音，以《廣韻》標戈韻來看，有[-u-]介音，又同時必須發出雙脣音，是比較難發音的，這也影響今本《玉篇》，標歌韻，開口，對於雙脣音的發音較無影響，故推想今本《玉篇》失落了[-u-]介音，而成歌韻。

（三）音讀數量對應

從今本《玉篇》的正讀與又讀與《廣韻》音讀的對應，反映今本《玉篇》對於音讀的取捨情況，以下就今本《玉篇》與《廣韻》兩者在音讀數對應以及二書對被注字，標以相同音讀的反切將予以標示 [註24]，分析說明的部分，將側重今本《玉篇》比《廣韻》所多出的音讀現象並觀察其特色，列表如下：

〈表卅七〉今本《玉篇》與《廣韻》共有字例音讀對應表

編號	字例	音讀數		音讀現象	分析說明
		今本《玉篇》	《廣韻》		
1.	詍	2／又讀	1	皮命切（並映入）	蒲京切（並庚平）
2.	釐	2／正讀	1	力之切（來之平）	許其切（曉之平）
3.	佛	3／又讀	1	符弗切（奉物入）	孚勿切（奉櫛入）、又音「弼」皮密切（並質入）
4.	偀	2／正讀	1	才獵切（從葉入）	子葉切（精葉入），濁音清化。
5.	係	2／又讀	1	居詣切（見霽去）	向記切（曉霽去）
6.	傴	2／又讀	1	於口切（影侯平）	胡豆切（匣候去）聲符相關
7.	瞘	2／又讀	1	胡鉤切（匣侯平）	口侯切（溪侯平）聲符相關
8.	髈	2／正讀	2	浦朗切（滂蕩上）	步郎切、步光切（並唐平），開合對立
9.	膶	2／正讀	1	羊改切（喻海上）	又音「與」，余舉切（喻語上）

[註24] 當今本《玉篇》與《廣韻》所標示的音值相同，但切語用字不同時，在此僅列出今本《玉篇》的切語。

10.	窗	2／正讀	1	徒東切（定東平）	又音「洞」：達貢切（透送去）、徒董切（定董上）
11.	葥	3／正讀	1	子賤切（精線去）	子踐切（精獮上）、又音「前」在先切（從先平）
12.	莰	1／正讀	2	俞轉切（喻獮上）	《廣韻》多渠篆切（群獮上）一音。
13.	籋	2／又讀	1	乃協切（泥怗入）	音「躡」女涉切（娘葉入）
14.	糔	2／正讀	1	息西切（心有上）	息流切（心尤平）
15.	滹	2／正讀	1	許乎切（曉模平）	又音「滸」呼古切（曉姥上）
16.	澌	2／又讀	1	思漬切（心寘去）	息咨切（心脂平）
17.	沏	2／正讀	1	資悉切（精質入）	子結切（精屑入）
18.	洶	2／又讀	1	又音「閃」：式斂切（審琰去）	戶感切，（匣感上），聲符相關
19.	駮	2／正讀	1	北末切（幫末入）	又音「潑」浦末切（滂末入）
20.	馿	2／正讀	1	力魚切（來魚平）	力據切（來御去）
21.	馘	2／正讀	1	于逼切（爲職入）	呼域切（曉職入）
22.	牰	2／又讀	1	又音「口」：苦苟切（溪厚上）	烏后切（影厚上），聲符相關
23.	狌	2／正讀	1	所庚切（疏耕平）	先丁切（心青平）
24.	獑	2／正讀	1	五閒切（疑山平）	又音「簡」：居限切（見產上）
25.	猨	2／又讀	1	五袁切（疑元平）	音「丸」：胡官切（匣桓平）、
26.	麑、麘	2／正讀	1	古田切（見先平）	可定切（溪徑去）
27.	鷭	2／又讀	1	父員切（奉元平）	府表切（非元平）、

28.	鵗	2／正讀	1	竭羈切（群支平）	巨義切（群寘去）
29.	鰔	2／正讀	1	雅格切（疑陌入）	紅結切（匣屑入）
30.	鰿	2／*又讀*	2	又音「錯」：七各切（清鐸入）	倉合切（清合入），聲符相關
31.	蟔	2／*又讀*	1	音「異」餘志切（喻志去）	夷力切（喻職入），聲符相關
32.	統	2／正讀	1	他綜切（透宋去）	他董切（透董上），「統」上聲音讀首次出現
33.	繁	2／正讀	3	扶元切（奉元平）	蒲河切（並歌平）。《廣韻》：薄官切（並桓平）、薄波切（並戈平）
34.	醋	2／今音	1	今音「措」：且故切（清暮去）	才各切（從鐸入），聲符相關

二書的正讀相同，而今本《玉篇》多出的又音音讀有 19 例，所多出的音讀，應是語音已有分化的現象，才納入今本《玉篇》的音讀中，因《廣韻》編輯以廣收南北語音爲宗旨，故非補韻書之不足。這些多出的又音音讀，在而後的《類篇》、《集韻》中都可檢索到，這些音讀分別是：「膜」、「窅」、「葥」、「莌」、「驋」、「獮」、「鵗」。

其中「莌」字今本《玉篇》僅收一音：俞轉切（喻獮上），而《切韻》標「莌」：以轉反（喻獮上），《廣韻》標「莌」：以轉切（喻獮上）、渠篆切（群獮上），可見在「莌」字的音讀，今本《玉篇》是趨於存古的現象，其餘六例則僅可由《廣韻》作爲對照。

另一例「繁」，今本《玉篇》標有兩音：扶元切（奉元平）、又音「婆」：蒲河切（並歌平），《廣韻》標有三音：附袁切（奉元平）、薄官切（並桓平）、薄波切（並戈平），《切韻》則標「繁」，附袁反（並元平），其中三者同時都有的音讀：附袁切／扶元切（奉元平），可見這個音讀一直以來都沒有改變，然而今本《玉篇》與《廣韻》則分別加入了其他的音讀，可能也是屬於補足韻書不足的部分，或是語音已有分化的現象。

若是又讀相同，則是《廣韻》音讀少於今本《玉篇》，又未能與今本《玉篇》正讀相對應者，今本《玉篇》往往用「又音某」的形式加以補足，其中有聲符

相關也有 7 例，分別是：「郯」、「嘔」、「潤」、「牣」、「鯌」、「蟆」、「醋」。

　　這七例，受到聲符類化而影響語音的現象，便相當明顯。其中「醋」字今本《玉篇》的「今音」與《廣韻》同音，因此，今本《玉篇》標才各切（從鐸入）的音讀，應屬存古現象，由《切韻》「醋」標在各切（從鐸入）便能證明。

　　在音讀數的對應部分，雖然不是直接討論語音現象，但是透過標注語音數量的差異，也能釐清一些關於音讀先後出現順序的問題。

三、類化分析

　　誠如前文所述，「類化」主要有兩種意義，一種是受到字音互相影響，造成語音同化而有了改動。第二種是指受到字形的影響而改變了音讀，即一般所謂的『有邊讀邊』，這是屬於類推的結果，表現在形聲字的聲符上，便是聲符表音的功能。

　　據觀察表現在今本《玉篇》與《廣韻》的共有字例即屬第二種類型，在這種類型中被注字為形聲字時，被注字與直音字兩者的聲符，同質性的比例相當高，雖說陳彭年等編者選用直音字時，大可使用其他與被注字同音，但字形完全相異的字。根據統計今本《玉篇》與《廣韻》的共有字例，可分為形聲字與非形聲字兩大類，而形聲字中又可分為被注字與直音字聲符相同與相異兩種，此處聲符相同與相異，也同時對應與音的相同與相異，以下列表格以示之：

〈表卅八〉今本《玉篇》與《廣韻》共有字例聲符相異統計表

字　　　例		上　卷	中　卷	下　卷	總　計	百分比
非形聲字		4	2	3	9	2.2%
形聲字	聲符、語音相同	37	84	147	268	66.5%
	聲符、語音相異	32	50	44	126	31.2%
總計		73	136	194	403	100%

　　由上表可知，字例非形聲字所佔的比例，很低，而字例屬形聲者，且聲符相同的字例，佔了近三分之二，這些字例的音讀多半呈現聲

符與被注字之讀音，是相同或相近的情況。聲符不同，則有近三分之一，可見聲符的類化現象對於直音字例而言，是一個相當重要的特色。

　　今本《玉篇》跟《廣韻》共有字例，既然能共有，可見在當時已是相當通

行的文字，以上就語音的角度來爲兩者的共有字例，作一歸納及分析，而所呈現的變化可以分爲兩點說明：

1. 大部分的字例的音讀相同或相近：這表示今本《玉篇》與《廣韻》之間的相同音讀的比例相當高，況且兩者的整體音韻系統也是相同的，在直音字例中，可以清楚地看到這樣的情形。

2. 聲符類化：以今本《玉篇》內部而言，直音字例中被注字與直音字的聲符相同的比例超過一半，可見被注字的字音及字形，都是同時受到直音字的音讀與字形兩者的交互影響。

第三節　新出字例現象歸納及分析

而今本《玉篇》除了這 1,188 條例，扣除和原本《玉篇》、《名義》、《廣韻》所曾重複出現的字例共 302 例，再扣掉今本《玉篇》與《廣韻》共有的 403 例，剩下可得 483 例，這可以視爲今本《玉篇》首次收入於書本中的新字條例，本文稱之爲「新出字」。

然而今本《玉篇》獨有的 483 例新出字，是陳彭年等編者有別於《廣韻》而加入，這 483 例在今本《玉篇》所代表的語音現象及音讀的情況，是在《廣韻》的基礎下再更進一步地增加了字例，想必是依當時的語音系統予以增加。

一、歸納與說明

今本《玉篇》新出字的 483 例中直音字例的表現方式，又可以細分爲「音某」和「正讀＋又讀」〔註25〕兩種類型，都屬於直音方式，「音某」型的字例有 450 例，「正音某＋又音某」型的字例有 31 例。可知，仍以直音字例出現的比例最高，佔了新出字的 93.5%，然而又音字僅有 6.5%的比例，而這些字例分佈在今本《玉篇》中的各卷狀況，如下表所示：

〔註25〕此處所指「正讀＋又讀」型的字例，實際上的情形以「反切＋又音某」的情況最爲普遍，但亦有「音某＋又音某」的字例出現，在此將這兩種類型，以「正讀＋又讀」的條例一併取代。

〈表卅九〉新出字例類型分布統計表

字例類型	上 卷	中 卷	下 卷	總 計
音某	19	84	347	450
正讀＋又讀	0	6	25	31
總計	19	90	372	481

　　從這些數據可以發現新出字例，仍是以直音為主要的標音方法，這當然是受到以形聲字為構字原則的影響，畢竟「直音」這種標音方式，最能突顯出被注字的音讀狀態。以下便列出今本《玉篇》新出字例，依序分為「音某」、「正音某＋又音某」，再各自次分為上、中、下三卷，其中「無又讀」的情況則以「＊」表示。

（一）「音某」型

〈表四十〉新出字例「音某」型（上卷）

編號	部首次第	字 例	今本《玉篇》		直音字對應反切
			正 讀	又 讀	
1.	示部3	祵	因	＊	於人切
2.		神	仲	＊	直眾切
3.		祻	固	＊	古護切
4.		祓	弗	＊	甫勿切
5.		禖	吳	＊	午胡切
6.		袜	媚	＊	明祕切
7.		禑	吳	＊	午胡切
8.	二部4	圛	圍	＊	于非切
9.	玉部7	玳	袋	＊	徒戴切
10.	土部9	塷	魯	＊	力古切
11.	田部13	畁	碑	＊	彼皮切
12.		嗞	茲	＊	子支切
13.		咀	祖	＊	子古切
14.		智	例	＊	力世切
15.	京部17	㒰	涼	＊	力匠切
16.	冂部18	冊	琮	＊	才宗切
17.	面部41	酥	妹	＊	莫背切
18.		䤡	活	＊	古末切
19.	口部56	朂	牌	＊	補解切

〈表四十一〉新出字例「音某」型（中卷）

編號	部首次第	字 例	今本《玉篇》		直音字對應反切
			正 讀	又 讀	
1.	木部 157	栘	移	*	余支切
2.	艸部 162	蘢	尨	*	莫江切
3.		蕛	提	*	徒兮切
4.		蕿	提	*	徒兮切
5.		綦	基	*	居期切
6.		蓇	盲	*	莫耕切
7.		蝱	盲	*	莫耕切
8.		茭	爻	*	戶交切
9.		蔯	陳	*	除珍切
10.		蓂	覓	*	莫狄切
11.		蓁	詵	*	所陳切
12.		蓏	龍	*	力恭切
13.		蒲	蒲	*	薄胡切
14.		莇	鮇	*	巨留切
15.		芼	乇	*	竹戹切
16.	竹部 166	簪	曹	*	昨勞切
17.		笠	豆	*	徒鬭切
18.		箴	域	*	爲逼切
19.		篋	屐	*	渠戟切
20.	耒部 196	穖	機	*	居衣切
21.	臼部 202	歃	陷	*	乎監切
22.	网部 218	罗	牙	*	牛加切
23.	鹵部 225	鹼	投	*	徒侯切
24.		鹵昌	昌	*	尺羊切
25.		鹼	投	*	徒侯切
26.		鹵	魯	*	力古切
27.	皿部 228	盀	起	*	丘紀切
28.	鼓部 234	鼙	帖	*	他頰切
29.		鼛	鎝	*	他荅切
30.	缶部 243	錭	帚	*	之酉切
31.	殳部 263	殺	終	*	之戎切

32.	刀部 266	剿	鎖	*	思果切
33.	金部 269	鑿	朔	*	所角切
34.		鐭	隩	*	烏到切
35.	攴部 270	歠	祇	*	巨支切
36.		瞉	靈		力丁切
37.	車部 282	轢	歷	*	郎的切
38.	舟部 283	艥	濟	*	子計切
39.		舠	彫	*	東堯切
40.		艜	遼	*	力條切
41.		舦	大	*	達賴切
42.		艒	富	*	甫霤切
43.		艉	星	*	先丁切
44.	舟部 283	舣	仡	*	語訖切
45.		䑦	獃	*	牛哀切
46.		舌	活	*	戶括切
47.		艣	榻	*	恥獵切
48.		舢	日	*	如逸切
49.		艐	習	*	似立切
50.		服	伏	*	扶腹切
51.		艽	岌	*	魚及切
52.	水部 285	瀯	營	*	弋瓊切
53.		瀛	盈	*	余成切
54.		涽	聒	*	公活切
55.		汯	宏	*	胡萌切
56.		湠	貪	*	他含切
57.		浓	衣	*	於祈切
58.		藻	叢	*	在紅切
59.		沴	丘	*	去留切
60.		淜	馮	*	皮冰切
61.		瀤	鑆	*	大對切
62.		瀆	豆	*	徒鬬切
63.		瀹	飲	*	於錦切
64.		淠	鼻	*	毗至切
65.		淌	唱	*	充向切

66.		㳷	述	＊	視律切
67.		泝	渡	＊	徒故切
68.		濩	桓	＊	胡端切
69.		泩	生	＊	所京切
70.		洷	羌	＊	去央切
71.		泇	加	＊	古瑕切
72.		溂	斜	＊	徐呂切
73.		浸	受	＊	時酉切
74.		淖	皁	＊	才老切
75.		灦	顯	＊	虛典切
76.		淏	昊	＊	胡老切
77.		漖	款	＊	口緩切
78.		潛	晉	＊	子刃切
79.		潋	教	＊	居孝切
80.		滓	昨	＊	才各切
81.		溯	朔	＊	所角切
82.		澭	雹	＊	步角切
83.		瀾	闕	＊	袪月切
84.		滋	輟	＊	知劣切
85.	韋部 296	灦	嚴	＊	魚枕切
86.	鬼部 301	魗	甫	＊	方禹切

〈表四十二〉新出字例「音某」型（下卷）

編號	部首次第	字 例	今本《玉篇》		直音字對應反切
			正 讀	又 讀	
1.	夕部 315	夠	勻	＊	居旬切
2.	大部 321	獒	務	＊	亡句切
3.	山部 343	岰	父	＊	扶府切
4.		巏	蘚	＊	思淺切
5.		嶜	晉	＊	子刃切
6.		岕	介	＊	居薤切
7.		岠	泛	＊	孚劍切
8.		岴	區	＊	去娛切
9.		嵉	霆	＊	大丁切、大冷切

10.		嵽	昳	*	徒結切
11.	广部 347	庲	覃	*	大含切
12.		扁	偏	*	匹研切
13.		慶	憂	*	於牛切
14.		康	求	*	巨留切
15.		庆	灸	*	居又切
16.		庄	任	*	耳斟切
17.		庲	茶	*	杜湖切
18.		麗	離	*	力知切
19.		廛	亶	*	都但切
20.		庙	佃	*	同年切
21.		庯	布	*	本故切
22.		庍	弋	*	夷力切
23.		廗	捻	*	乃協切
24.		屛	溪	*	口兮切
25.		厗	礙	*	五代切
26.	石部 351	硐	塠	*	都回切
27.		磆	宏	*	胡萌切
28.		碉	凋	*	丁聊切
29.		磏	康	*	苦岡切
30.		砵	磻		補何切、補左切
31.		礛	班	*	布還切
32.		硠	眞	*	之仁切
33.		礦	祿	*	力木切
34.		礇	郁	*	於六切
35.		碤	英	*	猗京切
36.		砏	釵	*	楚佳切
37.		碏	皆	*	古諧切
38.		硧	涌	*	俞種切
39.		砰	浮	*	扶尤切
40.		矷	子	*	咨似切
41.		砋	止	*	之市切
42.		碍	母	*	無此字
43.		硶	史	*	所几切

44.	石部 351	砆	附	*	扶付切
45.		礴	霸	*	普白切
46.		硃	抹	*	莫葛切
47.		礣	獨	*	大卜切
48.		砏	朴	*	普角切
49.		磺	莫	*	無各切
50.		硌	客	*	口格切
51.		礦	瀆	*	徒鹿切
52.		砄	決	*	公穴切
53.		礪	闕	*	袪月切
54.	阜部 354	陲	重	*	直隴切
55.		陵	㙡	*	子公切
56.		隖	周	*	諸由切
57.		隚	楚	*	初舉切
58.		陻	里	*	力擬切
59.		陇	兗	*	俞轉切
60.		嶢	澆	*	公堯切
61.		陣	蚩	*	尺之切
62.		阠	巧	*	口卯切
63.		隳	惠	*	玄桂切
64.		陰	念	*	奴玷切
65.		阞	凋	*	丁聊切
66.		陇	雖	*	息葵切
67.		阤	姑	*	尺涉切
68.		陡	鬬	*	當候切
69.	馬部 357	驪	蔡	*	且蓋切
70.		軀	瞿	*	巨俱切
71.		駑	磬	*	於分切
72.		騆	周	*	諸由切
73.		驤	婁	*	力侯切
74.		驕	春	*	舒庸切
75.		騤	誅	*	知俞切
76.		駍	腔	*	去江切
77.		駬	宜	*	魚奇切

編號	部首	字	直音	標記	反切
78.		馱	尤	*	于留切
79.		騏	夷	*	弋脂切
80.		驪	离	*	丑支切
81.		騂	者	*	之也切
82.		驟	輟	*	知劣切
83.		驥	質	*	知異切
84.		騙	葛	*	功遏切
85.		驕	葛	*	功遏切
86.		驤	羊	*	余章切
87.		驪	騁	*	丑領切
88.	馬部 357	鴅	懊	*	於六切
89.		馬	姥	*	莫古切
90.		駯	燕	*	於先切、於見切
91.		駗	釁	*	許靳切
92.		驢	陷	*	乎監切
93.	牛部 358	犝	敦	*	都昆切
94.		㸇	暉	*	呼韋切
95.		犓	繪	*	似鄰切
96.		犖	嬰	*	一盈切
97.		犉	尋	*	徐林切
98.		犁	初	*	楚居切
99.		㸛	浮	*	扶尤切
100.		牰	俟	*	牀史切
101.		牵	去	*	丘與切
102.		牦	兆	*	除矯切
103.		犗	介	*	居薤切
104.		犣	橛	*	渠月切
105.		牯	骨	*	古沒切
106.		犌	虯	*	奇樛切
107.		㸽	臾	*	欲朱切
108.		牟	尢	*	古洧切
109.		牯	尢	*	古洧切
110.		犨	秩	*	除室切
111.		牞	譬	*	匹臂切

112.	羊部 360	猙	爭	*	姐耕切
113.		獨	獨	*	大卜切
114.		攗	厥	*	居月切
115.		舉	預	*	餘據切
116.	犬部 364	犼	力	*	呂職切
117.		狋	夷	*	弋脂切
118.		獟	窮	*	渠躬切
119.		獟	翁	*	於弓切
120.		獮	纖	*	思廉切
121.		猯	湍	*	他端切
122.		猻	衰	*	先和切
123.		獩	開	*	口垓切
124.		猹	胥	*	思餘切
125.		猢	乎	*	戶枯切
126.		猩	鞮	*	丁奚切
127.		猤	奚	*	下雞切
128.		㹟	攜	*	戶圭切
129.		犷	降	*	古巷切
130.		狔	抵	*	多禮切
131.		猶	蚩	*	尺之切
132.	犬部 364	獞	當	*	都郎切
133.		彭	彭	*	蒲衡切
134.		狭	庚	*	假衡切
135.		狥	邪	*	徐嗟切
136.		犼	吼	*	呼垢切
137.		㺝	檻	*	下瓣切
138.		猥	蒀	*	胥里切
139.		猬	胃	*	禹貴切
140.		獕	漾	*	余亮切
141.		獡	據	*	居豫切
142.		狟	豆	*	徒鬭切
143.		狭	決	*	公穴切
144.		猒	遁	*	徒頓切
145.		獁	罵	*	莫霸切

146.		狷	厄	*	於革切
147.		獻	弗	*	甫勿切
148.		猟	濁	*	直角切
149.		狸	离	*	丑支切
150.		犲	柴	*	仕佳切
151.		狴	婢	*	步弭切
152.		狶	喜	*	欣里切
153.		犾	插	*	初洽切
154.		獺	賴	*	落蓋切
155.	豸部 366	犹	尤	*	于留切
156.		貒	湍	*	他端切
157.		豿	雄	*	有弓切
158.		豜	牽	*	口田切
159.		貐	便	*	婢仙切
160.		貐	倫	*	力遵切
161.		狋	先	*	思見切
162.		豞	孝	*	呼效切
163.		貚	閔	*	眉隕切
164.		貖	役	*	營隻切
165.		豾	忽	*	呼沒切
166.		豻	旱	*	何但切
167.		貆	卓	*	竹角切
168.		獿	雹	*	步角切
169.	鹿部 372	麍	瓢	*	婢饒切
170.		麎	流	*	呂州切
171.		麎	諸	*	至如切
172.		麌	夫	*	甫俱切
173.	龍部 381	龘	沓	*	徒荅切
174.	虎部 383	麊	覓	*	莫狄切
175.		鶵	烏	*	於乎切
176.	虎部 383	虓	姣	*	戶交切
177.		陒	狎	*	下甲切
178.		虦	索	*	先各切
179.	豸部 385	豠	丘	*	去留切

180.		雒	惟	*	弋佳切
181.		玁	嚴	*	魚枕切
182.		貀	鶻	*	乎忽切
183.		豵	秃	*	吐木切
184.	鳥部 390	鴠	旦	*	多爛切
185.		鷗	珉	*	靡閩切
186.		䲭	珉	*	靡閩切
187.		鷗	冒	*	亡到切
188.		鶙	苗	*	他六切
189.		駑	奴	*	乃都切
190.		鷜	然	*	如旋切
191.		鸇	錢	*	子踐切
192.		鶻	貟	*	胡拳切
193.		鴲	生	*	所京切
194.		鷦	消	*	思遙切
195.		鷗	回	*	胡瑰切
196.		鴹	相	*	先羊切
197.		鳾	詩	*	舒之切
198.		鯡	非	*	方違切
199.		鷓	成	*	市征切
200.		鵵	咸	*	胡讒切
201.		鴬	荽	*	思雄切
202.		鯆	斧	*	方禹切
203.		鶸	婦	*	符九切
204.		鸛	賈	*	公戶切
205.		鵋	己	*	居喜切
206.		鸃	懿	*	於異切
207.		鵒	沓	*	徒荅切
208.		鶺	積	*	子亦切
209.		鶢	元	*	五袁切
210.		鷸	臾	*	欲朱切
211.	隹部 391	雂	賓	*	卑民切
212.	魚部 397	鱃	讎	*	視周切
213.		魨	豚	*	徒昆切

214.		鰖	妥	*	湯回切、湯果切
215.		鱝	唯	*	以水切
216.		鮌	鰶	*	古本切
217.		鯞	舟	*	之由切
218.		鮩	平	*	皮并切
219.		鰚	耶	*	羊遮切
220.	魚部 397	鮂	求	*	巨留切
221.		鱃	羞	*	思留切
222.		魖	呼	*	火胡切
223.		鮉	宁	*	治居切
224.		鮄	佛	*	孚勿切
225.		䲝	闕	*	居屬切
226.		魦	步	*	蒲故切
227.	鼠部 399	鼶	惕	*	他的切
228.		鼩	雀	*	子略切
229.		鼰	刃	*	如振切
230.	虫部 401	螬	造	*	七到切
231.		蟦	費	*	孚味切
232.		蚎	日	*	禹月切
233.		蛐	曲	*	丘玉切
234.		蟹	難	*	奴丹切
235.		蛵	刑	*	戶丁切
236.		蛗	袴	*	口護切
237.		蜋	張	*	陟良切
238.		蛒	哥	*	古何切
239.		䖟	該	*	古來切
240.		蠚	野	*	常渚切
241.		蟧	略	*	力灼切
242.		蛦	同	*	徒東切
243.		蟽	達	*	佗割切
244.		蚸	麗	*	力計切
245.		螺	叢	*	在公切
246.		蟉	流	*	呂州切
247.		蛑	舞	*	亡禹切

248.		𧏗	舞	*	亡禹切
249.		蟁	文	*	亡分切
250.		蟹	透	*	於危切
251.	貝部 408	貯	註	*	竹喻切
252.		贅	協	*	胡頰切
253.	羽部 409	翄	亥	*	何改切
254.		翛	消	*	思遙切
255.	至部 415	臸	窒	*	之栗切
256.	毛部 416	毿	搜	*	色流切
257.		毧	戎	*	如終切
258.		髲	披	*	彼寄切
259.		氊	謁	*	於歇切
260.		毺	關	*	步役切
261.		毢	辱	*	如燭切
262.	角部 420	觕	杷	*	步牙切
263.		觛	覃	*	大含切
264.	角部 420	觓	喧	*	許員切
265.		觓	鰥	*	古頑切
266.		觟	喧	*	許員切
267.		觝	訛	*	五戈切
268.		舵	陀	*	大何切
269.		艒	冝	*	魚奇切
270.		艦	監	*	公衫切
271.		舣	四	*	思利切
272.		艗	梏	*	古篤切
273.	革部 423	鞮	提	*	徒兮切
274.		鞅	養	*	餘掌切
275.		鞴	夷	*	弋脂切
276.		鞝	掌	*	諸養切
277.		鞻	榻	*	恥獵切
278.		鞊	詰	*	溪吉切
279.		鞂	決	*	呼抉切
280.		輔	步	*	蒲故切
281.	韋部 424	韐	荅	*	都合切

282.		䐹	域	*	爲逼切
283.		韍	弗	*	甫勿切
284.		軼	亦	*	以石切
285.	糸部 425	紬	舟	*	之由切
286.		綯	酬	*	市周切
287.		禮	體	*	他禮切
288.		擬	擬	*	魚理切
289.		纖	歲	*	思惠切
290.		綝	紟	*	巨今切
291.		綾	要	*	於宵切
292.		絉	術	*	食聿切
293.		縳	粟	*	思錄切
294.		綹	百	*	莫白切
295.		綄	粕	*	普各切
296.		槊	朔	*	所角切
297.		縏	婆	*	蒲河切
298.		緖	髻	*	居濟切
299.		絏	泄	*	弋逝切
300.		繪	藥	*	與灼切
301.	巾部 432	幦	牟	*	亡侯切
302.		幚	介	*	居薤切
303.		帗	怖	*	普布切
304.		幟	是	*	時紙切
305.		帣	揆	*	渠癸切
306.		幪	擬	*	魚理切
307.		幧	扇	*	尸戰切
308.	巾部 432	帗	決	*	呼抉切
309.	衣部 435	襴	闌	*	力安切
310.		紅	工	*	古紅切
311.		褽	煨	*	烏回切
312.		襷	據	*	居豫切
313.		褗	受	*	時酉切
314.		褿	旬	*	似均切
315.		襺	朵	*	都果切

316.		裍	故	*	古暮切
317.	骶部 442	匀	玄	*	胡淵切
318.	口部 468	圇	泓	*	於紘切
319.		圓	闠	*	胡對切
320.		圗	縶	*	竹立切
321.	齊部 470	齎	齊	*	在兮切
322.	片部 473	朌	梵	*	扶泛切
323.		欨	坎	*	苦感切
324.		妝	莊	*	阻陽切
325.		壽	受	*	時酉切
326.	子部 527	孾	纓	*	於成切
327.		孱	粲	*	且旦切
328.		碼	矩	*	拘羽切
329.		綈	體	*	他禮切
330.		孿	季	*	居悸切
331.		孖	敘	*	徐呂切
332.	申部 538	軥	荀	*	相倫切
333.	酉部 539	醏	嘗	*	市揚切
334.		胝	秪	*	竹尸切
335.		醿	桑	*	思即切
336.		醶	覽	*	力敢切
337.		酦	揆	*	渠癸切
338.		醶	簡	*	居限切
339.		醊	制	*	之世切
340.		醑	傷	*	舒揚切
341.		酏	雌	*	七移切
342.		醚	彌	*	亡支切
343.		臘	征	*	之盈切
344.		酸	离	*	丑支切
345.		醾	了	*	力鳥切
346.		醓	毯	*	他敢切
347.		醻	抽	*	丑由切

　　以上共有 450 例是今本《玉篇》所特有的字例，以一字標一音的方式來呈現，直音字與被注字語音現象呈現全等。這些字例都是首次編入字書當中，字

例的特色，和承繼於先前的原本《玉篇》或是《名義》的直音字例相比，這些新出字的直音字例，更加地突顯出「多爲形聲字」，可以「有邊讀邊」及「多爲名詞」的兩大特色。

在這些直音字例中，以合體及讀體的角度，僅「另」、「冊」、「隽」三個獨體字，其他的字例，可依字形特色分爲（1）聲符相同。（2）無相同部件。

詞性部分，則有多爲名詞的特色，今本《玉篇》是以部首分類，故根據部首屬性，便能判斷該部首所屬之字群的性質，在新出字例中很明顯地可以看到下卷佔了很大的比例，有 54.8%之多，而下卷的部首多半是鳥獸蟲魚之名、或是使用器物之名。如下卷的石部 351 共收有 23 例、馬部 357 收有 17 例、牛部 358 收有 13 例、犬部 364 收有 32 例、豕部 366 收有 11 例、鳥部 390 收有 24 例、虫部 401 收有 14 例、糸部 425 收有 12 例、鹿部收有 4 例、虎部收有 4 例、豸部 385 收有 5 例、巾部 432 收有 6 例、衣部 435 收有 5 例，共有 13 部，卻收有 170 例，下卷共有 230 部收有 450 例，但僅此 13 部便已佔了 37.7%的比例，故多爲名詞也是新出字例的特色之一。

（二）「正讀＋又讀」型

除了直音字例外，另一種情況是今本《玉篇》以「正音某＋又音某」形式來呈現，這樣的例子有 31 例，都是今本《玉篇》收錄的新字，分佈情形，上卷無字，中卷有 6 例、下卷則有 25 例，共計 31 例。

若從對照正音與又音的音讀現象，可以發現一些今本《玉篇》內部的音韻系統的特色。以下將以此 31 例，除了就今本《玉篇》內部的音讀討論外，亦以又音字爲對象，並輔以《廣韻》作爲對照分析的資料。以下就此 31 例作歸納與說明：

〈表四十三〉新出字例「正讀＋又讀」型

編號	字例	部首次第	今本《玉篇》				《廣韻》對應直音字之反切
			正　讀		又　讀		
			音某	反切	又音某	又切	直音字對應反切	
1.	藗	艸部 162	＊	子賤切\精線去 子踐切\精獮上	前	＊	在先切\從先平	昨先切\從先平

2.	藊	艸部 162	*	子合切\精合入	雜	*	徂沓切\從合入	徂合切\從合入
3.	鼐	黍部 193	*	旅典切\來銑上	連	*	力錢切\來仙平	力延切\來仙平
4.	稪	禾部 194	*	方木切\非屋入	復	*	符六切\奉屋入	扶富切\奉宥去 房六切\奉屋入
5.	䅫	耒部 196	*	上黜切\禪黜入	徹	*	直列切\澄薛入	皮列切\並薛入 丑列切\徹薛入
6.	瀺	水部 285	*	胡減切\匣豏上	傔	*	去念切\溪桥去	苦従切\溪桥去
7.	黰	亦部 331	*	胡頰切\匣怗入	閃	*	式斂切\審琰上	失冉切\審琰去
8.	崪	山部 343	*	茲錦切\精寑上	審	*	尸甚切\審寑上	式任切\審寑上
9.	啓	山部 343	*	水愛切\審代去	啓	*	口禮切\溪薺上	康禮切\溪薺上
10.	嵷	山部 343	*	托臥切\透過去	朵	*	都果切\端果上	丁果切\端果上
11.	厊	厂部 348	*	司夜切\心禡去	寫	*	思也切\心馬上	悉姐切\心馬上
12.	砲	石部 351	*	匹卯切\滂巧上	雹	*	步角切\並覺入	蒲角切\並覺入
13.	硑	石部 351	*	於宮切\影東平	雄	*	有弓切\爲東平	羽弓切\爲東平
14.	駒	馬部 357	*	相倫切\心諄平	旬	*	似均切\邪諄平	詳遵切\邪諄平
15.	牬	牛部 358	*	大果切\定果上	岳	*	牛角切\疑覺入	五角切\疑覺入
16.	犥	牛部 358	*	魚小切\疑小上	鐃	*	女交切\娘肴平	女交切\娘肴平
17.	貂	豸部 385	*	市照切\禪笑去	鄒	*	仄牛切\莊尤平	側鳩切\莊尤平
18.	狧	犬部 364	*	直買切\澄蟹上	稚	*	除致切\澄至去	直利切\澄至去
19.	雌	隹部 391	*	似垂切\邪支平	佳	*	之惟切\照脂平	職追切\照脂平
20.	鮮	魚部 397	*	於鬼切\影尾上	牛	*	魚留切\疑尤平	語求切\疑尤平

21.	鱬	魚部 397	*	以水切\喻旨上	唯	*	俞誰切\喻脂平 以水切\喻旨上	以追切\喻脂平 以水切\喻旨上
22.	鰔	魚部 397	*	士咸切\牀咸平	陷	*	乎監切\匣銜平	戶韽切\匣陷去
23.	鱕	魚部 397	*	甫煩切\非元平	煩	*	父員切\奉元平	附袁切\奉元平
24.	蟜	虫部 401	*	于結切\爲屑入	截	*	在節切\從屑入	昨結切\從屑入
25.	蟜	虫部 401	*	居表切\見小上	告	*	公號切\見號入 公篤切\見沃入	古到切\見號去 古沃切\見沃入
26.	鵜	羽部 409	*	五秦切\疑眞平	廷	*	徒聽切\定徑去 徒廳切\定青平	徒典切\定銑上 徒徑切\定徑去
27.	縧	糸部 425	*	扶又切\奉宥去	福	*	方伏切\非屋入	方六切\非屋入
28.	幗	巾部 432	*	五伯切\疑陌入	客	*	口格切\溪陌入	苦格切\溪陌入
29.	袒	衣部 435	*	古登切\見登平	亘	*	思緣切\心仙平	古鄧切\見嶝去
30.	骈	骶部 442	*	居先切\見先平	瓊	*	渠營切\群清平	渠營切\群清平
31.	骿	骶部 442	*	居先切\見先平	瓊	*	渠營切\群清平	渠營切\群清平

　　以上的 31 例，雖然《廣韻》未收新出字，但若檢索直音字，還是可以對照兩者的音讀狀況，大致上都是屬於相同的狀況，僅有四例的音讀有些不同，以下就「縧」、「轍」、「鵜」、「鰔」分別說明之。

　　（1）「縧」

　　「縧」今本《玉篇》標方木切，又音復（符六切）。《廣韻》「復」有二音，扶富切、房六切。今本《玉篇》「復」僅有一音，《廣韻》列有兩音，音讀表現，列如下表：

	今本《玉篇》	《廣韻》
縧	方木切（非屋入），又音復	*
復	符六切（奉屋入）	扶富切（奉宥去）、房六切（奉屋入）

　　但今本《玉篇》的音讀和《廣韻》有所重複，也就是今本《玉篇》僅取《廣韻》一個音讀而已，但兩者擇其一的判斷標準爲何？若從今本《玉篇》

其他以「复」為部件的其他字來看，如「復」風木切、「腹」弗鞠切、「複」方復切、「復」符六切、「輹」房六切都是屬屋韻，聲母有清濁之別，因此，在《廣韻》中屬宥韻的讀音，在今本《玉篇》已未見，可見「扶富切」的音讀可能是編者未收錄。

（2）「轍」

「轍」今本《玉篇》標上點切又音徹（直列切）。《名義》、《廣韻》皆無「轍」字，《名義》亦無「徹」字，《廣韻》「徹」有二音，皮列切、丑列切。今本《玉篇》「徹」的音讀與《廣韻》所收的兩音僅有韻調一致，聲母則有差異，請見下表所示：

	今本《玉篇》	《廣韻》
轍	上點切（禪點入），又音徹	*
徹	直列切（澄薛入）	皮列切（並薛入）、丑列切（徹薛入）

「徹」字聲母為全濁澄母，《廣韻》為次清徹母，以「徹」字本應當為徹母，然今本《玉篇》卻標以澄母，檢索《切韻》，「徹」字屬直列切，其切語與今本《玉篇》全同，可見今本《玉篇》在「徹」字是存古的現象。

（3）「狋」

「狋」今本《玉篇》標五秦切又音廷（徒聽切、徒廳切）。《名義》、《廣韻》皆無「狋」字。「廷」字，《名義》標之盈反；《廣韻》「廷」有二音，徒典切、徒徑切，而其中徒徑切與今本《玉篇》徒聽切同音，《名義》、今本《玉篇》、《廣韻》三者的音讀表現，列如下表：

	《名義》	今本《玉篇》	《廣韻》
狋	*	五秦切（疑眞平）又音廷	*
廷	之盈反（照清平）	徒聽切（定徑去）、徒廳切（定青平）	徒典切（定銑上）、徒徑切（定徑去）

先觀察《名義》標之盈反，和今本《玉篇》相比，聲母部分正透露知照兩系尚未分離完全的證據。韻母，清、青之別，僅有主要元音有發音部位的微小差異。

《廣韻》部分，今本《廣韻》徒廳切與《廣韻》標徒典切相比，聲母相同，韻母部分，一為青韻〔-ieŋ〕，一為銑韻〔-iɛn〕，主要元音相近，但韻尾不同，

今本《玉篇》的音讀應是受到「廷」字另一音的影響，加上當時可能清韻與青韻幾乎混合不分，才使得所收錄的兩音僅聲調區別而已。

（1）「鑱」

「鑱」今本《玉篇》標士咸切又音陷（乎監切）。《廣韻》無「鑱」字，而「陷」標戶韽切。今本《玉篇》與《廣韻》的音讀表現，列如下表：

	今本《玉篇》	《廣韻》
鑱	士咸切（牀咸平）又音陷	*
陷	乎監切（匣銜平）	戶韽切（匣陷去）

今本《玉篇》與《廣韻》中的差異，則是發生在韻調部分，一般來說，「陷」理當屬為去聲陷韻，今本《玉篇》改成了平聲銜韻，在《廣韻》中「監」字同時有平聲及去聲兩種，但在今本《玉篇》中僅有平聲，所以「陷」字理當屬平聲，且楊素姿先生指出銜韻平聲已混入咸韻平聲〔註26〕，所以「鑱」字在今本《玉篇》中僅有聲母的差異而已，再看《廣韻》，「陷」屬去聲陷韻，可見《廣韻》尚保留了咸、銜分離，而今本《玉篇》則混同。

（5）「桓」

「桓」今本《玉篇》標古登切，又音亙（心仙平）。《廣韻》無「桓」字，而「亙」：古鄧切（見嶝去）。今本《玉篇》與《廣韻》的音讀情形，列如下表：

	今本《玉篇》	《廣韻》
桓	古登切（見登平），又音亙	*
亙	思緣切（心仙平）	古鄧切（見嶝去）

今本《玉篇》與《廣韻》中的差異，則是發生在聲母及韻調兩部分。聲母方面，「亙」字在今本《玉篇》屬心母，《廣韻》則屬見母，聲母差異頗大。韻調部分，一為仙韻一為嶝韻，差別也頗大。但就「桓」字的正讀古登切（見登平）與《廣韻》「亙」字相比，兩者的聲母相同，韻調也相承，那麼今本《玉篇》「桓」字與《廣韻》「亙」字僅有平聲與去聲之別，可見今本《玉篇》「桓」字近於《廣韻》「亙」字；而今本《玉篇》「亙」字，查閱今本《玉篇》從「宣」的字，如「颰」祖緣切、「愃」息緣切等字，都與「亙」字同屬仙韻，可見當

〔註26〕見於楊素姿《大廣益會玉篇音系研究》（高雄：國立中山大學中國文學研究所博士論文，2001），頁352～353。

時編者已有登韻與仙韻之別的「裉」、「亙」兩字，但《廣韻》仍僅有登韻的「亙」字。

在新出字這個部分，今本《玉篇》中以「正讀＋又讀」表現的條例，最值得觀察的，便是直音字在今本《玉篇》與《廣韻》之間的差異，由於《廣韻》未收這些屬新出字的字例，但標示新出字的音讀的直音字，在《廣韻》皆可檢索得到，因此便可觀察到直音字在今本《玉篇》與《廣韻》之間的變化情形。在此，僅先就所見音讀內容加以呈現與分析，在下一節將就語音現象，作更進一步的詳細的討論與說明。

二、類化分析

「類化」一詞於第二章已有相關的討論，在此便不贅述。當「類化」表現在直音字例時，所能見到的情況其實和原本《玉篇》、《名義》所能見到的內容是一致的，當字例選用直音為標音方式時，直音字與被注字之間則由語音產生全等關係，進一步影響了直音字的選用標準，所以這類的「類化」情形在形聲字相當常見。其中又以「某，音某」的直音字例最為顯著。因為造字法一旦成立後，後人便有一套可以遵循的方法，後人便能依循此法去造出所需之字。造字的本質精神是相同的，但在今本《玉篇》中要如何看出「類化」的成果呢？本文在此選用與今本《玉篇》時代接近的《廣韻》，以其音讀來交互對照，若是今本《玉篇》與《廣韻》的音讀不同，便僅由音理演變的條例來分析。

以今本《玉篇》的直音字例中的直音字，檢索在《廣韻》的音讀可以發現該被注字與直音字多半在同一小韻之下，也就是兩者的音讀是全等的關係。

如：以直音字「介」為例。在今本《玉篇》中標音「介」的字例共有四個，分別為「扴」、「魪」、「价」、「岕」，今本《玉篇》「介」，居薤切（見怪去）。將此四字檢索在《廣韻》中的情形，列如下表：

	字例	聲符	直音字	直音字反切	與《廣韻》對照
1.	扴	介	介	居薤切	《廣韻》無扴字
2.	魪	介	介	居薤切	音同「介」古拜切（見怪去）
3.	价	介	介	居薤切	音同「介」古拜切（見怪去）
4.	岕	介	介	居薤切	《廣韻》無岕字
5.	械	戒	介	居薤切	《廣韻》無械字

　　根據上表可知，「虸」、「岭」與「介」同屬一個小韻，是音讀相同的情況，而「虸」、「岭」《廣韻》中未見，是屬於今本《玉篇》新出字例的範圍，但編者在選擇這兩個新字的直音用字時，由於語音的因素，進而選用了相同聲符的「介」為直音字，值得一提的是另有一個新字「峸」也標音介，而非同音的「戒」。可見編者在處理新字例時，以字形來選用字音外，對於字形不同但音讀相同的新字例，盡量統一直音字的用字範圍。

　　又直音字「爻」為例。在今本《玉篇》中標音「爻」的字例共有三個，分別為「芰」、「硈」、「觳」，今本《玉篇》「爻」，戶交切（匣宵平）。將此三字檢索在《廣韻》中的情形，列如下表：

	被注字	聲符	直音字	直音字反切	與《廣韻》對照
1.	芰	爻	爻	戶交切	《廣韻》無芰字
2.	硈	爻	爻	戶交切	音同「爻」胡矛切（匣宵平）
3.	觳	爻	爻	戶交切	音同「爻」胡矛切（匣宵平）
4.	薂	爻	爻	戶交切	音同「爻」胡矛切（匣宵平）

　　根據上表可知，「硈」、「觳」與「爻」同屬一個小韻，是音讀相同的情況，而「芰」於《廣韻》中未見，是屬於今本《玉篇》新出字例的範圍，但編者在選擇「芰」字的直音用字時，由於語音的因素，進而選用了相同聲符的「爻」為直音字，值得一提的是，另有一字「薂」也標音爻，而非該字且同音的聲符「肴」，這也證明了編者有意將讀音相同的直音字例，所對應的直音用字，加以統一。

　　另外，「正讀＋又讀」的條例，由於在條例中已有語音主從的判斷，故又讀在此處屬於被注字語音的第二選擇，也因此又讀的類化情形不如「音某」型字例來得明顯深刻，若有類化情形，亦同於音某的直音字例，故此處便不特別舉例說明。

　　直音作為標音方式，結構上雖非反切來得嚴謹，但直音字與被注字背後的緊密的語音關係，卻遠遠大過切語用字，選用直音為標音方式，編者必須本身對於該被注字的語音掌握度要相當高，並且選用直音字時，其判斷的標準也是必須經過再三考量，同為《廣韻》編者的陳彭年，對於直音用字的處理，可以說同時融入了《廣韻》的小韻觀念，唯有將語音區分到最小的程度，才能實在地確定音讀情形，這也就是今本《玉篇》直音字例所能表現出的最大意義。

第四節　直音與反切相配

本節所要討論的是，直音字分別在今本《玉篇》與《廣韻》的音讀表現及其語音關係。

在今本《玉篇》中，用以標音的直音字，都可以在《廣韻》中檢索得到，在此利用這個直音字來觀察，今本《玉篇》與《廣韻》之間的語音對應關係，以及反映在今本《玉篇》本身特殊的音讀現象。

語音對應關係的部分，在之前的章節已提兩者的語音關係是屬相當接近，但亦有些不同的。這些的不同主要表現在音讀數量及音讀現象的相異方面兩大部分，由於關於數量於上節已經有所討論，故此節著重在於音讀相異的分析與探討。

以下將分為兩大部分：聲母、韻調，以這兩部分來討論直音字在今本《玉篇》與《廣韻》相同字例，卻音讀相異的討論。

一、聲　母

經過統計，今本《玉篇》與《廣韻》在字例方面所表現出來的聲母變化，共有 13 例可以說明。列表如下：

〈表四十四〉今本《玉篇》與《廣韻》共有字例聲符相異對照表

編號	部首次第	字例	今本《玉篇》			《廣韻》	
			正讀	又讀	直音字對應反切	字例反切	直音字反切
1.	示部 3	襗	亦	*	以石切	羊益切	伊昔切
2.	耒部 196	轍	上點切	徹	直列切	*	皮列切、丑列切
3.	犬部 364	狿	丑延切	延	余旃切	予線切	以然切、予線切
4.	鳥部 386	鵸	奇、輢	*	居儀切、竭羈切／於綺切、巨義切	渠羈切	渠羈切、居宜切／於綺切、奇寄切、於義切
5.	鳥部 386	鸀	徒角切	燭	之欲切	直角切	之欲切
6.	鳥部 386	鶆	府袞切	煩	父員切	附袁切	附袁切
7.	革部 423	鞘	宵	*	思搖切	所交切、私妙切	相邀切
8.	革部 423	鞞	槐	*	戶灰切	求位切	戶乖切、戶恢切

9.	糸部 425	繁	扶元切	婆	蒲河切	薄官切、蒲河切、薄波切	薄波切
10.	巾部 432	紗	沙	*	素何切	彌遙切	所加切、所嫁切
11.	巾部 432	幰	許偃切	幹	柯旦切	古案切	古案切
12.	衣部 435	襠	古登切	亘	思緣切	*	古鄧切
13.	酉部 539	醍	他禮切	提	徒兮切	陟離切	是支切、杜奚切
14.	卯部 533	卯	子兮切	卿	去京切	莫飽切	去京切

以下分就唇、舌、牙、齒、喉五音的順序，來今本《玉篇》與《廣韻》之間的聲母變化情形，加以討論語音變化的現象。

（一）唇　音

唇音部分有兩例，「繁」、「鷭」二字。在今本《玉篇》中可以看到輕唇音出現的情形這在第四章第一節時也已提出，以下就此二例討論。

字　例		反　　　　　切	聲　　母
「繁」	今本《玉篇》	扶元切（奉元平），又音婆（蒲河切）	奉／並
	《廣韻》	1.薄官切 2.蒲河切 3.薄波切	並
「鷭」	今本《玉篇》	府袤切（非元平），又音煩（父員切）	非／奉
	《廣韻》	鷭、煩同音：附袁切（奉元平）	奉

「繁」字在今本《玉篇》有兩讀，一為奉母、一為並母，有輕重唇之分，然而《廣韻》記有三音，但全為並母，今本《玉篇》以新收的音讀為正讀，與《廣韻》相同的音讀作為又讀，可見在今本《玉篇》時陳彭年可以進一步確定「繁」字有輕唇音的音讀。

「鷭」字在今本《玉篇》有兩讀，一為非母、一為奉母，皆為輕唇音，但有全清、全濁之別。《廣韻》則僅有一音，屬奉母，今本《玉篇》多了非母的音讀，可見當時非母已經分化成熟，才能在「鷭」字中再多非母的音讀。

（二）舌　音

舌音有兩例，「轍」、「醍」、「鷭」三字，分別如下：

字例		反　　　　　切	聲　　母
「轍」	今本《玉篇》	上點切，又音徹（直列切）	禪／澄
	《廣韻》	無「轍」字	
		徹：1.皮列切 2.丑列切	並、徹

「䶂」	今本《玉篇》	他禮切，又音提（徒兮切）	透／定
	《廣韻》	䶂：陟離切	知
		提：1.是支切 2.杜奚切	禪、定
「钃」	今本《玉篇》	徒角切，又音燭（之欲切）	定／照
	《廣韻》	钃：直角切	澄
		燭：之欲切	照

「𢯮」在今本《玉篇》有兩讀，聲母分屬禪母、澄母。但《廣韻》無「𢯮」字，亦無法得知其音讀，然就《廣韻》中「徹」字的音讀和今本《玉篇》加以比較，除了屬並母的皮列切和今本《玉篇》相距較遠，丑列切與今本《玉篇》的直列切，僅有全濁與次清的差異，則有全濁澄母與次清徹母的差異，可能是濁音清化的現象，在此以今本《玉篇》所保存之音則有存古的傾向。

「䶂」在今本《玉篇》有兩讀，聲母分屬透母、定母。但《廣韻》中，「䶂」與「提」是完全不同的音讀，「䶂」屬知母、「提」屬禪母及定母，今本《玉篇》選用透母，《廣韻》則用知母，兩者同為舌音，但有次清與全清的差異，對照今本《玉篇》又讀的聲母來看，可以發現和《廣韻》有相同的聲母，可見「䶂」字的聲母表現在今本《玉篇》與《廣韻》中也應差距不遠，加上「䶂」字的聲符為「知」，也可能有一定程度地影響到「䶂」字的音讀，加上薺韻的影響，轉成為次清的透母。

「钃」今本《玉篇》有兩讀，分屬定母與照母。《廣韻》中「钃」、「燭」音讀不同，分別是澄母與照母。其中今本《玉篇》與《廣韻》又讀「燭」反切相同，故可不論。然而「钃」在今本《玉篇》與《廣韻》中則有定母與澄母的差異，檢索《名義》「钃」時燭反，屬禪母，可見「钃」字是從禪母轉變為定母，同時若觀察「钃」字之聲符「蜀」，今本《玉篇》標市燭切，亦屬禪母。因此，依據黃侃古聲十九紐的規律，上古聲母定澄禪神合併，到中古逐漸分離便可以解釋「钃」字的聲母變化，故應是從上古〔dʰ-〕演變成今本《玉篇》〔d-〕與《廣韻》〔ɖ-〕兩種。

（三）牙 音

牙音僅有一例「鵒」，列表如下：

字例		反　　切	聲　母
「鵙」	今本《玉篇》	奇：1.居儀切 2.竭羈切	見、群
		輢：1.於綺切 2.巨義切	影、群
	《廣韻》	鵙：渠羈切	群
		奇：1.渠羈切 2.居宜切	群、見
		輢：1.於綺切 2.奇寄切 3.於義切。	群、影

「鵙」字在《廣韻》屬群母，今本《玉篇》的「鵙」字有兩音，這兩音「奇」、「輢」又各有兩音。而《廣韻》中「奇」、「輢」也各有兩音，扣掉與「鵙」同聲母的群母，「奇」另一音屬見母，「輢」另一音屬影母，故推知今本《玉篇》「鵙」應屬見母與影母兩種語音。

由於「鵙」今本《玉篇》標「音奇、輢」，所以「鵙」字的聲母變成在三種聲母中選擇兩種，《廣韻》中「鵙」屬群母，且音同「奇」。因此可推知今本《玉篇》可能選擇的音讀是群母的「奇」與影母的「輢」。

《廣韻》為群母，到了今本《玉篇》變成見母，由全濁變為全清，是濁音清化的影響，在中古後期，濁音清化是語音變化的一個主流，在當時的韻書如《集韻》、《類篇》都可找出濁音清化的證據。

（四）齒　音

齒音部分共有三例，「鞘」、「鈔」、「袒」三例，由於例子不多，因此將一併討論。

字例		反　　切	聲　母
「鞘」	今本《玉篇》	音宵（思搖切）	心
	《廣韻》	1.所交切 2.私妙切	疏、心
「鈔」	今本《玉篇》	音沙（素何切）	心
	《廣韻》	鈔：彌遙切。	明
		沙：1.所加切 2.所嫁切	疏、疏
「袒」	今本《玉篇》	古登切，又音亙（思緣切）	見／心
	《廣韻》	無「袒」、「亙」二字	

「鞘」字在今本《玉篇》僅有一音，屬心母；《廣韻》中則有二音，分屬疏母與心母。可見陳彭年等人在修訂時將疏母去除，僅留下心母的音讀，可見當時的疏母與心母的音讀，已經相當近似，另外，楊素姿在《大廣益會玉

篇音系研究》中，也提出多條今本《玉篇》與《廣韻》心疏混切的例子，並認為：「中古的莊組字常與精組字互諧，由經典異文及通假字都可以顯示出來，並且他們與端組字不相出入，與章組和知組也絕少糾葛。〔註27〕」由於發音部位相近的緣故，讓心母字與疏母字變得愈來愈接近，在今本《玉篇》中選用心母字來注《廣韻》的疏母字，可見今本《玉篇》已經呈現出疏母變為心母的現象。

「紗」字的情形和「鞘」字相同，都是心母與疏母的問題，故不贅述。

「𰀀」今本《玉篇》中有兩音，為見母與心母。《廣韻》則無「𰀀」字，僅有「亘」字，屬見母。今本《玉篇》「亘」字為心母，兩者的差異相當大，可見兩者對於「亘」字的音讀不甚一致。以字義來看，今本《玉篇》「亘，思緣切，求回也，今宣，從亘同。」〈二部4〉，觀察今本《玉篇》中從「宣」的字，可以發現和「亘」字同為心母居多。

《廣韻》並無無「𰀀」、「亘」二字，僅有「宣」字亦同屬心母，「宣，布也，明也，徧也，通也，緩也，散也。須緣切。」，可見《廣韻》的「宣」字同屬今本《玉篇》「亘」字。在沈兼士《廣韻聲系》下冊中亦提到「按亘字，《廣韻》不錄，說文作亘，大徐本，須緣切。〔註28〕」然而，《廣韻》中有一字「亙」與「亘」字之楷書字形相同，「亙，通也、遍也、竟也。出方言。古鄧切」這與「𰀀」字的正讀，僅有聲調的差異，因此可推今本《玉篇》「𰀀」應是受到《廣韻》的相似字形的「亙」字所影響，產生古登切的音讀。

（五）喉　音

喉音僅有兩例，「狿」、「鞼」、「襗」兩字，以下依序討論：

字例		反　切	聲　母
「狿」	今本《玉篇》	丑延切，又音延	徹、喻
	《廣韻》	予線切	為
「鞼」	今本《玉篇》	音槐（戶灰切）	匣
	《廣韻》	求位切	群

〔註27〕見於楊素姿《大廣益會玉篇音系研究》（高雄：國立中山大學中國文學研究所博士研究論文，2001），頁259。

〔註28〕見於沈兼士《廣韻聲系》下冊（北京：中華書局，2004），頁646。

	今本《玉篇》	音亦（以石切）	喻
「繹」	《廣韻》		喻
		繹：羊益切	影

　　「狿」在今本《玉篇》屬徹母與喻母，和《廣韻》的予線切（爲線去）相比，可以知道今本《玉篇》的又音「延」：余旃切（喻仙平），應該是延續《廣韻》而來，正讀的丑延切（徹仙平），應是新加入的音讀。

　　從《廣韻》的爲母變爲今本《玉篇》的喻母，正是喻三和喻四合併的現象，在十世紀時，喻三與喻四，全都弱化成爲零聲母而混合不分。

　　「鞃」字在今本《玉篇》屬匣母；《廣韻》則屬群母。這屬於牙喉互通之例，楊素姿認爲這是今本《玉篇》在重修過程中，是少數由原本《玉篇》承留下來的古音，在今本《玉篇》還有其他的例子，如汗，何旦切，又古寒切；校，胡教切，又古教切，都是喉音互注的例子。李新魁〈上古音「曉匣」歸「見溪群」說〉中提到：「許多字的讀音，由古代的見系演化爲後代的曉系的。有一些字在中古時代原有著見系和曉系的兩種讀音（即由見系化出曉系的讀音之後仍保存兩讀），但至近代或現代，卻只留下曉系聲母而見系聲母讀音歸於消失。〔註29〕」李新魁藉由一般音變規律、古今字音演變、方言讀音三個部分來證明曉系是由見系分化出來的。《廣韻》標群母的語音現象，應該比今本《玉篇》標匣母的現象要來得早一點，由格林定律〔註30〕來看，語音便由塞音變爲擦音是一種擦音化，即是輔音弱化的現象，故方能解釋兩者聲母不同的緣故。

　　「繹」字在今本《玉篇》中僅有一音，屬喻母，「繹」與「亦」同音。然而《廣韻》中「繹」與「亦」音讀不同，分屬喻母與影母。在今本《玉篇》將兩者視爲同音，可見影母已弱化爲喉塞音韻尾，而喻母則已弱化成爲零聲母。

〔註29〕見於李新魁〈上古音「曉匣」歸「見溪群」說〉收於《李新魁自選集》（河南：河南教育出版社，1993.），頁14。

〔註30〕格林定律（Grimm's Law），是由讀國古音學家雅各·格林（Jakob Ludwig Karl Grim）所創，他指出原始印歐語 p, t, k 演化成日耳曼語 f, θ, h，是一種擦音化現象，即是濁音清化的現象。

而各家對於影母及喻母的擬音及所屬字母標示如下：

	字母	擬音	字母	擬音
李榮《切韻音系》	影	ʔ	喻	ɤ
王力《漢語語音史》	影	ʔ	喻四	j
李新魁《古音概說》	影	ʔ	喻	j
董同龢《漢語音韻學》	影	ʔ	爲（云）喻（以）	rj ɤ
陳新雄〈《廣韻》聲類諸說述評〉	影	ʔ	喻爲	ɤ j

大致上，影母都是一個不送氣清喉塞音〔ʔ〕，喻母則分爲兩種說法：〔ɤ〕、〔j〕。〔ɤ〕是完全弱化爲零聲母。〔j〕是四等介音，性質上屬半元音、半輔音。影母在現代方言中，絕大部分都讀爲零聲母，小部分讀〔ŋ〕，而喻母字在現代各方言中也絕大部分讀爲零聲母，董同龢先生在《漢語音韻學》中提到：「我們絕不能說（影、云、以）在中古都是〔ɤ〕，影母在一、二、三、四等韻都有字，而且在三等韻的反切上字有自成一類的傾向；以母與云母也都只有在三等韻出現，所以，他們在聲母上必然有所不同，有一項重要的線索足以幫助我們第一步分別影與兩個喻的，就是聲調的變化。」〔註31〕

在中古，如果聲母是平聲清音，各方言則都是呈現陰平的情況；如果中古聲母是濁音，那麼都會變成陽平。因此，影母屬於前面變成陰平的情況，而喻母成變成陽平。故可推斷影母爲喉塞音〔ʔ〕，因爲〔ʔ〕是清音。那唸成〔ŋ〕（舌根濁鼻音）的，可能是受了同是屬於以舌根爲發音部位的類化。雖然也有部分語言學者將影母擬爲零聲母，但也不否定〔ʔ〕的可能。如王力在《漢語語音史》：「黃侃把見、溪、群、曉、匣認爲是淺喉音，影母認爲是深喉音，他是對的，⋯⋯喻母（喻四）在上古應是某種〔l〕（即〔ʎ〕），于母（喻三）在上古應屬匣母，直到唐初也還屬匣母。于母屬三等字，匣母無三等字，正好互補，⋯⋯影母自古至今都是零聲母，所謂零聲母，包括喉塞音和韻頭〔i〕、〔u〕。」〔註32〕喻母在中古音裡，分爲「云」、「以」兩類，都只在三等韻中出現，等韻圖將云類放在喉音末行三等，以類則放在四等，所以稱爲「喻

〔註31〕見於董同龢《漢語音韻學》（台北：文史哲出版社，1998），頁153。

〔註32〕見於王力《漢語語音史》（北京：中國社會科學院出版社，1985），頁23。

四」。喻三一開始和匣母是同一個聲母，不過受到三等介音〔j〕的影響，變成了顎化的舌根濁擦音〔ɤj-〕，但在佛經譯文的語料中也發現，將喻三譯為〔ʎ〕、喻四譯為〔j〕，可見當時喻三及喻四還是界線分明。

　　到了宋代，今本《玉篇》以影母、喻四相混的情形來看，可見影母轉成了零聲母，因為影母也逐漸趨向弱化為零聲母，才會出現和喻四合流的情況。

二、韻　調

　　韻調部分，今本《玉篇》與《廣韻》中，對於韻調部分的變化，共有 14 例，列表如下，並依次說明分析。

〈表四十五〉今本《玉篇》與《廣韻》共有字例韻調相異對照表

編號	部首次第	字例	今本《玉篇》			《廣韻》	
			正讀	又讀	直音字對應反切	字例反切	直音字反切
1.	玉部 7	瓏	力恭切	聾	力東切	盧紅切	盧紅切
2.	玉部 7	璂	渠營切又羊水切	眭	胡圭切	以睡切	戶圭切
3.	手部 66	拌	普槃切	泮	普旦切	普官切、蒲旱切	普辦切
4.	冊部 107	扁	補淺切	篇、辮	匹連切／步殄切	芳連切、方典切、薄泫切、符善切	芳連切／薄泫切
5.	犬部 364	狿	丑延切	延	余旃切	予線切	以然切、予線切
6.	豸部 366	貚	桾	九云切	居云切	居運切	舉云切
7.	虫部 401	蝥	務	牟	亡句切／亡侯切	武夫切、莫交切、莫浮切、亡遇切	亡遇切／莫浮切
8.		蜎	官	綰	古丸切／烏版切	古滿切	古丸切／烏版切、烏患切
9.	魚部 397	鯟	倉合切	錯	七各切	七雀切、倉各切	倉各切
10.	革部 423	鞘	宵	*	思搖切	所交切、私妙切	相邀切
11.		鞼	槐	*	戶灰切	求位切	戶乖切、戶恢切

12.	巾部 432	玅	沙	＊	素何切	彌遙切	所加切、所嫁切
13.	卯部 533	卯	子兮切	卿	去京切	莫飽切	去京切
14.	酉部 539	睼	他禮切	提	徒兮切	陟離切	是支切、杜奚切

韻調部分，共有 14 例，其中除了「狿」字的韻調關係屬於相承的平聲與去聲之外，剩下的 13 例，將以通攝、止攝、遇攝、蟹攝、臻攝、山攝、果攝、假攝、流攝的順序加以討論。其中宕攝、深攝、曾攝、咸攝五攝，由於沒有對應之例子出現，故不討論。

（一）通　攝

通攝的例子，僅有一例「瓏」：

字例		反　　　　切	韻　調
「瓏」	今本《玉篇》	力恭切，又音聾（力東切）	鍾／東
	《廣韻》	瓏、聾同音：盧紅切	東

今本《玉篇》中「瓏」字有兩音，韻母分別為鍾韻、東韻。《廣韻》僅有東韻一音，可知《廣韻》未收鍾韻的音讀，這種情況，在宋代已是常見的情形。王力考定玄應音和《經典釋文》音中，東冬鍾已混而不分。東韻一等和冬韻一等合併；東韻三等與鍾韻三等合併。在《朱翱反切考》中，也是東冬鍾合併的情形。若對照今本《玉篇》全部的反切條例，也是呈現東冬鍾混用的狀況，但楊素姿認為：「東冬二韻關係，較冬鍾二韻關係為密。此與唐詩用韻中不管古體或近體，東、鍾二韻關係較密的情況有所不同〔註33〕」然而直音字例中尚能分東韻三等與三等鍾韻，可知東鍾的合併情況，在今本《玉篇》中並未完全合併。

（二）止　攝

這裡所有討論的有「璃」、「鞔」、「睼」三例，其中「璃」是屬止攝內部韻部的混用情形；「鞔」、「睼」則是屬止攝與蟹攝混用。以下便分別討論之：

1. 支韻與脂韻

「璃」字在今本《玉篇》與《廣韻》的音讀表現，如下表所示：

〔註33〕見於楊素姿《大廣益會玉篇音系研究》（高雄：國立中山大學中國文學研究所博士研究論文，2001），頁 380。

字例		反　　切	韻　調
「瓗」	今本《玉篇》	渠營切又羊水切又音畦（胡圭切）	清／旨／齊
	《廣韻》	瓗：以睡切	寘
		畦：戶圭切	齊

音「畦」是兩者都執有的音讀，今本《玉篇》讀作「渠營切」則是新加入的音讀。唯一有所承的便是《廣韻》「以睡切」變爲今本《玉篇》的「羊水切」。

《廣韻》屬去聲寘韻和今本《玉篇》屬上聲旨韻，兩者的主要元音相近，在《廣韻》中亦可互用，歷來的關係本已相當密切，編者在此混同寘韻與旨韻，正是支韻與脂韻在一定程度的混同的證據。

2. 與蟹攝相混

止攝與蟹攝相混是宋代語音變化的一個重要特色，在今本《玉篇》之後的中古後期韻書都可以發現這個特色，而今本《玉篇》中的「鞼」、「䚟」兩字例，已可以看出有止蟹兩攝相混的線索。

字例		反　　切	韻　調
「鞼」	今本《玉篇》	音槐（戶灰切／匣灰平）	灰
	《廣韻》	求位切／群至去	至
「䚟」	今本《玉篇》	他禮切，又音提（徒兮切）	薺／齊
	《廣韻》	䚟：陟離切。	支
		提：1.是支切 2.杜奚切	支／齊

「鞼」字，今本《玉篇》屬灰韻，《廣韻》則屬至韻。不僅聲母有變化，連韻母的變化也有改變，聲母部分於上面的文章已提及。韻母部分，《廣韻》求位切；今本《玉篇》「槐」，戶灰切。比較《廣韻》與今本《玉篇》兩音，首先聲母由群母分化出了匣母，連帶的使得後面的韻部一同受到弱化，聲母由塞音變爲擦音，元音也由舌面中元音〔-juəi〕，變爲舌面低元音〔-uⱯi〕。

「䚟」字，今本《玉篇》有兩音，但僅是聲調不同，平聲齊韻、上聲薺韻。但《廣韻》中「䚟」僅有一音，屬支韻，可知《廣韻》中的支韻，在今本《玉篇》變爲薺韻。其實這只是語音因爲重複而產生異化。薺韻〔-iɛi〕因爲介音與韻尾相同，於是在今本《玉篇》中就變化成爲支韻〔-je〕，又因爲「䚟」在《廣韻》中屬三等字，到了宋代之後，逐漸和照系合流，變成捲舌音的聲母後，則將〔-i-〕予以排斥掉。

（三）流　攝

遇攝與流攝之間的混用僅有一例「螜」：

字例		反　切	韻　調
「螜」	今本《玉篇》	音務（亡句切），又音牟（亡侯切）	遇、侯
	《廣韻》	螜、務同音：亡遇切	遇
		牟：莫浮切	尤

　　「螜」今本《玉篇》分別為遇韻與侯韻；《廣韻》「螜」與「務」字同音，但「螜」並無「牟」的音讀，對應韻母分別為則是遇韻與尤韻。其中「牟」的語音有所變化，從今本《玉篇》標侯韻，《廣韻》則標尤韻，由於《廣韻》尤侯幽可以「同用」相應，可見三者的關係密切，侯、尤僅是有無三等介音〔-j-〕的差異。

（四）山　攝

　　山攝的例子僅有「扁」一例，以下列表說明音讀，並討論之：

字例		反　切	韻　調
「扁」	今本《玉篇》	補淺切	幫獮上
		又音篇（匹連切）	滂仙平
		音辯（步殄切）	並銑上
	《廣韻》	扁：芳連切（音同篇）、方典切、薄泫切（音同辯）、符善切	滂仙平、幫銑上、並銑上、並獮上
			滂仙平
			並銑上

　　「扁」今本《玉篇》有三音，《廣韻》則標有四音。其語音相同，今本《玉篇》讀為「篇」、「辯」的音讀與《廣韻》芳連切（音同篇）、薄泫切（音同辯）同音。

　　扣除這兩音之後，今本《玉篇》的正讀：補淺切（幫獮上）與《廣韻》剩下的兩音：方典切（幫銑上）、符善切（並獮上）。而《切韻》則將「扁」標方繭反（滂銑上）。

　　二書的音讀之間，想要推究其關係，首先考慮語音變化以韻母變化來得比聲母變化要容易一些，對於銑韻與獮韻的關係，葛毅卿認為：「《切韻》音仙配先；仙是先的三、四等合韻；先、仙的主要元音和收尾音都相同，但仙韻開口

有韻頭，仙韻開口沒有韻頭。〔註34〕」以此來說，「扁」字位於四等，那麼《廣韻》標「方典切」及「符善切」，但實際上在韻母上應該是無別的，而僅有幫母與並母的清濁之，而今本《玉篇》僅保留了補淺切（幫獮上），顯示對於聲母已出現清化的現象，而韻母亦是能分銑韻與獮韻的不同。

（五）果攝、假攝

字例		反　　切	韻　調
「䒉」	今本《玉篇》	音沙（素何切）	歌
	《廣韻》	䒉：彌遙切。沙：所加切、所嫁切	肴 / 麻、禡

「䒉」在今本《玉篇》屬歌韻；《廣韻》中屬肴韻，歌韻與肴韻差別甚大，可見今本《玉篇》重新訂正了《廣韻》「䒉」字的音讀，使其與「沙」同音。「沙」在《廣韻》中屬麻韻、禡韻。追溯古韻分部的話，歌韻屬古韻歌部；麻韻來自古韻歌部和魚部，聲音關係是極近的，對於歌麻混用的看法，楊素姿認為：「今本《玉篇》所見歌麻混用例，其受到敦煌詩歌之影響成分應當不大，比較可能是因為立於顧野王《玉篇》的基礎上，而保留了南北朝的音韻痕跡。〔註35〕」檢視「沙」於《集韻》師加切，亦為麻韻，可證之。

三、例外現象

以下則就今本《玉篇》與《廣韻》之間的音讀現象，無法歸納與整理的條例，視之為「例外現象」。另外，再論今本《玉篇》中在「正音＋又音」條例中出現矛盾的情形，一併於下面討論之：

（一）音讀數不同

上一節已提過音讀數不同的問題，由於絕大部分都是《廣韻》的音讀數較多，今本《玉篇》的音讀，最多僅有三音的情況，而《廣韻》可以高達五個音讀，不過在今本《玉篇》卻有一例例外。

〔註34〕見於葛毅卿著、李葆嘉理校《隋唐音研究》（南京：南京師範大學出版社，2003），頁313。

〔註35〕見於楊素姿《大廣益會玉篇音系研究》（高雄：國立中山大學中國文學研究所博士研究論文，2001），頁334。

字例		反　切	聲母、韻調
「蜓」	今本《玉篇》	五秦切，又音廷（徒聽切又徒廳切）	疑眞、定徑、定青
	《廣韻》	蜓：1.徒典切 2.徒徑切	定銑、定徑

　　「蜓」字在今本《玉篇》中有兩音，分別是五秦切與「又音廷」；《廣韻》中也有兩音：徒典切、徒徑切。由於今本《玉篇》的「又音廷」只能擇其一，故應是選五秦切與徒聽切，又音中所含的又音，不包括在被注字所指涉的語音中了。然而《廣韻》所標示的兩種音讀，反而和「廷」的兩音較爲接近，然而在《集韻》、《類篇》中亦不見「蜓」字，可見「五秦切」是今本《玉篇》獨自收錄進去的音讀。

（二）矛盾條例

　　今本《玉篇》收有一例特殊的條例：「獂」

字例		反　切	聲母、韻調
「獂」	今本《玉篇》	音桾（居云切），又九云切／見文平	見文平
	《廣韻》	居運切	見問去

　　「獂」字在今本《玉篇》中有兩音：九云切與「又音桾」，聲母、韻母完全相同，《廣韻》中僅是與今本《玉篇》差別在於韻部聲調不同。但爲何今本《玉篇》會出現正音與又音相同的條例？反查今本《玉篇》「獂」的兩種反切上字的切語，「居」：舉魚切、「九」：居有切、「君」：居云切，居、九同爲一類。而後的韻圖中，繼續一直都保持著相當完整的系統，亦未和他系合流或混併，另外在《集韻》與《類篇》中皆未見此字，故此處即已可能是編者誤抄的緣故。究竟是將何字誤抄爲「桾」，將今本《玉篇》所有從「君」的字搜尋之後，得「捃」字，居運切（見問去），與《廣韻》居運切同音。故推知今本《玉篇》可能是誤將「捃」抄爲「桾」。

　　以上是就今本《玉篇》與《廣韻》之間的共有字例，以及今本《玉篇》「正音某＋又音某」字例。關於語音所反映出的問題作一討論，可以發現今本《玉篇》的直音字例，除了保存當時的現實語音狀況之外，也遺存了原本《玉篇》音系的古音，但未和陳彭年等編者在重新修訂時，仍選擇保留古音的音讀呢？可見這存古的音讀，並非已無人使用，如此，作爲要成爲標準化的今本《玉篇》而言，保留古音對於編撰的主要目的便不合了。

第五章　結　論

　　今本《玉篇》由陳彭年等人奉敕修訂之後，成為當時相當流行的工具書，而後的《類篇》亦仿今本《玉篇》的形式繼續編纂，今本《玉篇》編纂的主要目的是為了矯正當時「六書八體，今古殊形，或字各訓同，或文均而釋異」的現象，就也是說今本《玉篇》是部端正字形、字音、字義的工具書，因此，今本《玉篇》的內容，是為當時的文字意義做了辨別正俗、是非的判斷。雖然今本《玉篇》屬於官修字書，但保存了原本《玉篇》以來的字書傳統，以字形為中心，紀錄標準語音的概念所形成。

　　前面四章所討論的內容，則是從原本《玉篇》、《名義》與今本《玉篇》，這一系列的字書中，探析其三者中直音字例所代表的語音現象，以及所代表的語音變化的關係。再者，同時探尋今本《玉篇》的直音字例所具備的各種面向，這中間包括了字形及字音兩部分，並以此總結特色來說明，也期待對於直音方面的研究有建立概念。

　　其次，本論文的研究範圍圍於今本《玉篇》的直音字例，所能談述亦僅止於直音為範圍，今本《玉篇》中大部分的反切條例，則作為補充的參考對象。謹以所見的材料，來探討今本《玉篇》一系列字書中，直音字例所能表現的時代語音意義，並且與其他同時代的韻書、字書，亦可作一連串關於直音相關語音問題的研究，關於直音字例方面的研究，實可延續與開展，在此也就這方面的研究願景作一說明。

第一節　直音字例價值與特色

《玉篇》系字書的時代跨越了近五百年，從直音字例所能觀察到的變化，在上述幾章已有詳細討論，在此總結前面四章的內容，將直音字例的特色，分為字例與語音現象兩部分加以說明：

一、價　值

在字例部分，可從條例配置及字例數目兩大類來討論。條例部分，主要是規範字例音讀及奠定字書編排形式；字例數目，主要是今本《玉篇》具有廣收新字的特色。以下將以這兩部份，加以說明。

（一）層累特色

從原本《玉篇》、《名義》、今本《玉篇》一系列字書的出現，對於共有字例在三書中的變化成為特殊的層累特色。層累特色主要表現在語音現象，其他依據語音層累，尚可以觀察到字形變化與字義改變，還有異體字的統一、部首分部的修正與增減，這些都是可以觀察到的結果。

語音部分，從三書中的共有字例，可以逐一對照查閱，對於相同語音的演變情況作一解釋與說明，更能成為輔助與補全韻書的重要功能。

字形與異體字的部分，可以發現從原本《玉篇》、《名義》、今本《玉篇》對於字形的統一與規範。如：《名義》作「皷」、今本《玉篇》作「鼓」；《名義》作「蝍」、今本《玉篇》作「蟲」；《名義》偏旁皆作「攴」、今本《玉篇》則作「攵」。

部首部分也有所增減，如今本《玉篇》有「東」部，下有二字，《名義》則無，將今本《玉篇》「東」部兩字收入「木」部。

以上僅是列舉出從三書中的層累特色可以觀察所得的結果，同時也顯示今本《玉篇》以前人的基礎，繼續修正而得的一系列成果。

（二）條例配置與數目

在原本《玉篇》、《名義》，乃至今本《玉篇》中，可以看到字例的標音甚少超過兩個以上，這和《廣韻》廣收音讀，使得字例音讀甚或三個以上，這是由於《廣韻》除了記錄當時的語音現象外，也有保存《切韻》的語音現象。若說今本《玉篇》與《廣韻》屬同時代的韻書，則兩者的語音現象應是相近，然而

觀察今本《玉篇》，大部分的字例多以一個到兩個音讀數為主，甚至絕大多數的反切，僅有一個語音出現，這代表了今本《玉篇》僅留下了當時的語音現象，再整理、挑選過字音，進而產生了規範當時字音的校訂效用。

作為字書，不僅只是搜羅各種不同字形，同時也規範了字體，而對於語音方面，不如韻書多收眾音的特色，字書對於語音的處理，主要以收錄常用的音讀為主，刪除較不合當時使用的語音，也許抹滅了方言語音存在的資料，但另一方面，卻提供了當時代通行的音讀標準。

字例數目，主要是指今本《玉篇》中所獨有了 481 例新出字，在今本《玉篇》的 481 例新出字，有 450 例出現在「音某」條例中，可以說新出字幾乎全是以「音某」形式出現的，會有如此懸殊的差異，可以從新出字的字形上來討論。

由於新出字多半以「一形一聲」的規則來建構，其語音則附加在聲符之上，也就是直音字例是第一個反映這種新出字特徵的方式，今本《玉篇》的新出字共有 481 個，已經佔了整個直音字例的三分之一之多，也就是說，對於新出字來說，直音字例是最好的選擇，一方面使用者可以方便快速瞭解語音現象，加上被注字與直音字同聲符，更容易記住新字的字形，所以，直音字例才能反映出那麼多的新出字。

若以文字創造的角度來說，必定是先有其音讀才會進一步規範出字形，此時語音將成為影響字形的一大主因，然而漢字絕大多數為形聲字的現象，也左右著文字創造的方式，藉著舊有字例的構形方式，也是新出字造字的原則所在，舊有字例是文字影響語音，但新出字例卻成為由語音影響文字，這應該也是編者在編纂今本《玉篇》時對於新出字的看法。

（三）字形訛誤

字形訛誤主要是指今本《玉篇》中，由於字形類似或相近，造成語音上而有所影響。

這類的例子有將「捃」寫為「裙」，造成該字例正讀與又讀同音。「閒」、「間」兩字常常相混，多半被視為同一字，因此今本《玉篇》中有時出現「簡」，有時又寫成「簡」。

雖然字形訛誤，但是在具有相同聲符的前提下，語音並不會受到太大的影響，但卻因此讓更多聲符相同但音讀不同的字群，語音變化趨於一致化。

二、語音特色

今本《玉篇》由於處在中古前期與中古後期之間的變動位置，因此在今本《玉篇》不僅可以看到和《廣韻》同系統的語音，同時也有與《集韻》同系統的語音，甚可推前有保存《切韻》的語音。楊素姿《大廣益會玉篇音系研究》中，保守地認為今本《玉篇》僅算是與《廣韻》同等的語音系統，然而透過直音字例的分析與討論，證明了今本《玉篇》確實有與《廣韻》等同的音系，但卻也出現了與《集韻》相近的語音特色，除了可以證明今本《玉篇》已經是處在變化中的語音系統了，不僅有存古現象，也可以看到有創新的一面，同時亦說明今本《玉篇》確實是體現了字書規範字音的原則，以及補足同時代韻書不足之處的用意。

於此，以下將以保守存古與創新變化兩大特色，來說明今本《玉篇》直音字例所呈現的語音現象。

（一）保守存古

今本《玉篇》保守與存古的特色，主要是指《切韻》或《廣韻》相同或相近的語音現象。

保守的特色，則是反映在今本《玉篇》與《廣韻》幾乎等同的語音系統上，這在楊素姿《大廣益會玉篇音系研究》中已經證明了這個現象，在今本《玉篇》直音字例中，也可以看到相同的情形。

聲母部分，如明微相混的現象，顯示輕唇音尚未完全分化完成，故從反切或是直音，都有混切的情況，應非僅是表現在字面的語音有混切現象，推知當時語音應是明微相混。

而神禪混切的現象，也代表照二與照三兩系的字母，正進入合併為近代音的初期，由發音部位最為接近的神母與禪母混切，來開始進行合併。

喉音聲母的分別，即喻三與喻四的分別，在《集韻》、《類篇》中，皆觀察到喻三與喻四的合併，然而今本《玉篇》中，則仍可清楚分辨，也顯示了零聲母擴大的影響力尚未開始。

韻調部分，東、冬、鍾三韻分別、魚虞模三者仍有分別、灰韻與咍韻獨立、尤侯幽分立、儼韻尚未獨立，在當時的語感，尚保持著與《廣韻》相同或相近的語音特色。這些都是今本《玉篇》屬於保守語音的一面。

存古的特色，則是指今本《玉篇》部分語音現象比《廣韻》的時代還要早

一些,雖然今本《玉篇》的成書比《廣韻》稍晚,但是今本《玉篇》的部分音讀的時代卻與《切韻》相同,而與《廣韻》有所區別。

如:「徹」字聲母屬全濁澄母,而非次清徹母,看似清音化濁的假象,實在是違背語音變化的規律,但查閱《切韻》便知,今本《玉篇》是保留了《切韻》時代的語音,才會發生與《廣韻》不同的語音現象。

直音字例中可則是意味著今本《玉篇》的部分音讀,有著和《廣韻》同樣特色的部分,這也是楊素姿在《大廣益會玉篇音系研究》中所得出的結論,在此由直音字例中,可以看出今本《玉篇》仍有幾個語音特色與《廣韻》是一致的。

(二)創新變化

保守與存古是表示今本《玉篇》保存之前韻書的語音現象,但不代表是守舊的現象,而是記錄了這些語音尚未有所改變,而創新變化,便是指已經發生變化的語音現象。今本《玉篇》部分語音已和中古後期相近,藉由直音字例來觀察,深受直音字例發音的直音字影響著。另一種變化是語音演變的實際記錄,主要是出現在亦音與今音中。

直音用字的影響,根據統計今本《玉篇》直音字例中的聲符種類,共有兩百餘個,其中可以發現有 68 組聲符 151 例,其被注字的聲符相同,而被注字的音讀也相同,可見被注字的語音受到了聲符的制約。除了相同的語音之外,被注字的聲符相同,然被注字之間的讀音相近,共有 36 組聲符 83 例。也由於直音字例中,形聲字的比例高達近 90%,故受到聲符影響字音的情況隨處可見。今本《玉篇》「正讀＋又讀」的條例辨識一字兩讀的情形。

正讀可以確定是較為普遍的音讀,可能近於《廣韻》,也可能近於《切韻》,更有可能與《集韻》、《類篇》相同,這是取決於編者群對於當時代的直接語感所致。又讀,則是附加的語音,在今本《玉篇》中又讀的情況與正讀相同,不一定有絕對的時代意義。因此,正讀與又讀只能勉強認定是有先後次序或是根據語境來決定使用哪一個音讀而已,然則又讀若以直音方式出現,則多半與被注字有相同聲符,這樣的共通性,便構成影響被注字語音的條件了,若有音字出現了變化,勢必牽連一連串的具有相同聲符的字例語音變化,這也是今本《玉篇》特殊的變化特色。

實際變化的情況,主要反映在亦音與今音的例子,亦音在今本《玉篇》中

僅出現五例、今音則有兩例。

今本《玉篇》中「亦音某」的五例「土壏」、「女姝」、「潤」、「鴍」、「鷺」，以同時代韻書《廣韻》來對照，所得的結果呈現新出音讀與同於《廣韻》較爲保守的兩種情形。新出音讀，所代表的今本《玉篇》所收錄的新音讀，具有時代性，同於《廣韻》的音讀，其作用和「又音某」的作用及地位相同。

今音，僅有「酢」與「醋」兩例，檢索《類篇》，則是將兩者疊放在一起，表示這兩字的字義字音相同，僅字形有時代的差異，但由今本《玉篇》所記得兩音：倉故切（清暮去）又並疾切（並質入），合併爲《類篇》僅剩的「倉故切」，可見今本《玉篇》在第一部已經將鐸韻的音讀去除，接著在《類篇》中將「酢」與「醋」兩字合併，這些都是對於「今音」的加強，以凸顯了語音的選擇與依據來源音切意見相左之處。

由於長期各地方言的差異，因此《切韻》有鑑於「各有土風，遞相非笑」，才決定「酌古沿今，折衷南北」，適應各地需要及應用，在「是非、通塞」之間，加以選擇、除削，因此至此之後，這種兼容並納的韻書取代了各地方的韻書。沿襲著《切韻》傳統的《廣韻》亦是如此，再則，宋代時陳彭年等人必定也發覺到兼容並納韻書，雖廣收字音，卻又容易造成使用上對於判讀語音的困難，因此今本《玉篇》採取以標準字音爲中心的編輯方式，並對語音及文字訂出標準，這是時勢所需，同時擔負著將語音標準化的功能。所以透過一字兩讀，可以看到原本《玉篇》存古的古音外，也能見到當時較普遍使用的音讀，這減免了《廣韻》中收羅古今方音的缺點。

以上僅是簡述今本《玉篇》直音字例較爲顯明的特色，對於直音字例可以從字例等體例問題與語音變化，這兩大方面著手，從不同的面向可以發現不同的特色與差異。字例部分，藉由層累特色逐一著手，並可對照同時代的相關資料。語言變化部分，除了層累現象是最直接的特色之外，同時代的《廣韻》則更能發現兩者之間所存在的時代差異，在語音的表現上更是明顯。若是對照《類篇》、《集韻》，則可以發現今本《玉篇》直音字例，已經開始了中古後期語音變化的先端了。且透過今本《玉篇》的直音字例現象所呈現的語音系統，已可以發現有當時已有字書與韻書並行的觀念出現。

第二節　論文的延續與開展

　　由今本《玉篇》開始向外觸及，藉由對檢索字書中的直音字例，來探索當時語音現象，並進而能對當代音系變化尋找合理的解釋。然而由於限於個人的才學識見，對於問題的處理，及深入度尚嫌不足，而相關的韻學材料的彙整及蒐羅，也恐非全面且完善，故使本文有不盡全面之慮，因此，於本聞知末，對論文尚可延續與發展之處，作一簡略說明：

一、字書音系的研究

　　歷來對於字書所呈現的語音現象，並未有太多學者投入，其研究範圍仍多以審音析韻的韻書為主，字書的音韻嚴謹度也許不如韻書來得強，然而字書多半是具有規範文字形音義的作用，相較韻書而言，對於一般的使用者來說，字書的影響力超越韻書許多，語言的變化是由眾人的力量集結而成的，並非僅由官方訂定即可，因此，韻書多半為作詩押韻之用，然而字書則是規範文字之用，對於時代語音的判斷及標準，應以字書為主，韻書僅是蒐羅了各種不同的音系於一書之中，所以常常可見一本韻書卻含有兩種音系的現象，因此，以字書音系的研究成果，輔以同時代韻書音韻系統，則更能確立時代語音系統。

二、形聲字聲符的影響

　　聲符的觀點是從直音字例出發的。整理直音字例時，總不免感到字形對於字音的影響之深，雖然形聲字的定義，或是會意字兼形聲等等的諸多說法及分類，在此諸多學者仍有不同的看法，然而都不能夠抹滅聲符標音的功能，這也是漢字字形兼具語音的極大特色，因此聲符的研究，亦可連接同源詞的相關研究發展，文字創造是具多元性，故聲符的研究也有益於追尋同源詞語根的相關研究。

三、直音字例的影響

　　直音字例對於審定音韻的幫助在於可以彌補反切的不足，藉由反切上下字去構擬出的語音系統，往往受限於上下字，上下字若有特殊變化，則很容易影響語音系統的正確性，然而直音正可以補足反切系聯時所產生的漏洞，與無法解決的問題。

　　另外，由於《玉篇》系統的三本書：原本《玉篇》、《篆隸萬象名義》、今本《玉篇》在日本相當地流行，後有如《玉篇抄》等類似字書的發行，可見一斑。日本也都以此體例作了屬於他們日語的字書，其中直音字例便佔了相當重要的一環。也又因為中日文化交流相當頻繁，在尋求韻書字書之外的資料時，也多半向日本取材，所以直音字例對於日漢對音的研究，亦有一定程度的貢獻。

　　以上述可知，直音字例的相關研究，不非僅有「以字標音」的形式可供討論，直音字例內部系統性是個牢不可破的架構，對於語音必須要相當程度的掌握，方能使用直音，因此，善用直音字例，不僅可以在音韻研究上，除了可以獲得極準確音值以供參考外，也能提供字形方面的對照資料。

參考引用資料

說明：本論文之參考引用資料共分爲兩大類：一爲專書二爲期刊論文。其中期刊論文部分分爲（一）學位論文；（二）期刊單篇論文。各類中排列的先後次序首依作者姓氏筆畫，次依出版寫作的年代爲序。

一、專書部分

丁邦新

　　1998　　《丁邦新語言學論文集》，北京：商務印書館。

王力

　　1991　　《漢語音韻》，北京：中華書局。

　　1991　　《漢語音韻學》，台北：藍燈文化事業。

　　1996　　《中國語言學史》，台北：五南圖書出版公司。

　　1998　　《漢語語音史》，北京：中國社會科學出版社。

　　2000　　《王力語言學論文集》，北京：商務印書館。

王燕玉

　　1997　　《中國文獻學綜說》，貴州：貴州人民出版社。

宋・丁度等

　　1986　　《校訂本集韻》，台北：學海出版社。

中國大百科全書編輯委員會

　　1992　　《中國大百科全書・語言文字》，北京：中國大百科全書出版社。

中國科學院圖書館

　　1993　《續修四庫全書總目提要》，北京：中華書局。

中華書局編輯部

　　1998　《小學名著六種》，北京：中華書局。

孔仲溫

　　1987　《類篇研究》，台北：臺灣學生書局。

　　1989　《韻鏡研究》，台北：學生書局。

　　1994　《類篇字義析論》，台北：臺灣學生書局。

　　2000　《玉篇俗字研究》，台北：臺灣學生書局。

漢・司馬遷撰、瀧川龜太郎考證

　　1993　《史記會注考證》，台北：文史哲出版社。

唐・玄度

　　1985　《新加九經字樣》收於《叢書集成初編》，北京：中華書局。

宋・司馬光等

　　1984　《類篇》重印《文淵閣四庫全書》本，北京：中華書局。

　　　　　《等韻五種》，台灣：藝文印書館。

朱葆華

　　2004　《原本玉篇文字研究》，北京：齊魯書社。

何九盈

　　1988　《古漢語音韻學述要》，浙江：古籍出版社。

　　2000　《中國古代語言學史》，廣東：教育出版社。

何大安

　　1988　《規律與方向──變遷中的音韻結構》，台北：中研院歷史語言研究所。

　　1996　《聲韻學中的觀念和方法》，台北：大安出版社。

何琳儀

　　2003　《戰國文字通論》（訂補），南京：江蘇教育出版社。

李榮

　　1973　《切韻音系》，台北：鼎文書局。

　　1982　《音韻存稿》，北京：商務印書館。

　　1985　《語文論衡》，北京：商務印書館。

李添富

《晚唐律體詩用韻通轉之研究》，台北：文史哲出版社。

李新魁、麥耘

1993　《韻學古籍述要》，陝西：人民出版社。

李新魁

1983　《漢語等韻學》，北京：中華書局。

1985　《古音概說》，台北：崧高書社。

1986　《漢語音韻學》，北京：北京出版社。

1994　《李新魁語言學論集》，北京：中華書局。

1999　《李新魁音韻學論集》，廣東：汕頭大學出版社。

李致忠

1994　《宋版書敘錄》，北京：北京圖書館出版社。

沈兼士

2004　《廣韻聲系》，北京：中華書局。

周法高

1981　《中國語文論叢》，台北：正中書局。

1984　《中國音韻學論文集》，香港：中文大學出版社。

周祖謨

1994　《唐五代韻書集存》，台灣：台灣學生書局。

2000　《文字音韻訓詁論集》，北京：北京大學出版社。

2004　《問學集（上）（下）》，北京：中華書局。

周祖庠

2003《新著音韻學》，上海：上海辭書出版社。

周康燮

1988　《中國古代語言學文選》，上海：古籍出版社。

林尹著、林炯陽注釋

1996　《中國聲韻學通論》，台北：黎明文化事業。

林燾、耿振生

2004　《音韻學概要》，北京：商務印書館。

林炯陽、董忠司合編

1996　《台灣五十年來聲韻學暨漢語方音學術論著初稿 1945～1995》，台北：文史哲出版社。

林慶勳、竺家寧合著

　　1999　《古音學入門》，台北：學生書局。

林慶勳

　　1988　《音韻闡微研究》，台北：學生書局。

竺家寧

　　1994　《近代音論集》，台北：學生書局。

　　1998　《古音之旅》，台北：萬卷樓出版社。

　　1999　《聲韻學》，台北：五南圖書出版公司。

吳承仕

　　1986　《經籍舊音序錄》，北京：中華書局。

姜聿華

　　1992　《中國傳統語言學要籍述論》，北京：書目文獻出版社。

胡吉宣

　　　　　《玉篇校釋》，上海：上海古籍出版社。

南唐・徐鍇

　　1998　《說文解字繫傳》，北京：中華書局。

徐超

　　2000　《中國傳統語言文字學》，山東：山東大學出版社。

徐通鏘

　　2001　《歷史語言學》，北京：商務印書館。

漢・班固

　　1986　《漢書》收於張元濟校《百衲本二十四史》，台北：台灣商務印書館。

耿振生

　　2004　《20世紀漢語音韻學方法論》，北京：北京大學出版社。

高明

　　1988　《高明小學論叢》，台北：黎明文化出版事業股份有限公司。

高本漢

　　1982　《中國音韻學研究》，台北：商務印書館。

　　1990　《中國聲韻學大綱》，台北：國立編譯館。

漢・許慎著、清・段玉裁注

　　1998　《新添古音說文解字注》，台北：洪葉文化事業有限公司。

張琨著、張賢豹譯

1987　　《漢語音韻史論文集》，台北：聯經出版社。

張世祿

1990　　《中國音韻學史（上）（下）》，台北：商務印書館 1990。

張麟之等

1996　　《等韻五種》，台北：藝文印書館。

莫友芝著、陳振寰注評

　　　　《韻學源流注評》，貴州：人民出版社。

宋・陳彭年等

1966　　《四部叢刊初編經部・大廣益會玉篇》（建德周氏藏元本），上海：商務印書館。

1968　　《大廣益會玉篇》（元刻本），台北：新興出版社。

1985　　《大廣益會玉篇》（小學匯函本），台北：藝文印書館。

1987　　《大廣益會玉篇》（澤存堂覆宋本），北京：中華書局影印。

不詳　　《大廣益會玉篇》，日本京都大學人文科學研究所所藏清康熙棟亭音韻五種本（微卷）。

宋・陳彭年等、林景尹校訂

1996　　《新校正切宋本廣韻》，台北：黎明文化。

宋・陳彭年等、李添富校訂

2001　　《新校宋本廣韻》，台北：洪葉文化事業有限公司。

陳振孫

1985　　《直齋書錄解題》收於《叢書集成初編》，北京：中華書局。

陳新雄

1973　　《六十年來之聲韻學》，台北：文史哲出版社。

1993　　《音略證補》，台北：文史哲出版社。

1994　　《訓詁學——上冊》，台北：學生書局。

1994　　《文字聲韻論叢》，台北：東大圖書公司。

1999　　《古音研究》，台北：五南圖書。

2000　　《等韻述要》，台北：藝文印書館。

陳新雄、姚榮松、孔仲溫、竺家寧、羅肇錦、吳聖雄合編

1990　　《語言學辭典》，台北：三民書局。

陸志韋

　　1999　《語言學著作集（二）》，北京：中華書局。

曹之

　　1992　《中國古籍版本學》，武漢：武漢大學出版社。

曾忠華

　　　　　《玉篇零卷引說文考》，台北：臺灣商務印書館。

費爾迪南・德・索緒爾（Ferdinand de Saussure）

　　1985　《普通語言學教程》，台北：弘文館出版社。

馮蒸

　　1997　《漢語音韻學論文集》，北京：首都師範大學出版社。

黃季剛口述、黃焯筆記

　　1983　《文字聲韻訓詁筆記》，台北：木鐸出版社。

黃景湖

　　1987　《漢語方言學》，福建：廈門大學出版社。

楊軍

　　2003　《《七音略》校注》，上海：上海辭書出版社。

葉斐聲、徐通鏘

　　1993　《語言學綱要》，北京：北京大學出版社。

葛毅卿著、李葆嘉理校

　　2003　《隋唐音研究》，北京：南京師範大學出版社。

董同龢

　　1978　《中國語音史》，台北：華岡出版社。

　　1997　《上古音韻表稿》，台北：中央研究院歷史語言研究所。

　　1998　《漢語音韻學》，台北：文史哲出版社。

裘錫圭

　　1994　《文字學概要》，台北：萬卷樓圖書有限公司。

趙誠

　　1980　《中國古代韻書》，北京：中華書局。

趙元任

　　1992　《語言問題》，台北：商務印書館。

2002 《趙元任語言學論文集》，北京：商務出版社。

趙蔭堂

1985 《等韻源流》，台北：文史哲出版社。

宋・鄭樵

1976 《六書略》，台北：藝文印書館。

劉葉秋

2003 《中國字典史略》，北京：中華書局。

潘悟雲

2000 《漢語歷史音韻學》，上海：教育出版社。

魯國堯

1994 《魯國堯自選集》，河南：河南教育出版社。

2003 《魯國堯語言學論文集》，江蘇：江蘇教育出版社。

龍宇純

2001 《中國文字學》，台北：五四書店。

濮之珍

1990 《中國語言學史》，台北：書林出版社 1990。

謝國平

1990 《語言學概論》，台北：三民書局。

謝啟昆

1997 《小學考》，上海：漢語大辭典出版社。

羅常培

1991 《唐五代西北方音》，台北：中央研究院歷史語言研究所單刊甲種 12。

1982 《漢語音韻學導論》，台北：里仁書局。

2004 《羅常培語言學論文集》，北京：商務印書館。

遼・釋空海

1995 《篆隸萬象名義》，北京：中華書局。

遼・釋行均

1991 《龍龕手鑑》北京：中華書局。

梁・顧野王

1985 《原本玉篇殘卷》北京：中華書局（影印）。

二、期刊、論文部分（依作者姓氏筆畫排列）

（一）學位論文

王紫瑩

《原本《玉篇》引《說文》研究》1999 桃園：國立中央大學中國文學研究所碩士研究論文。

丘彥遂

《喻四的上古來源、聲直及其演變》，2002，高雄：國立中山大學中國文學研究所碩士研究論文。

吳憶蘭

《說文解字與玉篇部首比較研究》，1989，台中：私立東海大學中國文學研究所碩士研究論文。

宋鵬飛

《殷周金文形聲字研究》，2001，台南：國立成功大學中國文學系研究所碩士研究論文。

林清源

《楚國文字構形演變研究》，1997，台中：私立東海大學中國文學研究所博士研究論文。

柯金虎

《大廣益會玉篇引說文考》，1970，台北：國立政治大學中國文學系研究所碩士研究論文。

陳梅香

《章太炎語言文字學研究》，1991，高雄：國立中山大學中國文學研究所博士論文。

楊素姿

《大廣益會玉篇音系研究》，2001，高雄：國立中山大學中國語文研究所博士研究論文。

劉雅芬

《《說文》形聲字構造理論研究》，1997，台南：國立成功大學中國文學系研究所碩士研究論文。

（二）期刊單篇論文

丁士虎

〈「右文」申說〉《池州師專學報》，1998 年第 1 期，頁 48～49。

工藤祐嗣

〈原本系『玉篇』字体注記の『篆隷万象名義』・『大広益会玉篇』への受容の状況について──「重文」を中心とした考察〉收於《訓点語と訓点資料》108 輯，東京大学文学部国語研究室内訓点語学会編輯部，2002.03.31。

〈『大広益会玉篇』・『大宋重修広韻』の字体注記について〉收於《訓点語と訓点資料》108 輯，東京大学文学部国語研究室内訓点語学会編輯部，2002.09.30。

〈『篆隷万象名義』字体注記の問題点〉發表於「訓点語学会第 85 回研究発表会」於日本福井市：福井大学，2001.10。

〈『大広益会玉篇』・『大宋重修広韻』の字体注記について〉發表於「訓点語学会第 86 回研究発表会」日本東京：東京都立大学，2002.05。

王敏

〈形聲字聲符的辨義作用──因聲求義〉《繼續教育研究學報》，2001 年第 3 期，頁 39～40。

申小龍

〈中國傳統語言學在近代的自我超越〉《南昌大學學報》（社會科學版），1997 年 6 月第 28 卷第 2 期，頁 71～77。

〈宋代語言學的漢學批判與其歷史性超越〉《蘇州社會科學院學報》，1997 年第 2 期，頁 153～159。

〈傳統詞源學論綱〉《浙江社會科學學報》，1997 年第 2 期，頁 116～125。

白藤禮幸

〈『篆隷万象名義』声母考〉收於《論集上代文学》日本東京：万葉七曜会編、笠間書院發行，1972。

〈声母字より見たる「篆隷万象名義」の内部差〉收於《ことばの論文集：島田勇雄先生退官記念》日本大阪：島田勇雄先生退官記念論文集刊行会編，前田書店出版，1975。

池田証寿

〈篆隷万象名義データベースについて〉收於《国語学》178 集，1994 年 9 月 30 日，日本：東京国語学会編，頁 57～65。

http://homepage3.nifty.com/shikeda/kkg178.html

辛世彪

〈濁音清化的次序問題〉《海南大學學報人文會科學版》2001 年 3 月第 19 卷第 1 期，頁 12～18。

何大安

〈近五年來台灣地區漢語音韻研究論著選介〉《漢學研究通訊》1983 年 2003 年第 2

卷第 1 期。

呂浩
〈《篆隸萬象名義》義項釋例〉《古籍整理研究學刊》2001 年第 5 期，頁 18～21。
〈《篆隸萬象名義》重出字初探〉《古籍整理研究學刊》2003 年第 2 期，頁 34～39。

李壬癸
〈語音變化的各種學說述評〉《幼獅月刊》1975 年第四十四卷第六期。

李方桂
〈論開合口——古音研究之一〉《中央研究院歷史語言研究所集刊》1984 年第五十五本第一分。

李如龍
〈福州話聲母類化的制約條件〉《廈門大學學報》（哲學社會科學版）2000 年第 1 期，頁 123～130。

孟廣道
〈聲符累增現象初探〉《古漢語研究》2002 年第 2 期，頁 10～13。

竺家寧
〈《四聲等子》音系蠡測〉《國文研究所集刊》1973 年第 17 期。
〈論近代音研究的方法、現況與展望〉《漢學研究》1996 年 12 月第 18 卷（特刊），頁 176～198。

周祖庠
〈從原本《玉篇》音看吳音、雅音——《玉篇》音論之一、之二〉《重慶三峽學院學報》1998 年第 03、04 期，頁 41～45。
〈《名義》音與現代音韻學——《篆隸萬象名義》音論之一〉《漢字文化》2000 年第 1 期，頁 18～21。

周文德
〈形聲字聲符的表音功能及示源功能〉《欽州師範高等專科學校學報》2000 年 3 月第 15 卷第 1 期，頁 62～65。

林慶勳
〈如何由反切推定幾等韻〉《華岡文科學報》1982 年 14 卷。

易敏
〈《文選》漢大賦用字中的聲符類化現象〉《北京師範大學學報》（人文社會科學版）2002 年第 4 期，頁 110～114。

邱莉芹
〈形容詞重疊式的語義變化特點及類化作用〉《江蘇教育學院學報》2004 年 3 月第

20 卷第 2 期，頁 103～106。

武建宇

〈漢語詞源研究的新成果——評《形聲字聲符示源功能述論》〉《西昌師範高等專科學校學報》2003 年 6 月第 15 卷第 2 期，頁 49～50

高田時雄

〈《篆隸萬象名義》解說〉收於《定本弘法大師全集》第九卷，日本和歌山縣：密教文化研究所弘法大師著作研究會，1995，頁 1～9。

http://www.zinbun.kyoto-u.ac.jp/~takata/bunroku.html

陳新雄

〈無聲字多音說〉《輔仁大學文學院人文學報》第 2 期 1972 年，頁 431～460。

陳燕

〈從《玉篇》反切比較論中古時期的標準音〉《天津師範大學學報》2001 年第 5 期，頁 71～76。

陳建裕

〈《玉篇校釋》簡評〉《平頂山師專學報》（社科版）1998 年第 13 卷第 5 期，頁 47～48。

〈《玉篇》版本研究〉《西藏大學學報》1999 年第 14 卷第 2、3 期，頁 97～100。

〈《玉篇》部首說略〉《陰山學刊》1999 年 3 月 12 卷第 1 期，頁 34～37。

〈《玉篇》研究綜述〉《贛南師範學院學報》1998 年第 2 期，頁 70～73。

陳建裕、高其良

〈《玉篇零卷》與《說文》的校勘〉《南都學壇》1998 年 05 期，頁 59～60。

陳建裕、房秋鳳

〈《篆隸萬象名義》中的俗字及其類型〉《平頂山師專學報》（社科版）2000 年第 15 卷第 3 期，頁 35～37。

商豔濤

〈《篆隸萬象名義》釋義上存在的幾個問題〉《株洲師範高等專科學校學報》2002 年 12 月第 7 卷第 6 期，頁 35～38。

商豔濤、楊寶忠

〈《篆隸萬象名義》詞義訓釋中的幾種失誤〉《古籍整理研究學刊》2004 年 5 月第 3 期，頁 69～72。

商中

〈聲符所寓予被諧字中之意義管窺〉《河南機電高等專科學校學報》2001 年 3 月第 9 卷第 1 期，頁 61～63。

尉遲治平

〈欲賞知音，非廣文路——《切韻》性質的新認識〉《古今通塞：漢語的歷史與發展
——第三屆國際漢學會議論文集：語言組》2003 年 4 月，頁 157～185。

張波

〈聲符表意方式探〉《新鄉師範高等專科學校學報》2002 年 8 月第 16 卷第 3 期，頁
109～110。

曾昭聰

〈談《說文解字》對聲符示源功能的研究〉《古籍整理學刊》1998 年第 4、5 期合刊，
頁 73～77。

〈形聲字聲符的示源功能及其研究意義〉《汕頭大學學報》（人文社會版）1999 年第
15 卷第 5 期，頁 63～68。

〈原本《玉篇》中的語源研究〉《黔南民族師範學院學報》2001 年 01 期，頁 6～9。

張衛東

〈論《龍龕手鏡》音系及其性質〉《語言學論叢》第 23 輯：北京商務印書館，2001，
頁 177～196。

馮方

〈《原本玉篇殘卷》引《說文》與二徐所異考〉《古籍整理研究學刊》第 2 期，頁 56
～58。

張渭毅

〈二十世紀的漢語中古音研究〉《南陽教育學院學報》2000 年第 1 期。又載於韓國‧
中國學會《中國學報》2000，第 41 輯。下載文章於
http://bbs.guoxue.com/viewtopic.php?t=842&sid=3567c2cb080aab260402e7db31f2df38

黃德寬

〈論形聲結構的組合關係、特點和性質〉《安徽大學學報》（哲學社會科學版）1997
年第 3 期，頁 31～38。

楊秀恩

〈《玉篇殘卷》等五种材料引《說文》研究〉《河北科技大學學報》（社會科學版）2003
年 02 期。

董性茂

〈論形聲字「聲符」表意的複雜性〉《福建師範大學福清分校學報》2002 年第 3 期，
頁 81～87。

萬金川

〈石室《心經》音抄寫本校釋初稿之一〉《佛學研究中心學報》2004 年第 9 期，頁
74～118。

劉尚慈

　　〈《篆隸萬象名義》考辨〉《中國語言學報》第八期，北京語言文化大學出版社 1997 年 3 月，頁 153～160。

劉亮

　　〈《篆隸萬象名義》對原本《玉篇》反切釋義的取捨標準〉《河北理工學院學報》（社會科學版）2003 年 11 月第 3 卷第 4 期，頁 138～139。

劉友朋、高薇薇、頓嵩元

　　〈顧野王《玉篇》及《玉篇》對《說文》的匡正〉《天中學刊》1998 年 6 月第 13 卷第 3 期，頁 56～59。

劉曉南

　　〈宋代文士用韻與宋代通語及方言〉《古漢語研究》2001 年第一期，頁 25～32。

潘玉坤

　　〈《篆隸萬象名義》篆文例釋〉《語言研究》2003 年 12 月第 23 卷第 4 期，頁 86～87。

鄭再發

　　〈漢語音韻史的分期問題〉《中央研究院歷史語言研究所集刊》第三十六本。

鄭張尚芳

　　〈中古三等專有聲母非、章組、日喻邪母等母的來源〉《語言研究》2003 年 6 月第 23 卷第 2 期，頁 1～4。

蕭泰方

　　〈古全濁音聲母「演變」說質疑〉《山西大學學報》（哲學社會版）1997 年第 3 期，頁 11～17。

藍小玲

　　〈析濁音清化送氣〉《古漢語研究》1998 年第 2 期，頁 8～12。

羅慶雲

　　〈漢字的類化對雙音詞的影響〉《語言研究》2002 年特刊，頁 171～173。

龔群虎

　　〈漢字的聲符系聯問題〉《辭書研究》2003 年第 5 期，頁 40～47。

三、資料庫部份

香港中文大學【漢達文庫】網址：http://www.chant.org/

台灣中央研究院【漢籍全文資料庫】網址：http://hanchi.ihp.sinica.edu.tw/ihp/hanji.htm